Sandra Gugić

ASTRONAUTEN

Sandra Gugić

ASTRONAUTEN

Sandra Gugić

ASTRONAUTEN

Roman

C.H.Beck

Für Herrn Schlick

Die Arbeit an diesem Roman wurde mit dem Autorenstipendium der Stadt Wien gefördert.

Verlag C.H.Beck oHG, München 2015
Gesetzt aus der Joanna MT Pro
Druck und Bindung: Ebner & Spiegel, CPI-Books, Ulm
Umschlagentwurf: Sandra Gugić
Umschlagabbildung: Sandra Gugić
Gedruckt auf säurefreiem, alterungsbeständigem Papier
(hergestellt aus chlorfrei gebleichtem Zellstoff)
Printed in Germany
ISBN 978-3-406-67370-2

www.beck.de

TEIL EINS

You're on Earth. There's no cure for that.
Samuel Beckett, Endgame

I. DARKO

«Gott ist ein Astronaut», sagt Zeno und tritt seine Zigarette aus. Wir stehen vor der roten Ziegelmauer, die den Park zur Straße hin begrenzt, und betrachten eine Weile schweigend das noch unbeschriebene Stück Mauer vor uns. *Die Stadt gehört uns* steht rechts davon, links *Meine Mutter nennt mich Hurensohn*. Beides Werke von Zeno, auch wenn er darauf besteht, dass er nur den Hurensohn gesprayt hat, weil ihm das mit der Stadt mittlerweile peinlich und abgegriffen vorkommt, sprayt doch jeder, außerdem gehört uns die Stadt nicht. Wenn sie einem gehört, dann nicht uns, nur der Park, der Park ist unser.

Der Park liegt nur dreihundert Meter vom Casino entfernt hinter dem lang gezogenen Gebäudekomplex des Theaters. Also auf der einen Seite, Schulter an Schulter, Theater und Casino mit dem verschnörkelten Springbrunnen und dem akkurat gemähten Rasen davor und auf der anderen der Park. Im Festsaal des Casinos finden die Partys und Abschlussbälle der Privatschulen statt, Unterrichtssprachen Französisch und Englisch, dort sitzen abends die Mädchen kichernd auf den Treppen, in Cocktail- oder Ballkleidern, je nachdem, ein Martiniglas in der Rechten, Zigarette in der Linken, nein, andersrum, nur das Kleid nicht ansengen, also die Zigarettenhand weit weghalten, ein leichtes Schwanken und Tänzeln auf den zu hohen Absätzen, Frisur und Make-up gegen Ende des Abends, wie alles, an der Grenze zur Auflösung. Die Jungs in Anzügen, die Haare mit Gel nach hinten gekämmt oder kunstvoll verstrubbelt, die älteren fahren in den Autos der Väter vor, der Lack glänzend, die Wagen frisch aus der Waschanlage, Fenster heruntergekurbelt, Zigarette im Mundwinkel. Die Mädchen zücken ihre Kameras,

schürzen die Lippen und *posen* angestrengt sexy für das perfekte Bild, quetschen sich zu dritt vor die Linse, fallen lachend auf den Rasen, nur das Kleid und die Schuhe nicht ruinieren, Zeno sagt, dabei sollten sie, sowieso und erst recht. Minuten, Stunden später wird das Geknutsche und Gefummel vor dem Springbrunnen losgehen, auf dem Parkplatz und zwischen den Säulen. Von drinnen dringen Fetzen von Paartanz-Musik nach draußen, sittsamer Ausgleich zum allgemeinen Treiben bleibt die Verwendung von Französisch und Englisch als Partykonversationssprachen, und immer neue Erinnerungsfotos vom Abheben und Abstürzen und den Aggregatzuständen dazwischen, an die sich keiner erinnern wird. Dazwischen liegt die steinerne Grenze zwischen Casino und Park, der Gebäudekomplex des Theaters, das Zeno nur einmal von innen gesehen hat. Eine Aufführung der *Räuber*, in die uns eine Jugendarbeiterin mitgenommen hatte, der alte Schinken aufgepimpt als Gangballade, mit Rap und Breakdance, und Zeno und ich, als alberner Gegensatz dazu, aufgebrezelt in Hemd und Krawatte im Parkett.
Zum Haupteingang des Theaters führen etliche Stufen, über die sich ein Dach aus Arkaden spannt, flankiert von Säulen, in Stein gehauenen Gesichtern und Figuren aus vergessener Zeit, und auf der Rückseite, dort, wo der Bühneneingang liegt, beginnt der Park. Unser Park. Jeden Tag sind wir hier draußen, an den Wochenenden, vor allem im Sommer, manchmal bis spät in die Nacht. Zeno, die anderen und ich.

Die Mitte des Parks markiert ein kreisrunder, künstlich angelegter See, in dessen leicht nach rechts verschobenem Zentrum thront ein überdimensional großer, hässlicher Frosch aus Beton, von unzähligen Schichten Taubenscheiße bedeckt und marmoriert. Im brackigen Wasser des Sees baden Enten und andere Vögel, rote und graue Eichhörnchen flitzen an Ästen entlang, jagen einander, manchmal huscht eine Ratte durchs Gebüsch. Stadtkonservennatur, sagt Zeno. Kieswege laufen kreisförmig um den See und verzweigen sich nach außen, an die Ränder. Die große Wiese, unser Treffpunkt, wird flankiert von dicken alten Bäumen, der Fußballkäfig liegt ganz vorne, zur Straße hin dann noch ein winziger Kinderspielplatz mit Sandkisten und rostigen Wippen. Angrenzend der städtische Sportplatz, auf dem Jahr für Jahr Schüler in allen Größen und Gewichtsklassen scheinbar endlose Runden drehen. Schüler der öffentlichen Schulen, die, weit weg von Französisch und Englisch, in ihrem eigenen Sprachgewirr kreisen, ständig kommen neue Sprachen dazu, verweben sich zu einem Rauschen, das immer wieder von den Pfiffen des Sportlehrers unterbrochen wird. *In jedem echten Spiel regt sich eine ganze Welt* steht in gebrochener Schrift über dem Vordach der Tribüne, unter diesem Motto ziehen wir jeden Mittwoch unsere Runden, schwitzen, keuchen, spucken und verstecken uns zwischendurch in den umliegenden Büschen, um mit nervösen Fingern SMS zu tippen oder einfach in Ruhe eine zu rauchen. Die rote Backsteinmauer, vor der Zeno und ich stehen, ist die Grenze des Parks zur Stadt hin. «Gott ist ein Astronaut, das sollte ich sprayen», sagt er, wartet auf eine Reaktion von mir. Ich zucke mit den Schultern.

Ob einer was zu rauchen hat. Einer hat immer. Die gewohnten Gesichter haben sich heute Abend zusammengefunden, und Zeno erzählt die üblichen Geschichten, ich kenne schon alle auswendig, höre nicht mehr zu, beobachte stattdessen zwei Pitbulls, die ungeduldig darauf warten, abgeleint zu werden, und sofort losrennen, als das Halsband sich mit einem sanften Klicken löst, im Zickzack über die Wiese, quiekend und keuchend miteinander rangeln, mit den Zähnen den Hals des Kontrahenten suchen, bis einer von ihnen nachgibt. Ein Spiel, das sie nicht müde werden zu wiederholen, während der Park langsam in der Dämmerung versinkt und schließlich ganz von der Dunkelheit geschluckt wird, bis die trüben Parklaternen das einzige Licht sind. Über die Wiese legt sich Musikwummern wie ein Teppich, wir sind die Schemen im Laternenlicht, Schattenrisse gegen die Bäume. Gekicher breitet sich aus wie ein Virus, hoch ansteckend, gefolgt von einem Zusammenrücken, näher an fremde Haut und Gesichter, das gemeinsame Lachen macht uns stark, überlegen, unser *Wir* ist ein Körper, der zu viele Arme, Beine und Münder hat. Macht nichts, dass irgendwann bald Schluss sein wird mit der Musik, weil der Akku beinahe leer ist, heute ist der erste Abend der Ferien, der gefeiert werden will oder muss oder soll. Macht nichts, dass wir längst aus dem Park herausgewachsen sind, aber immer noch jeden Abend hier, am Ausgangspunkt, anfangen. Ein neuer, alter Sommer, der mich daran erinnert, dass wir in diesem Jahr nicht mehr gemeinsam *nach Hause* fahren, wie wir es früher jeden Sommer gemacht haben. Wir, das sind meine Großeltern, bei denen ich aufgewachsen bin, und ich. Wir werden uns nicht mehr eine endlose Autofahrt lang anschweigen, weil es dieses *zu Hause* für mich nicht mehr gibt, eigentlich niemals gab. Weil ich mich durchgesetzt habe, weil ich alt genug bin, selbst zu entscheiden, und diesen Sommer bei meinem Vater, hier in der Stadt, verbringen will. Zeno hat gefragt, ob es mir wirklich darum geht, bei meinem Vater zu sein, den er für zu weich hält, oder ob ich den strengen Regeln meiner Großeltern, bei denen Zeno Hausverbot hat, entkommen will, wenn auch nur auf Zeit, oder darum, in diesem Jahr einmal nicht die Seiten wechseln zu müssen, der Fremde zu sein, auf den die Kinder im Heimatdorf meines Großvaters kichernd zeigen, und meinen Verwandten in holprigen Touristensprachfetzen zu antworten:

«Was hast du mit deiner Muttersprache gemacht?»

«Der Sommer ist ein Arschloch», sagt Zeno, er langweilt sich schnell, und diese Ferien bedeuten eigentlich nichts weiter, als dass wir im Park die Dinge, die Abende, wiederholen, die wir schon kennen, jeder Tag nur ein neuer Tag, wieder ein Tag und nichts zu tun. Nichts, was Sinn macht, in Gegenwart der müden, der enttäuschten, der zweifelnden Gesichter der Erziehungsberechtigten, die sich Tag für Tag abrackern, für uns, für unsere Zukunft, die kommen wird. Ich versuche, die Dinge richtig zu machen, für meine Großeltern, aber ich habe kein Talent dafür, dankbar zu sein.
Die Sommerferien werden mir lang, bevor sie richtig begonnen haben. Auch die Jugendarbeiter, die den Sommer über hierbleiben und jeden Tag missionarisch durch den Park pflügen, alle Grüppchen abklappern, uns in ihr Büro, in den Jugendtreff einladen, selbst die sehen müde aus. Zeno und ich sind eigentlich zu alt, um hier rumzuhängen, uns vor den ausgedienten Rechnern im Gemeinschaftsraum zu langweilen, den die Jugendarbeiter *Begegnungsraum* nennen. Aber wir bleiben ohnehin unter uns. Zeno sitzt vor dem Computer und klickt die Stellenanzeigen weg, sucht nach Partyfotos vom letzten Wochenende, wichtig ist, ob der Club-Fotograf uns auch wirklich, wie versprochen, ins Netz gestellt hat, mit wem wir abgelichtet worden sind, ob wir auf den Bildern nach Spaß aussehen, ob wir noch da, noch vorhanden sind.

Ein Polizeiwagen zieht ab und an träge Runden um den Park, immer ist ein wachsames Auge auf uns gerichtet. Ausweiskontrollen gibt es nur, wenn ihnen langweilig wird oder wenn Neue im Dienst sind. Die Neuen, die von der Stadt eingestellt werden, sehen aus wie aus dem Katalog, Gardemaße, Barbie-und-Ken-Bullen, übermotiviert und verbissen. Ich halte Ausschau, ob Niko im Wagen sitzt, Niko, der einer von diesen Neuen ist und der beste Freund meines Vaters. Obwohl ich

nicht verstehe, warum sie Freunde sind, was sie gemeinsam haben könnten. Ich versuche, mir Zeno in einer Uniform vorzustellen, aber es klappt nicht. Zeno wollte auf die Polizeischule, was er sich nach der Geschichte mit den Briefkästen anders überlegt hat. Die Briefkästen, das war eines seiner Projekte, seine Projekte, die immer auch meine geworden sind, und wir hätten nicht gedacht, dass sie uns erwischen, weil sie uns auch nicht erwischt haben, als wir den Springbrunnen vor dem Casino mit Waschpulver und Seifenlauge zur Schaumkanone gemacht haben und der Schaum über den Rasen und hoch bis auf die Treppen des Casinos gestiegen ist und immer höher. Rosafarbener Schaum, bis die Feuerwehr gekommen ist und alles abgepumpt hat. Viel später erst, beim Briefkästen-Sprengen, haben sie uns erwischt. Zeno hat gesagt, das sei Perfektion, ich solle genau hinhören, diese Stille vor dem Moment, in dem alles in die Luft fliegt, und die Stille danach, die Schönheit dieser Stille.
Auf dem Wachzimmer wollten sie, dass wir alles Mögliche gestehen, mit dem wir nichts, gar nichts, zu tun hatten. Die Telefonbücher, die sie uns gegen Kopf und Bauch geschlagen haben, Zeno und mir, damals, Telefonbücher geben keine blauen Flecken, wenn man es richtig anstellt.
Heute Abend wird sich keiner von ihnen die Mühe machen auszusteigen, keine Neuen dabei, und die Alten lassen uns, solange wir uns ruhig verhalten, wir sind immer hier im Park, sie sind uns gewohnt. Außerdem ist heute, auf der anderen Seite, der Sommerball der Privatschule, sie werden dort vorbeifahren, sehen, ob auch alles seine Ordnung hat, aber tatsächlich, um die Mädchen in ihren Kleidern zu begutachten, die auf der Treppe vor dem Casino nackte Beine und Schultern zeigen.

«Zieh oder gib weiter, was ist?» Zeno fragt, wo ich mit meinen Gedanken bin, ich sehe aus, als würde ich nachdenken, zu viel Denken macht Kopfschmerzen, ich soll mir lieber die Mädchen anschauen, sagt er, und nicht nur anschauen, heute geht sicher was. Zeno sagt, die Dinge, auf die es ankommt, die stehen nicht in meinen Büchern, die Bücher haben mit dem echten Leben nichts zu tun, ich antworte nicht, vielleicht, weil ich nie viel sage, vielleicht, weil ich für den Moment damit zufrieden bin, mit den anderen hier zu sein. Obwohl es offensichtlich sein muss, dass Zeno die einzige Verbindung ist zwischen ihnen und mir, bin ich froh, auch wenn das Gefühl immer da ist, immer bleibt, am Rand zu stehen, den anderen vom Rand aus zuzusehen.

Zeno sagt, dass der Park unser ist, weil wir hier großgeworden sind, während die anderen von ihren Eltern zum Klavier-, zum Judo-, und weiter zum Nachmittagsunterricht chauffiert worden sind und mein Vater wieder ihre Eltern chauffiert, Nacht für Nacht in seinem Taxi Runden zieht. Mein Vater war der erste aus unserer Familie, der studiert hat, was egal ist, schließlich ist er doch Taxifahrer geworden wie mein Großvater vor ihm, weil die Dinge nicht so einfach sind, sagt mein Vater. Dass er ein Versager ist, sagt hingegen Großvater über ihn, wenn er glaubt, ich höre es nicht. Mein Vater, der seine Gewohnheiten pflegt wie seine Anzüge, die er zum Taxifahren trägt, als wäre er ein Privatchauffeur, der gleiche Anzug in drei Ausführungen, dazu drei identische, passende Hemden. Aber ich weiß auch von den 136 Seiten auf dem Schreibtisch meines Vaters, er hat daran zu schreiben begonnen, als ich noch ein Kind war, hat den Text aus dem Deutschen in unsere Muttersprache und wieder zurück übersetzt. Das Hin-und-her-Übersetzen ist eine Manie geworden, weil er immer Fehler findet, Ungereimtheiten, in jeder Sprache andere, so geht das seit Jahren. Einhundertsechsunddreißig Seiten vor und zurück, ohne jemals weiterzukommen. Das, grau werden und Taxi fahren, unterbrochen von den Nächten, von den Wochen, in denen er verschwindet. Meine Großeltern glauben, dass ich davon nichts weiß, weil ich nichts mitbekommen soll, weil ich in ihren Augen immer noch der kleine Junge bin, der ohne Mutter aufgewachsen ist, ein Kind. Jetzt ist es an mir, jetzt soll etwas aus mir werden, sagt mein Großvater, der mir vorbetet, dass ich klug bin, aber aufpassen muss, dass er weiß, was ich treibe, dass es an Zeit ist, erwachsen zu werden, dass ich lernen, meine Zeit nicht im Park und schon gar nicht mit Zeno verschwenden soll.

Im Park hab ich sprayen gelernt, wobei Zeno immer noch besser ist als ich, hab ich meinen ersten Joint geraucht, haben mich die Bullen gefilzt, immer wieder, aber nichts in meinen Taschen, hab ich meinen ersten Rausch ausgeschlafen, unter den Bäumen. Heute Abend ist es, als würde sich der Park, der mein Zuhause war, auflösen, als würde die Abfolge unserer Abende keinen Sinn mehr ergeben.

Zeno sagt, wir sind zusammen, hier und jetzt, alles andere zählt nicht. Zeno sagt wir, zieht das *Wir* ein Stück enger und meint nur uns beide. Zeno sagt wir und meint alle anderen, Zeno sagt wir und meint nur sich selbst.

Wer heute Abend fehlt, wer mir nicht aus dem Kopf will, ist Mara, die auftaucht und wieder verschwindet, wie es ihr gefällt. Letzten Sommer ist sie im Park aufgetaucht, hat Fotos von uns gemacht, mit der Kamera ihres Vaters, die sie niemals aus der Hand gegeben hat. Danach habe ich sie das ganze Jahr nicht wiedergesehen und auf den nächsten Sommer gehofft. Mara folgt ihren eigenen Regeln. Mara, in ihrer merkwürdigen Aufmachung, in Männerschuhen und Hemd. Mara, die mich nicht küssen wollte, das Gesicht weggedreht und gelacht hat, aber die mir damals im Club, auf dem Konzert, auf das ich sie eingeladen hatte, im Gedränge und Geschiebe der Menge einen runtergeholt hat. Die flirrenden Lichter und Stroboskope, Mara und ich oben auf der Treppe, vor uns die beleuchteten Schemen der anderen, ein Menschenteppich, und wir mittendrin, die Band vorne war das Bild im Bild im Bild unzähliger Kameras und Displays, die hochgehalten wurden, um festzuhalten, den Moment festhalten, irgendetwas festhalten, jetzt. Mara war nicht das erste Mädchen, das mich angefasst hat, aber sie ist die Erste, die zählt. Der Geruch von Schweiß, die klebrige Feuchtigkeit in meiner Hose und ihr Lipglosslächeln ganz nah an meinem Mund, und keiner, keiner hat etwas mitbekommen.

Vorkriegsjugend steht in weißen Buchstaben auf der grünen Militärjacke eines hageren, immer schlecht gelaunten Jungen, Zeno nennt ihn Ökoficker, mit dem ich jeden Morgen im Bus fahre. Zeno sagt, dass scheißegal ist, was der Ökoficker auf seine Jacke schreibt. Vorkriegsjugend. Weiße Buchstaben auf Kunstleder, von denen ich meinen Blick nicht abwenden kann. Was das für ein Krieg sein soll, der kommt, und wann der kommt oder wie er ihn sich vorstellt, ob das witzig sein soll, ich muss mir Krieg nicht vorstellen, ich seh ihn jeden Tag im Gesicht meines Großvaters. Der Krieg, der ihn geprägt hat, ist mir nicht näher als die Nachrichtenbilder aus fremden Ländern und Katastrophengebieten, Bilder, die von immer neuen abgelöst werden. Die Heimat meines Großvaters ist in Fernsehbildern, Zeitungsberichten und zwischen abgebrochenen Telefonaten mit zu Hause zerfallen, in seiner Abwesenheit, das ist ein Teil der Schuld, die er mit sich herumträgt. All die Dinge, vor denen mein Großvater mich beschützen will, weil er nicht versteht, dass ich längst verstanden habe, dass der Krieg ein Teil unserer Familie ist. Das würde ich dem Ökoficker gern sagen oder ihn fragen, was nach dem Krieg sein wird, wenn jetzt und hier vor dem Krieg ist, aber ich lasse es. In der Trägheit des Abends verzieht sich einer nach dem anderen, die meisten sind schon weg, auch die Musik ist aus, der Akku leer, und Zeno ist sauer, weil er sich das anders vorgestellt hat, weil die besten Mädchen nach Hause oder weiter in den Club sind, für den wir heute beide kein Geld haben, was mich nicht stört. Die Stille des Parks hüllt uns ein, ich knicke langsam weg, Wattedösen, gleite in erste Traumbilder hinein, bis mich Zeno mit dem Ellbogen hart in die Seite stößt.

«Kommt schon, kommt schon, kommt schon», Zeno ist langweilig geworden, Zeno hat eine Idee, Zeno hat immer eine Idee. Er springt auf und tigert wild gestikulierend am Ufer auf und ab, als würde das Wasser ihn von einer unwiderstehlichen Beute trennen. Dass der See trüb und brackig ist, ist in der bekifften Stimmung des Abends egal, der See wird ein Meer, die schwüle Stadtluft eine Brise darüber, einer nach dem anderen schält sich, begleitet von nervösem Gekicher, aus den Kleidern, und wichtig ist, wer sich traut, wer zuerst ins Wasser hechtet, aber ich zögere, wie ich immer zögere, suche nach dem Buch in meiner Tasche, das ich vom Schreibtisch meines Vaters mitgenommen habe, taste danach, als könnte es mich davor schützen, etwas tun zu müssen, fahre über die Konturen der Buchstaben, ich weiß, dass unter meinen tastenden Fingern auf dem Einband *Gesegnete Wirklichkeit* steht, und ich könnte einfach hier sitzen bleiben, zusehen oder verschwinden, unauffällig, mich in der Dunkelheit auflösen. Ich zögere, während Zeno schon abtaucht und die ersten es ihm gleichtun, aber dann steh auch ich auf, weil ich weiß, dass es jetzt wichtig ist, ins Wasser zu hechten, kopfüber, und ob die Mädchen, wann sich die Mädchen aus dem Dunkel lösen werden und zu uns ins schwarze Wasser gleiten. Unsere halbnackten Schemen flackern im gelben Laternenlicht, der See wird der Strand der Stadt, an dem wir angespült worden sind.

II. ZENO

Das Gewehr anlegen und warten. Ganze Tage hab ich genau so, aufm Dorfplatz, oben aufm Baum, dort, ganz oben in der Krone, aufrecht, ich, der Feldherr, der über das Schlachtfeld schaut, die Hand an die Stirn, so, konzentriert, total ernst, nichts ist mir entgangen, und unten alle so peng peng peng peng peng, sind da rumgekrochen, rumgerobbt, und ich von oben, vorwärts, Deckung, vorwärts, Männer, dabei, von wegen, wir waren keine Männer, noch nicht, und einmal ist einer von ihnen zu mir rauf, hat sich angeschlichen, hält mir seine Pistole an den Kopf und brüllt: Du bist tot, du bist tot, und ich hab ihn gepackt, geschüttelt, wollt ihn runterschmeißen, willst du sterben, ha, wer stirbt jetzt, wer zuerst, wer ist jetzt tot, wer? Dann ist der Stoff gerissen von seinem T-Shirt, und geflennt hat der, wegen dem T-Shirt und vor Schiss zu fallen, der Feigling, alles Feiglinge, aber das war das einzige Mal, sonst ist das nie, das hat sich keiner getraut, der Scheißbaum mitten aufm Scheißdorfplatz war *mein* Scheißbaum, mein Stützpunkt, mein Gewehr war aus Holz, aber die Treffer waren echt. In meinem Kopf waren die echt. Von dort oben hab ich echt wirklich total so alles beobachtet, die Autos, die vorbei sind, und die Busse, hab gecheckt, ob die auch pünktlich dran sind, ich, der Mittelpunkt von allem, nichts ist mir entgangen, gar nichts, alles hab ich gewusst, wann die Nachbarn weg sind und wohin, wann die fette Sladja ihren Laden aufgesperrt hat, immer zu spät dran, die Alte, faul und langsam, hat mein Vater immer gesagt, dagegen Milena aufm Fahrrad, das war schon was anderes, die schönste Frau in diesem Kaff, hätt ich gesagt, wenn mich mal einer gefragt hätt, und ich sags auch, wenn mich keiner fragt, ihre Beine haben immer so geschimmert, ob das die Haut war oder Strumpfhosen, keine Ahnung, und der Wind unter Milenas Rock, und der Rock hoch über die Schenkel, und sie die Hand drauf, grad noch so, und ich, ein dummer kleiner Scheißer, dem sie manchmal den Kopf getätschelt hat, kleiner Mann, hat Milena gesagt, kleiner Mann, was hast du denn da, kaufst du für deine Mama ein, und die Hitze über beide Ohren, bis unter die Haarspitzen, total rot angelaufen, und hab die Liste versteckt, die mit den Kennzeichen, die Liste war wichtig, zählen und aufschreiben, jeden Tag, die Liste immer weiter, nach Ländern sortieren, ordentlich, scheißordentlich, ich oben im Baum und unten die anderen, die Fremden hinter den Windschutzscheiben, die so an mir vorbei und weiter, an andere Orte, alle ein Kennzeichen, eine Nummer auf meiner Liste, und keiner wusste von der Liste, keiner. Wo die alle hinfahren, hab ich mich gefragt, wo die immer alle hin, da war ich noch nie, weil ich noch nie weiter war als im nächsten Ort, hab gedacht, dass ich da auch hinwill, und jeden Tag das gleiche Spiel, unter mir robben die Idioten vorwärts, im Staub, im Kies, im Dreck, schürfen dabei ihre Knie und Ellbogen und Beine am Boden blutig, ich, der Feldherr, brülle von oben: Vorwärts, Deckung, vorwärts, Männer, und dazwischen die Liste, die Liste nicht vergessen, die Kennzeichen zählen, ich, auf Position, der Mittelpunkt, der verdammte Mittelpunkt der Welt, und alle um mich im Kreis, ihre Scheißkreise ziehend, jeden Tag, die Nachbarn, und Milena, die schönste Frau, mit ihren schimmernden Beinen, auf dem Weg in die Arbeit, auf dem Weg nach Hause, egal, auf dem Weg, mit den Haaren im Wind, lach nur, tätschel mir den Kopf, was du willst, es war einmal Milena, hundert Jahre hab ich gewartet, dass Milenas Fahrradkette abspringt, jetzt lacht sie nicht mehr, da steht sie, direkt unter meinem Baum, und ich schau ihr zu, wie sie sich bückt und flucht und träume mich unter ihren Rock, aber bin viel zu feige, trau mich nicht runter vom Baum, um ihr zu helfen, und die alte Sladja lässt den Rollladen hochrattern und winkt Milena zu, ruft quer über die Straße, und sie winkt zurück, aber ich weiß, dass die Alte rumerzählt, was alle im Dorf rumerzählen, dass Milena es mit jedem treibt, das glaub ich aber nicht, neidisch sind die, und als ich mich endlich dranmache, vom Baum runterzuklettern, hat Milena nicht auf mich gewartet, sie ist schon weiter, schiebt ihr Rad die Straße runter und flucht und egal, die kommt wieder, alle kommen wieder, müssen an mir vorbei, die Nachbarn, die Fremden hinter ihren mit Fliegendreck gespickten Windschutzscheiben, die Busse, alle, vorbei an mir und weiter, das war mein Platz, von dort aus konnt ich alles sehen, sogar den verdammten Jesus aufm Steinkreuz, unten, an der Einfahrt zum Dorf, und ich hab Vater gefragt, ob wir auch mal von hier wegkommen, und als wir dann weg sind, hab ich die Liste mitgenommen, mein Holzgewehr dort gelassen, und ich hab Vater gefragt, ob ich irgendwann wieder ein Gewehr haben darf, dann aber eins, das richtig schießt. Vater hat gesagt, Gott ist ein Astronaut, heute behauptet er, dass der Satz nur einer mehr ist, eins von meinen Hirngespinsten, egal, ich hab nie ein neues Gewehr bekommen, und Fakt ist, das Dorf ist Geschichte. Jetzt bin ich hier, mitten im Kunstrasengrün, gepunktet mit weißen Bällchen, Dreieck-Fähnchen an dünnen Stangen, willkommen in der Disneyworld der weißen Krägen. Das Gewehr an meiner Schulter hab ich selbst bezahlt, also, kommt schon, kommt schon, kommt schon. Warum da noch keiner unterwegs ist, ist doch o. k. das Wetter, ob das stimmt, dass o. k. von zero killed kommt, egal, jetzt aber raus mit euch, geht spielen, ihr Idioten, macht euch fein, zieht eure weißen Hosen, Käppchen, Handschuhe über, schiebt eure kleinen Wägelchen über die Wiese, von Drecksloch zu Drecksloch, kommtschonkommtschon, ich langweil mich so, und da flitzt so ein kleines rotes Vieh den Baum hoch, den Ast gegenüber entlang, bleibt stehen, und sein kleines Gebiss mahlt hysterisch, der Kopf dreht sich hin und her, die puscheligen Ohren auf Empfang, und die großen schwarzen Augen schauen mich an, und ich denk mir, Zielübung, gute Zielübung, und atme ein und aus und Schuss, und weg ist es, Drecksvieh, raschelraschelraschel durch die Blätter, ist es gefallen oder gesprungen, vielleicht wars doch ein Treffer, oder auch nicht, und dann gehts los: Der erste Kandidat tritt auf, klassisches Opfer, rollert sein Wägelchen hinter sich her, von rechts nach links, ein alter Typ in Leinenhosen, Poloshirt mit aufgestelltem Kragen, Schirmkappe, die grau melierten Haare hübsch zurückgekämmt, blütenweiße Lichtgestalt aufm neongrünen Rasen, rollert er zurück von links nach rechts, weiß er nicht, wo er hinwill, nawasdennwasdenn, hast du heute Morgen Zeitung gelesen, Fettsack, unter der fetten Headline gelesen, dass der Polizeisprecher denkt, *es sei kein Zusammenhang zwischen den Orten oder der Wahl der Opfer*, und die Psychologin von einer *destruktiven Allmachtsfantasie des Täters* faselt, und 8000 bin ich ihnen wert, immerhin, das ist ausbaufähig, da kann man dran arbeiten. Da bleibt der Fettsack stehen und rührt sich nicht, als hätt er mich gehört, denn grüngrüngrün ist alles, was ich habe, grüngrüngrün ist meine liebste Farbe, warum mir das ausgerechnet jetzt einfällt, wie ich dieses Kinderlied hasse, wie alle Sätze in diesen Deutschbüchern für Anfänger, aber jetzt bin ich kein Anfänger mehr, er legt die Hand an die Hüfte, wischt sich über die Stirn, wählt einen Golfschläger und seine Position und jetzt halt still, halt still, aber der Sack schlägt nicht ab, steckt den Schläger zurück ins Täschchen, rollert weiter, bleibt stehen, kratzt sich am Arsch, richtet sich den Schwanz in der Hose zurecht, fühlt sich wie zu Hause auf dem verfickten Kunstrasen, stellt seine Schirmmütze gerade, als hätt die ein Visier, und auf gehts, Schläger, Position. Schön still halten jetzt. Ich atme ein und treffe ihn voll auf die rechte Backe, der Alte brüllt und krümmt sich zusammen, und ich krieche zurück zwischen die Blätter, falls er in meine Richtung, irgendwie, vielleicht, ja, riecht er das, wo das hergekommen sein könnte, na, tut das weh, du fette Sau, Scheiße, was für ein Treffer, was für ein, ich könnt mich kaputtlachen, aber nicht lachen, nicht das Gleichgewicht verlieren. Wenn Darko hier wäre, der hätte auch gelacht, der Idiot, wird immer langweiliger, was der hat, was der immer hat, keinen Spaß mehr, versteht keinen Spaß mehr und kapiert nicht, dass Freundschaft kein Zufall ist, dass man seine Versprechen hält, weil zwei und zwei immer fünf ergibt, und diese zwei könnten wir sein, eine Überzahl, aber Darko klinkt sich aus den Dingen aus, die wir einander versprochen haben, der denkt, ich krieg das nicht mit, dass ich nur mehr einer bin, weil er mich alleinlässt mit der ganzen Scheiße, die ich zu erledigen hab, weil einer muss ja, aber Darko, meine Zwei, glaubt, dass er einen Plan hat, und eins ist eine einsame Zahl, die verdammt einsamste Zahl der Welt, aber ich bin hier und jetzt und hab einen verdammten Scheißspaß, egal wie lang ich warten muss, um den Eintrag in die Liste machen zu können. Die Liste ist wichtig. Jetzt genug. Plastiksack über den Lauf, dann Gummiring drüberziehen, das Gewehr im Seesack über der Schulter, gut verpackt, runter vom Baum und im Zickzack über das Gelände, einen Bogen um die Gebäude machen, einen Bogen um die Kameras an den Hauptausgängen, den Kiesweg queren, vorbei an: *Vorsicht bitte nicht stehen bleiben Golfball von rechts*, diese idiotischen Schilder: *Vorsicht bitte nicht stehen bleiben Golfball von links*, damit die eine Entschuldigung haben, falls sie einem Spaziergänger, einem Jogger, einer Omi mit Schoßhund ein achtes Loch in den Schädel putten, die reichen Säcke, ich kriege Seitenstechen vom Lachen und Rennen, sprinte über scheißperfekten Rasen, schon fast neongrün in dem Licht, als wäre der radioaktiv, die Hauptausgänge meiden, also über den Zaun klettern und raus, endlich auf der anderen Seite, renn ich fast einen langen, dürren Typ um, in widerlich engen Jogginghosen, *Run for your life* steht quer über seine Hühnerbrust auf dem glänzenden Muskelshirt, unter dem weißen Frottee-Stirnband arbeiten sich die Schweißtropfen durch, da läuft schon einer, quer über die Stirn. Lauf, lauf, du bist frei, brülle ich ihn an, und der glotzt und sagt gar nichts, oder bin ich ihm zu schnell, bin schon weg, bevor er irgendwas antworten kann, ich renne weiter, den Hügel rauf, an den Villen und Grundstücken vorbei, ein Stück noch, dann kann ich aufhören zu rennen, schwitze wie ein Schwein, und bevor mir wieder langweilig wird: Dingelingelingeling, jemand zu Hause? Ich fahre mit dem Schlüsselbund den Zaun entlang, aber der Bonzenköter schlägt nicht an, rührt sich nicht, döst in Seitenlage vor seiner Hundehütte, hebt nur kurz den Schädel, sieht mich aus wässrigen Augen an, knurrt und legt sich wieder hin, schade, haben die den Totenkopf umsonst am Zaun angebracht, du zahmes Stück Fleisch, letztes Mal bist du doch vollkommen ausgerastet, bist hoch gegen den Zaun, aber da kommst du nicht drüber, du Scheißvieh, zu dumm oder zu fett oder zu alt und der Zaun zu hoch, aber es braucht nur etwas Zeit, etwas Geduld. Darko würde sagen, Scheiße, lass das, wenn da eine Kamera ist, du Idiot, wenn die das sehen, dingelingelingeling, schon rastet das Hundsvieh wieder aus, kommt angelaufen und bellt und bellt und bellt, und dann, als er ganz nah am Zaun ist, hol ich meinen Schwanz raus und piss ihn an, erwische ihn voll, wie der winselnd rückwärts kriecht, sich schüttelt, den Schweif zwischen die Hinterbeine geklemmt, ich schau hoch ins Auge der Kamera, die sich zu mir dreht, frag mich, wer sind DIE, die das sehen können, vielleicht will ich DIE sehen, vielleicht sollten DIE MICH mal sehen, warum nicht hier anfangen, wenn wir schon mal da sind, hier und jetzt, für die Kamera lächeln und die Kontrollmaschine zerstören. Darko sollte hier sein, ist er aber nicht, hat sich in seine eigene Welt verkrochen wie der Köter da drüben in seine Hütte. Na schön, verpisst euch doch alle, löst euch auf in dieser verdammten Hitze, wozu habt ihr Gärten, wenn ihr sowieso nicht rauswollt, kommt raus spielen, raus in eure Gärten, wo das Getucker der Rasensprenger regiert und das leise Brummen dieser perversen Dinger, die den Rasen auf und ab fahren, hinter den Zäunen, Rasen mähende Roboter, werfen kleine Grashäufchen hinter sich, ziehen Endlosschleifen, und ich heb einen Stein auf und werf ihn nach einem der Dinger, aber kein Treffer, nicht mal ein Geräusch, das weiche Gras schluckt den Stein, und das Ding brummt zufrieden weiter in seiner Spur, und kein Schwein auf der Straße, in dieser Gegend geht keiner zu Fuß, auch keine Autos unterwegs, nur Barbievilla an Barbievilla, stehen Schulter an Schulter, und diese Stille, Gespenstersiedlung, aber da müssen irgendwo Lebewesen sein, MenschenMenschen, kommt schon, versteckt euch nicht in eurer Parallelwelt, alles rechtwinkling, diese Scheißpanoramafenster und schießschartenkleinen Fenster sind wie Gesichter in die Fassaden geschnitten, Fenster, hinter denen irgendeiner sein muss, aber nichts passiert, gar nichts, und ich langweil mich, schon wieder, ich langweil mich zu Tode, und der Rasensprenger macht sein Tztztztztztz, und ich muss an Mara denken, diese irre kleine Schlampe, auf die Darko scharf ist, irre parabel, wie ihre Mutter, da ist nichtssssss zu machen, ich seh so was sofort, aber Darko checkt das nicht, obwohl er andere Dinge checkt, hat mir diese verdammte Sprache beigebracht, als ich noch für alle hier ein Idiot war, die hatten mich schon abgeschrieben. Was er für mich gemacht hat, hätte kein anderer, keiner, und ich hab Darko dafür unter Leute gebracht, das ist kein Zufall, das ist Freundschaft. Und ich erinner mich, dass ich Mara hier im Viertel gesehn hab, vor ein paar Wochen, hier oder paar Straßen weiter, wie sie die Straße runter ist, ihre Kopfhörer auf, und ihr Hintern schwingt im Beat zu einer Musik, die ich nicht hören kann, ich hab zugesehn, wie sie das Knöpfchen einer Gegensprechanlage gedrückt hat, ein Kameraauge hat sich zu ihr gedreht, ihr Auftauchen für o. k. befunden, das BZZZZZZZZZZZZZ des Türöffners, das noch lange, nachdem sie im Haus verschwunden war, immer noch BZZZZZZZZZZZ, und ich hab mich gefragt, was die hier treibt, dass ich das rausfinden sollte, für Darko, *aus Prinzip* hab ich auf Mara gewartet, bin hinter ihr her durch die halbe Stadt. Ich weiß nicht, was mit ihr los ist, aber das werde ich noch, ich weiß, der Apfel fällt nicht weit, und die Dinge wiederholen sich, vielleicht gibts unendliche Möglichkeiten von hier und jetzt in verschiedenen Parallelwelten auf verschiedenen Splitscreens, aber wer sitzt hinter den Screens und sieht sich das alles an, wer drückt die Knöpfchen, und wieder das BZZZZZZ, jetzt, direkt neben mir, es ist das Tor vor mir, irgendwo drückt einer auf ein Knöpfchen, und ein laaaanges BZZZZZZZZZZZZZZZZZZZZZZZ lädt mich ein, da ist keiner außer mir, also bin ich gemeint, und ich lass mich nicht lange bitten, warum auch, ich stolpere in einen Garten, und hinterm Garten wartet die Eingangstür, nicht zögern, solange der Köter in seiner Hütte ist, wie viele Schritte sind es vom Tor zum Haus, weiter, vorwärts, nicht stehen bleiben, hier, in der Mitte des Gartens, zurück oder vorwärts, Männer, oderoderoder, vorwärts, weiße Tür, weißer Türknauf, der erste Schritt ins Haus, zwei Schritte weiter schluckt mich der dunkle Flur, vor mir ist eine lange, breite Treppe, da klickert was die Treppe hinunter, ticketacketick, Stufe um Stufe, Pfotengeklicker, bis ein ganz kleiner Köter dasteht, Puschelohren, kätzchenkleines Mistvieh, mehr frisierte Ratte als Hund, und ich seh zu, wie er erst freundlich mit seinem kleinen Puschelschwanz wedelt, hechelt, rumschnuppert und plötzlich wie wild zu kläffen anfängt.

III. ALEN

Dort drüben, wo die Lichter sind, wo die Musik herkommt, liegt der Park, dort wird Darko sein, und ich kenne das ja, und ich werde auch nicht zu ihm hingehen, werde dem ungeschriebenen Gesetz zwischen Vater und Sohn nicht folgen, wonach einer seinen Spaß hat und der andere sich Sorgen macht. Und obwohl ich keine Vorstellung von diesem Sommer habe, nur die fixe Idee, dass ich es anders machen kann als mein Vater, vielleicht, wahrscheinlich, *wenn*, und was dieses *Wenn* ausmachen könnte, werde ich rechtzeitig herausfinden, davon bin ich in diesem Moment überzeugt, so, wie ich lange Zeit überzeugt war, das Richtige zu tun, trotz allem, zu wissen, was das Richtige ist.

Es ist 21 Uhr 21, ich starte den Motor, das rhythmische *Pling* setzt ein, um sich unermüdlich zu wiederholen, bis ich den Sicherheitsgurt hinter meinem Rücken schließe. All diese wunderbaren Warnsysteme, allesamt können sie viel zu einfach ausgetrickst werden. Ich fahre mit der Zungenspitze über das gummierte Blättchen, klebe die Zigarette zusammen und zünde sie an, muss augenblicklich husten. Wann hat dieser Husten angefangen? Ein Rest Tabak klebt auf meiner Unterlippe, ich spucke aus dem Fenster und lasse es auf Knopfdruck surrend hochfahren. Vor dem Imbiss gegenüber dreht sich die Trommel einer Eismaschine, schleudert rote und grüne Flüssigkeit, Frozen Joghurt, der nicht wie Joghurt aussieht. Der Geruch von Frittierfett hängt in der Luft. Ein Mann lehnt im Eingang und raucht, eine schmutzige Schürze ist locker um seine Hüften gebunden, er nickt mir zu. Jetzt rieche ich Kaffee, ich könnte hineingehen und mir einen Becher holen, schwarz, ohne Zucker.

Dieses Gesicht im Rückspiegel, das bin immer noch ich, eine schlechte Version von mir, mit Schatten unter den Augen, Tränensäcken. Vielleicht hat die Stelle an meinem Hinterkopf, wo das Haar dünn geworden ist, an der die Haut rosa durchschimmert, ihren Radius ein Stück vergrößert. Stille Landnahme des Verfalls, unscheinbar noch, wenn man nicht genau hinsieht, ist alles in Ordnung. Ich bin wach, auf eine nervöse Art, habe wohl nicht mehr als die üblichen drei, vier Stunden geschlafen, das Schlafen lässt sich kaum vom Wachen unterscheiden. Habe ich heute schon gesprochen, oder werden meine Gedanken, wie jeden Tag, nur von analogen Kurzmitteilungen und Nichtgesprächen, Einschüben zwischen den üblichen Verkehrsmeldungen, unterbrochen. Aus dem Autoradio plätschern Nachrichten von Stau und Umleitungen wegen Demonstrationszügen, Paraden, Kaufhauseröffnungen und Abverkäufen. Menschenansammlungen, die sich träge durch die Stadt schieben, um von gehetzten Einzelnen überholt zu werden, alle scheinen immer gleichzeitig da draußen zu sein. Wenn sich jetzt noch all jene auf den Weg machen würden, die, vom Flimmern ihrer 35-Minuten-Sitcom ruhiggestellt, zu Hause sitzen, wo auf Problem und Verstrickung nahtlos Lösung und Absolution folgen, dazwischen ein Werbeblock und der Weg zum Kühlschrank, vielleicht ein Schokoriegel. Die Hauptdarstellerin ist blond und zwinkert mir zu, es ist einfach, einfacher, als du denkst. Sie schlägt die Beine übereinander, das Rascheln ihrer Strümpfe kommt mir vertraut vor, wie das Rauschen zwischen den Kanälen.

«Du solltest mal wieder raus aus deinem Kopf», wer hat das kürzlich zu mir gesagt, war das Niko? Ich erinnere mich, dass wir verabredet sind, ich denke, das war heute. Die Stimme aus dem Autoradio wiederholt: Mit Verspätungen und Umwegen ist zu rechnen.

«Ich schaffe es heute nicht mehr», sagt mein Fahrgast in sein Telefon, dabei nestelt er am Knoten seiner Krawatte. Es ist heiß draußen, hier drinnen surrt und klappert die Klimaanlage, die defekt ist, immer wieder ausfällt. Ich warte auf seine Anweisungen. Das Taxameter, das über den Sitz ausgelöst wird, läuft, seit er eingestiegen ist. Er bemerkt es nicht, wirft mir die Adresse hin, ohne mich anzusehen, als würde er eine Münze in einen Hut werfen. «Wie halten Sie eigentlich diese Musik aus?» Ich beantworte seine Frage, indem ich mit der rechten den Radiosender wechsle, blinke und mich wieder in den zähflüssigen Abendverkehr einreihe. Jetzt ist es an mir, ich kann die Strecken abkürzen oder kleine Umwege fahren, vor den Ampeln langsamer werden, ich kann sprechen oder schweigen. Der Fahrgast fällt mit seinem in mein Husten ein, als wolle er mich imitieren, als hätten wir die Rollen getauscht. Ich beobachte ihn im Rückspiegel, irgendetwas ist mit seinem Auge, ein nervöses Blinzeln oder Zucken, und stelle mir vor, wie er zweimal blinzelt und die Ampel auf Grün springt.
Ein Kinderspiel, eine abergläubische Gewohnheit, die ich lang vergessen und wieder aufgenommen habe an dem Abend, als ich das Mädchen nach Hause gefahren habe. Sie hat es mir vorgemacht: Zweimal blinzeln, und die Ampel springt auf Grün, Finger kreuzen, und die Ampel springt auf Rot. Da war es wieder, eine Leichtigkeit, ein Unbesiegbarkeitsgefühl, das ich lang vergessen hatte, ähnlich dem, wenn man eben erst richtig gut gevögelt hat. Jemand nimmt also noch wahr, dass du ein Mensch bist, nicht nur irgendjemand oder *eine Ansammlung Moleküle, die sich zufällig irgendwo neu zusammensetzen, am falschen Ort zur falschen Zeit*. Ein Moment der Unachtsamkeit, in dem du Ja sagst, einen kleinen Umweg machst, eine Ausnahme, statt gerade Linien zu ziehen, wie du es dir vorgenommen hast, pünktlich in der Gruppe zu sein, jeden Mittwoch um 19 Uhr 15. Er findet dich, der Moment, den du nicht rückgängig machen kannst.

Das Mädchen lehnt im Foyer neben dem Kaffeeautomaten und das erste Detail, das ich an ihr wahrnehme, ist das Schwarz ihrer linken Pupille, das in die Iris hinein verwischt ist. Ein gekipptes Oval, ein kleiner Fehler in der Symmetrie ihrer Züge. Ein Fehler, der mir gefällt. Sie fragt mich nach einer Zigarette.
«Man darf hier nicht rauchen.»
«Wirklich?»
Die Beschleunigung, die zitternde Tachnonadel, daran erinnere ich mich, und an das Kichern und Blinzeln und Fingerkreuzen. Rot, Grün, Rot. Das Klicken eines Feuerzeugs lässt mich einen Blick in den Rückspiegel werfen. Mein Fahrgast versucht, sich eine Zigarette anzuzünden, schüttelt sein Feuerzeug.
«Sie dürfen hier nicht rauchen.»
«Es riecht aber nach Rauch.»
«Finden Sie?»
Ich werde langsamer fahren, die Finger an jeder Ampel kreuzen. Rot, Rot, Rot. Das Gepäck aus dem Kofferraum heben, das Wechselgeld langsam abzählen, um von einem «Stimmt so» unterbrochen zu werden. Gute Nacht wünschen, und die Nacht stürzt in den Tag, einen Tag wie diesen, und das Mädchen ist schmal und blass, und sie schlüpft aus ihren Schuhen, streift die Socken ab, stützt ihre nackten Füße gegen das Armaturenbrett. Eine Ader tritt oberhalb ihrer rechten Ferse hervor, schlängelt sich am Knöchel bläulich unter der Haut. Nur der linke kleine Zeh ist rot lackiert. Es muss keiner wissen, es ist nichts weiter, alles in Ordnung, wenn ich die Abläufe einhalte, die Alltäglichkeiten, oder

addiere ich nur eine weitere kleine Hilflosigkeit, eine weitere Verschiebung der Zusammenhänge, zurück in meiner Wohnung, während über mir das Viereck der Hausmauern den Blick auf ein Viereck graublauen Himmel freigibt. Ich pflege meine Routine in den alltäglichen Verzweiflungen, beispielsweise die einhundertsechsunddreißig Seiten vorwärts und rückwärts zählen, die Tastenkombination für den Befehl *Drucken* klicken, ohne nachzudenken, nachdenken zu müssen. Meine Gewohnheiten, die ich pflege wie meine Anzüge, genau genommen ist es derselbe Anzug in drei Ausführungen, drei identische Hemden dazu. All meine Prinzipien etablieren sich, um letztlich langweilig zu werden.

Das Blatt Papier ist noch druckerwarm. Mittlerweile kann ich Kitsune, den sitzenden Fuchs, ohne hinzusehen, aus dem Papier falten. Kitsune hat die Form eines M, M wie das Mädchen, das mir beigebracht hat, den Fuchs zu falten. Die gedruckten Zeilen laufen vorwärts und rückwärts und kreuz und quer über Kitsune, den sitzenden Fuchs, und nie kann ich hören, wie er im Lichthof landet. Die nächste Seite falte ich wieder auseinander, streiche sie glatt, Seite eins von einhundertsechsunddreißig, hier könnte die Geschichte beginnen.

Jetzt beginnt das Taxameter gegen die Zeit zu laufen, zwei Radiofrequenzen überschneiden sich, eine zerhackte Stimme verliert sich im Rauschen eines toten Kanals. Ich beobachte die Autofahrerin, die direkt neben mir an der Ampel wartet. Sie spürt meinen Blick nicht, stochert gedankenverloren mit dem Fingernagel zwischen ihren Schneidezähnen, untersucht ausgiebig etwas, das jetzt unter ihrem lackierten Fingernagel kleben muss. Sie ist zu Hause, geborgen in ihren vier mobilen Wänden. Die Ampel springt auf Grün, ich biege ab und fahre eine Allee entlang, vor mir ein Wagen des Stadtgartenamts, der die Baumkronen mit einem feinen Nebel besprüht, der Nebel scheint in der Luft zu stehen, künstliche, giftige Wolken. Blätter segeln von den Bäumen, als wäre es Herbst, in der ganzen Stadt ist das so, Schädlinge, vielleicht ein Virus. Ich fahre im Schritttempo, der Fahrgast auf dem Rücksitz, eine ältere Frau, zieht zischend die Luft durch ihre Zähne, aber sie beschwert sich nicht. Ein paar Blätter landen auf der Motorhaube, eines bleibt im Scheibenwischer stecken, den ich kurz einschalte. Die Stimme der Frau sagt: «Sie tragen einen Anzug. Haben Sie heute noch etwas vor?» Das Blatt pendelt von rechts nach links nach rechts.

Während Kitsune, der sitzende Fuchs, in kreisenden Bewegungen in den Hof hinuntersegelt, setze ich mich wieder, tippe ein Datum, das Überarbeitungsdatum, rechts oben auf die Seite, sehe zu, wie der Cursor im Sekundentakt auf dem Bildschirm pulsiert, betrachte die Zeilen, die ich getippt habe. Ich entdecke ein Leerzeichen zu viel zwischen *trotz* und *allem*, eine Leerstelle, ein Wurmloch, das die Erinnerung und den Raum, in dem ich mich befinde, zwischen diese beiden Worte saugt. Alles könnte darin verschwinden. Der Cursor ist ein Ausrufezeichen, wirft schwarze Buchstaben auf die weiße Fläche und läuft rückwärts, verschluckt alle wieder, pulsiert im Atemrhythmus auf dem weißen Bildschirm.
Vielleicht liegt es an diesem Lichthof, der seinen Namen nicht verdient, der nur wenig Tageslicht hereinlässt, in diese Schuhschachtel mit den zu dünnen Wänden. Das kleinere Zimmer habe ich in den letzten Wochen für Darko eingerichtet, Platz gemacht, bisher waren es nur die Wochenenden, die wir gemeinsam hatten. Ein Wochenende im Monat. Meine Eltern und ich haben Darko in dem Glauben gelassen, dass wir seinem Wunsch nachgegeben haben. Wir haben entschieden, die Wahrheit müsse Darko nicht wissen. Die Krankheit, die seinen Großvater von innen auffrisst, beginnt mit einem Fleck auf einem Röntgenbild. Unsere gemeinsame Entscheidung, die erste seit langem, ist ein Versuch, der nicht scheitern kann, weil dafür kein Platz ist.
Meine Wohnung ist nicht gemacht für zwei. Darko und ich werden uns, wie an den Wochenenden, im Flur, in der Küche,

aneinander vorbeischieben. Manchmal wird er am Schreibtisch sitzen und lernen, in meinen Büchern lesen, er wird wie selbstverständlich nach meinem Tabak greifen, sich eine Zigarette drehen.

«Das hat er von dir», sagt mein Vater bei jeder kleinen Verfehlung. Ich habe Darko nie etwas verboten, dafür war ich nicht zuständig, dafür habe ich kein Talent. Aber er ist ein kluger Junge, der früh gelernt hat, dass Vater, Mutter, Kind nicht automatisch eine Familie ergeben. Ich habe mich nie gefragt, ob alles anders hätte kommen können, wenn seine Mutter und ich einander nicht so ähnlich gewesen wären, wenn ich reifer gewesen wäre. Nur in letzter Zeit frage ich mich, angesichts der neuen Gesten und Stimmungen, die ich an Darko beobachte, wie ähnlich wir einander tatsächlich sind. Aber es ist Sommer, er hat Ferien. Alles, was wir tun müssen, ist miteinander auszukommen.

Aus dem Erdgeschoss, in dem die Fenster eines vietnamesischen Imbisses liegen, das *Hán Nôm*, mein Stammlokal, zieht der Geruch von Fett zu mir hoch. Wenn ich den Hof überquere, kann ich die Silhouetten der Köche hinter dem Milchglas herumhuschen sehen. Man kann die Nachbarn ringsum husten, streiten, ficken hören, je nach Tageszeit, Verfassung und Wetterlage. Jetzt wird ein Staubsauger angeworfen, eine Bohrmaschine schraubt sich kreischend in eine Wand, stößt auf Widerstand, fängt an zu stottern, das Plätschern in den Abwasserrohren, das Weinen von Kindern, vor allem morgens. Da ist das Wettbüro im Hof gegenüber, in dem die Männer Karten spielen und laut diskutieren, das Auf- und Abschwellen von Musik, arabischer Gesang. Jemand scheint zu jeder Tages- und Nachtzeit Glas in die Sammeltonne zu werfen und das hysterische Gezwitscher der Vögel im Hof, das immer, zu jeder Jahreszeit, da zu sein scheint, mir im Sommer fast schon unerträglich wird.

Mein Hemd trocknet am Fenster, der Bügel schlägt im Wind gegen den Rahmen. Vielleicht sollte ich es von dort wegnehmen, damit es den Essensgeruch, der eben stärker zu mir hochzuziehen scheint, nicht annimmt. Ich rieche Eier, gebratenes Hühnerfleisch und Sojasoße und stelle mir vor, wie der vietnamesische Koch Stockwerke unter mir etwas Lebendiges in den Metallkorb einer Fritteuse schüttet und es zuckend im heißen Fett versinkt. Die Hausmauer gegenüber wird um diese Tageszeit in eine exakte Diagonale aus Licht und Schatten geteilt. Von meinem Schreibtisch aus, der ans Fenster gerückt steht, kann ich jede Bewegung hinter den Vorhängen der Nachbarn sehen. Da ist ein Paar, ich nenne sie *Yin und Yang*, das samstags und sonntags auf dem Balkon frühstückt und schweigt, immer um die gleiche Zeit. Jetzt steht *Yin* auf und küsst *Yang* auf die Stirn. *Yin* ist eine hochgewachsene Frau, die Unmengen Orangensaft trinkt.
Ich will mein Hemd wegnehmen, greife nach dem Kleiderbügel, der mir kurz aus der Hand gleitet, fange ihn wieder, aber das Hemd flattert hinunter in den Hof, den der Alte, der einen Stock unter mir wohnt, in diesem Moment durchquert. Er trägt einen Hut und seinen guten Anzug, heller Cord, man kann die Uhr danach stellen, wann er seine Runde macht. Er kürzt seinen Weg durch den Hof ab, läuft über die Wiese, trampelt über die liebevoll angelegten Beete wie ein schadenfrohes Kind. Es macht Spaß, ihm dabei zuzusehen. Die alten Leute im Haus und ich, wir verstehen einander, ich spreche gern mit ihnen, mag ihr geschäftiges Geplapper im Flur. Einer nach dem anderen wird wegsterben, in Heimen verschwinden. Mit meinem Vater kann ich nicht so reden wie mit ihnen, vielleicht ist es dieser Ausdruck von Enttäuschung, der strafende Blick, den er eigens für mich reserviert zu haben scheint, der mich stumm macht. Dabei, wenn ich mir alte Fotos von ihm ansehe, sehe ich einen anderen, einen jungen Mann mit einem breiten Lachen,

der sich immer wieder in eine ironische Siegerpose wirft, einen, der mir sympathisch sein könnte.
Die Haustür fällt hinter dem Alten ins Schloss, mein Hemd liegt leuchtend weiß unten zwischen den Beeten.

Wann war ich das letzte Mal spazieren? Früher habe ich das gern gemacht, kreuz und quer durch die Stadt. Früher gab es Orte, an die ich gehen wollte. Mein Vater sagt, mir sei alles zu leichtgefallen. Letztlich habe ich alle Dinge aufgegeben, die mir leichtgefallen sind. Nur das Schreiben nicht. An den Wochenenden, wenn ich Darko bei mir haben durfte, habe ich ihn manchmal in die Universitätsbibliothek mitgenommen, mein letzter Versuch, etwas abzuschließen, ich hätte wissen können, dass er zum Scheitern verurteilt war. Unsere schweigend verbrachten Nachmittage, Darko hatte immer schon ein ruhiges Gemüt. Wir hatten unsere Rituale, auf dem Heimweg habe ich ihm eine Tüte Chips oder Kekse gekauft. Heute fahre ich jede Strecke mit dem Wagen oder sitze hier fest, in dieser Wohnung, wenn ich nicht raus muss. Beispielsweise in den Supermarkt, wo neonbeleuchtetes Gemüse darauf wartet, zu verderben, während mein Kopf mir Streiche spielt, wenn ich erst an der Kasse bemerke, dass in meinem Einkaufswagen, zwischen den üblichen Dingen: Milch, Fleisch, Käse und Eiern, eine Flasche Wodka liegt oder eine Flasche Wein, mit diesem unschuldigen Ausdruck, den nur Gegenstände haben können.

Hier drinnen kann mir nichts passieren. Ich zähle die Seiten, fange von vorne an, bringe alles in eine neue Ordnung, bis ich nicht mehr weiß, wo ich angefangen habe und warum. Wenn ich es aufschreiben kann, könnte ich vielleicht etwas Grundsätzliches verstehen, die Gegenwart übersetzen. Aber es ist nie richtig, kann nicht richtig werden, weil ich mich davor entscheiden müsste, was richtig und falsch ist, für eine Stimme,

einen Ton, eine Ordnung. Entscheidungen, mein Vater wiederholt sich gern: Ich hätte kein Talent für gute Entscheidungen. Auch dass ich mir seine, unsere Sprache wieder angeeignet habe, bedeutet ihm nichts.
Die Farbe der Tage ist monochrom, ich sehe zu, wie es draußen hell wird und wieder dunkel, spüre den Drang, mich zu bewegen, raus, egal wie, egal wohin. Aber ich kann mich nicht überwinden, laufe stattdessen Kreise in der Wohnung, als würde ich eine Zelle auf und ab tigern, mache Klimmzüge und Liegestütze bis zur Erschöpfung. Eine Erschöpfung, die mich schnell überkommt, viel schneller als früher. Routine ist wichtig, die Abläufe einhalten ist wichtig, wenn mein Dienst beginnt, beginnt die Ordnung der Dinge.

Ein gelbes Blatt hängt unter dem Scheibenwischer fest. Ich habe keinen Hunger, aber ich sollte mir etwas zu essen holen, und Tabak. Als ich einen Blick auf die Uhr werfen will, fällt mir auf, dass das Taxameter immer noch läuft, obwohl der letzte Fahrgast längst ausgestiegen ist, ich sehe zu, wie sich die Zahlen vorwärtsschieben. Eigentlich sollte ich nicht sinnlos Sprit verfahren. Neben mir in der Plastikhalterung dampft ein Becher Kaffee, und die Stimme aus dem Radio bestätigt meine Vermutung: Die Zeit als System funktioniert eigentlich nicht mehr, weil alles gleichzeitig geschieht.

Vor der Vierundzwanzigstundenbäckerei parkt ein Polizeiwagen auf dem Gehsteig. Während ich meinen Wagen abstelle, kommen zwei Polizisten, beladen mit Softdrinks und sonstigem Nachtarbeiterproviant vorbei. Einer von ihnen klopft auf mein Autodach, bückt sich zu meinem Fenster und nickt mir zu, einen Schokoriegel zwischen den Zähnen. Es ist Niko. Er macht eine Geste, Daumen und kleiner Finger abgespreizt, Telefon, hält es sich ans Ohr. Ich nicke ihm zu. Dass wir Freunde

geworden sind, ist nicht mehr als ein Zufall, ich glaube, wir waren nur gleichzeitig am falschen Ort zur falschen Zeit. Freundschaft ist vielleicht grundsätzlich nur eine Frage von Zufall, Gewohnheit und Trägheit.
Aus der Bäckerei strömt ein schwerer, süßlicher Geruch: Zucker, Teig, Äpfel. Ich denke an die Kakerlaken in der heißen Backstube im Hinterzimmer, die ihre Fühler nach mir ausstrecken, kurze fauchende Geräusche von sich geben. Hier hab ich früher gearbeitet, aber ich kaufe trotzdem hier ein, es liegt auf dem Weg. Zucker, Teig, Äpfel, das waren die Gerüche, die zu meiner Großmutter gehörten, meine Großmutter in ihrem Lieblingssessel, wie wir alle, die ganze Familie, um sie herumgesessen sind. Schade nur, dass sie schon tot war. Im ganzen Haus roch es nach frischem Apfelkuchen. Sie hatte ihn am Morgen gebacken, dann um die Mittagszeit aus dem Ofen geholt und zum Auskühlen auf die Anrichte gestellt. Wir waren über die Ferien nach Hause gefahren. Sie hat mich gern um sich gehabt, es hat ihr nichts ausgemacht, dass wir keine gemeinsame Sprache hatten, weil ich damals die Sprache meines Vaters verweigert habe. Ich war derjenige, der die Großmutter an jenem Tag gefunden hat. Die Familie, einer nach dem anderen, kam, um noch einmal die tote Großmutter zu sehen, und wir aßen den Kuchen, während wir auf den Arzt warteten. Wir waren vollzählig, es war das letzte Mal, dass die Familie an einem Ort zusammenkam.
Die Erinnerung ist launisch, sprunghaft, läuft von einem Zimmer in das andere. In einem sitzt meine Familie, die Redewendung: *die Stimmung einfangen* kommt mir in den Sinn, wenn ich unsere Familienfotos betrachte, auf denen mich alles verrät, der Blick, die Körperhaltung, ein Kaninchen im Scheinwerferlicht. Alle Augen auf mir, prüfend, erwartungsvoll. In dem anderen Raum wartet der Plastiksesselkreis, in dem ich mich einmal die Woche wiederfinde, 19 Uhr 15, Mittwoch, meinen Becher Auto-

matenkaffee umklammernd, um über meine Probleme, meine Fort- und Rückschritte zu sprechen oder zu schweigen.
Ich denke an meinen Vater, der vielleicht sterben wird, suche nach einem Gefühl dazu. Ich sehe Großmutter vor mir, sie sitzt in ihrem Sessel in der Küche wie jeden Tag, vor der zum Garten hin geöffneten Tür. Das Radio läuft, aber es ist ganz leise gedreht, sie hält den Oberkörper aufrecht, ihr Blick ist in den Garten, zu ihren Gemüse- und Blumenbeeten gewandt. Sie sitzt reglos, die Hände über dem Bauch verschränkt, nur die Daumen in gleichförmiger Kreisbewegung umeinander, Planeten, die um eine unsichtbare Sonne kreisen.

Das Radio in der Bäckerei ist viel zu laut gestellt. Ancas rosa Fingernägel, Glitzersteinchen an den Ringfingern, trommeln zur Musik auf die Arbeitsfläche, ohne den Rhythmus auch nur annähernd zu treffen. «Macht diese Musik dich nicht wahnsinnig?»
Anca zuckt mit den Achseln. Sie war mal schön, vielleicht ist sie es immer noch, aber das Make-up gibt ihrem Gesicht etwas Maskenhaftes. Kaugummi kauend macht sie meine Einkäufe fertig, lässt die Schneidemaschine quietschend Wurst- und Käseblätter spucken, ohne das Blatt dazwischen sauberzuwischen, wickelt Brot in braunes Wachspapier, verstaut alles in einem scheußlich gemusterten Papiersack und stellt ihn vorsichtig auf das Glaspult, unter dem eine vergessene Käsevariation neben Aufschnitt in Aspik vor sich hin schwitzt. Sie mustert mich, während ich nach meinem Portemonnaie suche, aber sie fragt nicht, wann ich wieder anrufe, wann ich bei ihr vorbeikomme, sie beschwert sich nicht. Das Trommeln ihrer Fingernägel auf dem Pult, vielleicht ist es ihr gleich. Ich frage mich, warum ich das alles bestellt habe, ich werde nichts davon essen, krame einen zerknitterten Schein hervor, den sie glatt streicht. Als sie beginnt, das Wechselgeld abzuzählen, unterbreche ich sie. «Stimmt so.»

Wir spiegeln uns in den Fliesen an der Decke, die unterbrochen sind von blauen Quadraten, die gleichen Fliesen sind an der Wand hinter ihr angebracht, unterbrochen von pinkfarbenen Quadraten. Der Raum sieht aus, als hätte jemand eigentlich eine Art Tanzstudio daraus machen wollen, aber keiner wird hier tanzen.
Anca streicht sich eine gelblich blonde Haarsträhne aus dem Gesicht und versucht zu lächeln, bringt aber nur eine Grimasse zustande. Ich frage sie, wie es ihr geht, sie streift mit einem Schnalzen die Plastikhandschuhe ab, legt für einen Moment ihre Hand auf meine, bevor sie antwortet: «Es ist so langweilig. Es ist so schrecklich langweilig.»

Die Zentrale meldet sich mit einem Knacken. Es ist die vertraute Stimme eines Kollegen, ich sehe ihn vor mir, wie er an seinem Platz sitzt und gedankenverloren die Fotografie auf seinem Tisch von rechts etwas weiter nach links rückt, die gleiche Aufnahme findet sich in seinem Portemonnaie. Warum will man die Gesichter von Frau und Kindern sehen, wenn man irgendwo irgendetwas bezahlt?
Ich frage mich, ob der Fotograf die abgebildete *Stimmung einfangen* wollte: Zwei Mädchen, eines der Mädchen schielt ein wenig, die andere, die Jüngere der beiden, blickt nicht in die Kamera, sondern nach links. Ihr Körper ist angespannt, es sieht aus, als würde sie sich im nächsten Augenblick von der Hand der Mutter losreißen und aus dem Bild laufen. Mein Kollege wischt mit der Daumenkuppe über den Staub auf dem Rahmen.

Es ist 5 Uhr 55, das unermüdliche *Pling* startet wie auf Kommando, all diese wunderbaren Warnsysteme, ich unterbreche das monotone Konzert, schließe den Sicherheitsgurt hinter meinem Rücken. Zeitgleich schließt sich ein automatisches Tor fast lautlos hinter mir, mein Blick wandert über den verlassenen Golfplatz gegenüber. Die künstliche grüne Fläche im Morgennebel, vereinzelt segeln gelbe Blätter wie in Zeitlupe von den Bäumen, und dann ist da etwas am Straßenrand, auf der anderen Seite der Schnellstraße, das meine Aufmerksamkeit auf sich zieht. Ich schalte die Warnblinkanlage ein, den Schlüssel lasse ich stecken, da ist keiner, der fragt, *Macht diese Musik Sie nicht wahnsinnig?*, aber ich stelle das Radio trotzdem leiser, steige aus und überquere die Straße. Ein rotes Eichhörnchen, es liegt auf der Seite, friedlich, ich bücke mich, um es vorsichtig anzustupsen, und es zuckt leicht. Der Körper liegt parallel zur gelben Begrenzungslinie, ein weißer Kreidepfeil auf dem Asphalt zeigt auf das Tier. Ich erinnere mich an die Meldung, *dass die Vermehrung der grauen Eichhörnchen in dieser Gegend an der Grenze zur ökologischen Plage sei*. Wenn ich nach Hause komme, wird Darko da sein, ich könnte Frühstück mitbringen. Über die Straße dringen zerhackte Geräusche aus dem Autoradio, *macht diese Musik dich nicht*, zwei Autos zischen an mir vorbei, dann wieder Stille. Ich stehe einfach so da und sehe zu, wie das Eichhörnchen noch ein oder zwei Mal zuckt.

IV. MARA

Fang am Anfang an. Schwierig, den Anfang zu definieren, weil sich die Punkte die ganze Zeit verschieben, auf einen neuen Mittelpunkt zu, sich dann wieder auflösen, neue Verbindungen ziehen. Sagen wir *Jetzt*, sagen wir: *Ich befinde mich hier.*

Die Plastikbügel drücken gegen meine Schläfen, die Frau hinter dem Schalter, die mir die Kopfhörer eben in die Hand gedrückt hat, rührt schon wieder desinteressiert in einem Becher, *Frozen Joghurt* steht in verschnörkelter Schrift darauf. Es sind immer die Details, die mich ablenken, wie: ein doppeltes Leerzeichen auf ihrem Namensschild, das links von ihrem imposanten Dekolleté baumelt und sie in Blockbuchstaben als Vlatka Cibula und Angestellte des Museums für Moderne Kunst ausweist. Der Name gefällt mir. Hinter Vlatka Cibula ist ein Spiegel angebracht, der bis an die halbe Höhe der Decke reicht. Auf dem Pult vor ihr sind Vertiefungen in das dunkel gebeizte Holz eingelassen, in denen sich Postkarten und Orientierungspläne *zur freien Entnahme* befinden. Ich wähle eine Postkarte mit dem Aufdruck *Alles Mitwirkende Amateure Dilettanten*, eine zweite, auf der ein Mann mit nacktem Oberkörper am Fenster steht, rot verbrannte Haut an seinen Armen und seinem Hals rahmt den schneeweißen Abdruck eines Unterhemds, das er nicht mehr trägt. Das Pult, hinter dem Vlatka Cibula sitzt, ist merkwürdig erhöht, wenn ich geradeaus sehe, blicke ich auf ihr Dekolleté, den Ansatz ihrer wunderbar weißen Brüste, die sehr weich sein müssen, warm und zart die Haut darüber. Der Anblick lässt mich mein Hemd zurechtziehen, dieser knochige Körper unter dem bisschen Fleisch, meine flachen Brüste, «Ich brauche mehr Fleisch auf diesen Knochen», mein Vater hat das angeblich irgendwann gesagt, so haben sie ihn zitiert, die Zeitungsmenschen. Im Spiegel hinter Vlatka ist gerade noch mein Kopf zu sehen, als läge er guillotiniert, eine Opfergabe, auf dem Pult neben ihr. Ich schneide meinem Spiegelbild Grimassen, dem Gesicht meines Vaters, welches das Gesicht meiner Mutter sein soll, alle behaupten, dass ich ihr ähnlich sehe: Ich grinse, blecke die Zähne, versuche mit der Zunge meine Nasenspitze zu berühren, wiederhole gedankenverloren und gut hörbar ihren Namen. Vlatka Cibula blickt irritiert von ihrem *Frozen Joghurt* hoch, hebt dann fragend eine Braue, ich lasse meinen Kaugummi knallen, nehme noch einen Orientierungsplan vom Pult und grinse sie breit an. Vlatka muss ein ganzes Stück älter sein als ich, man könnte sie als attraktiv bezeichnen, aber da sind sie schon versammelt, *die ersten Zeichen der Haut*, so nennt es die Werbung, ein Glänzen, das Sacken der Konturen. Vlatka sieht mich immer noch fragend an, während vor meinem inneren Auge ihre Konturen ein Stück weitersacken, ihre Poren aufquellen wie unter einem Vergrößerungsglas. Sie hat keine Ahnung, wer ich bin, macht ja nichts, ich habe auch keine Ahnung, wer sie ist.

Das Stimmengewirr unserer kleinen Ausflugsgruppe hallt von den Wänden zurück. Echo Echo Echo. Meine Blicke wandern die schwindelerregend hohe Decke des Foyers hinauf und hinunter, dem Echo hinterher, wir sind umzingelt von Wänden und Säulen, die in einem vornehmen matten Weiß gehalten sind. Wir warten vor der gläsernen Flügeltür, die mich und den Rest der Klasse vom Ausstellungsbereich trennt. Die Tür wird von zwei ältlichen Männern in billigen dunklen Anzügen bewacht. Ich kann die Polyesterfasern beinahe knistern hören. Auf Kommando traben alle anderen als lächerliche kleine Kopfhörerparade an mir vorbei und hinter unserer Professorin Schrägstrich Ausflugskommandantin her. Wie folgsam sie sind, obwohl oder weil es der letzte Tag vor den Ferien ist. Ich betrachte meine verzerrte Spiegelung in der grauen Fläche des perfekt polierten Bodens, rühre mich nicht von der Stelle. Einer der Männer an der Glastür, der Dickere, macht eine Geste. Was will er denn, und was soll dieses riesige, ovale Muttermal auf seiner Wange? Der Mikrofonkopf seines Headsets kriecht wie ein Insekt auf das braune Oval zu. Ich stelle mir vor, dass der ganze Raum langsam in dieses Oval hineingezogen wird und darin verschwindet, sobald ich die Glastür passiert habe. Hinter dem Schalter sitzt die ahnungslose Vlatka Cibula mit den fantastischen Brüsten, sortiert Einladungen und zieht Gummibänder über die ordentlichen Stapel, während die Reste des *Frozen Joghurt* im Becher langsam zu einer kleinen Pfütze schmelzen. Der Dicke hält mir die Tür auf und lächelt künstlich, ich zeige alle Zähne, drücke auf Play, und eine Frauenstimme schnurrt los, Bild eins: *Ein Polyptychon mit der unwirklichen Atmosphäre einer Mondlandschaft*. Von links: *Rehe, von Hunden verfolgt*. Polyptychon. Das Wort gefällt mir. Ich schließe die Augen und wiederhole es, indem ich es nur mit den Lippen forme. Als ich die Augen wieder öffne, steht der Dicke neben mir und sagt etwas, während ein kleiner Fettwulst an seinem Nacken versucht, über seinen Hemdkragen zu rollen, aber: *Das große Problem eines Gemäldes ist, dass es stumm ist, dass es die Geschichte, die es in sich trägt, nicht aussprechen kann*, antwortet ihm und mir die Stimme aus meinen Kopfhörern, ich lasse ihn einfach stehen, laufe eine breite weiße Treppe hoch, in den nächsten Stock. Weiter Richtung Raum 36, rechte Seitenwand B, *Rote Serie: Mars*.

Ich nehme immer zwei Treppen auf einmal und wiederhole bei jedem Schritt abwechselnd Vlatka und Cibula und Vlatka und Cibula, während in meinem Kopf meine Mutter ihre Geschichte wiederholt, als hätte sie nur diese eine. Wie bedächtig ihre Stimme jedes Mal erzählt, nach Worten sucht, sich von Satz zu Satz tastet, als würde sie fürchten, die Geschichte im Erzählen zu vergessen, zu verfälschen. Ich kann die rote Farbe sehen, wie sie ihr über die Hände und Ellbogen läuft, während sie die Leinwand bearbeitet, kein Pinsel, keine Bürsten, sie nennt das *expressives Malen*, malen mit dem Körper, bis der ganze Körper eins wird mit dem Rot. Ich stelle mir ein Atelier mit hohen Fenstern und einem Blick über die Stadt vor. Die Geschichte meiner Mutter verwäscht in meiner Vorstellung, ich erfinde eigene, neue Bilder dazu, die mir besser gefallen. Jetzt kann ich meine Mutter sehen, konzentriert, in ihre Arbeit vertieft, und meinen Vater, wie er im Türrahmen erscheint und ihren Namen ruft, «Galina!», aber sie dreht sich nicht um. Meine Mutter ist über und über mit roter Farbe bedeckt, jetzt hat sie wieder Ähnlichkeit mit der Künstlerin, deren Bild auf Plakaten überall in der Stadt zu finden war, die Ankündigung ihrer ersten großen Einzelausstellung, Selbstporträts und Landschaften. Sie und mein Vater waren neu in der Stadt, das war der Anfang, auf den sie gewartet, auf den sie gemeinsam hingearbeitet hatten, aber der versprochene Anfang würde nur für einen von beiden reichen. Mein ahnungsloser Vater geht zurück in die Küche, in der Kaffee zischt und faucht und schon fast über den Rand der Kanne sprudelt. Mein Vater, der sich im Türrahmen noch einmal umdreht und mir zuzwinkert, als wolle er mir zu verstehen geben, dass er über mich Bescheid weiß und diese Geschichte, wie all meine Geschichten, verschiedene Versionen hat.

Die Stimmen der anderen kommen näher, Gesprächsfetzen, das Schrittstakkato und Turnschuhgeschlurfe auf dem Steinboden, ich spähe vorsichtig um die Ecke, keiner da, laufe einen Raum weiter. Kaltweiße Neonröhren blenden mich, von der Decke bis zum Boden ist ein Netz aus Fäden gespannt, das die Hälfte des Raumes einnimmt, eine Plastiktafel sagt: Raum 36.

Ein Wort, das Mutter nicht müde wird zu wiederholen: *Wunschkind*, bei dem die Wunscherfüllung ausgeblieben ist, das Wunsch-

kind, das die Beziehung seiner Eltern überlebt hat, das bin dann wohl ich, am Eingang zu Raum 36 ist das Bild, das ich gesucht habe, *Galina Petrowa, Rote Serie: Mars*.
Vor mir breitet sich die diffuse rote Landschaft aus, die meine Mutter bekannt gemacht hat, die ihr und Vater Geld gebracht hat, sehr viel Geld, und mehr noch, den Streit um dieses Geld, von dem jetzt nicht mehr viel übrig ist, nur die Stille nach den Eröffnungen und Partys, dem großen Lärm um nichts. Ich widerstehe dem Impuls, die Oberfläche, die sich mir entgegenwölbt, zu berühren, denn ich weiß, dass hinter mir ein blinkendes Kameraauge über den Saal wacht. Fast forward klicke ich mich durch das Menü des Audio-Guides, das durcheinandergeraten ist, wie auch das Menü in meinem Kopf immer wieder durcheinandergerät, ich drücke auf Play, und die Stimme schnurrt los, ein Kauderwelsch kriecht in mein Ohr, falsche Sprachwahl, Pausetaste und neuer Versuch. Jemand tippt mir auf die Schulter, unsere Ausflugskommandantin: «Mara, wir bleiben zusammen, du sollst dich nicht von der Gruppe entfernen.» Macht ja nichts, ich muss ohnehin los, Arzttermin, Sie wissen schon. Sie wissen es alle, dass ich eine Irre bin, es ist Mittwoch, meine Therapeutin wartet.
Verständnisvolles Nicken begleitet mich die Treppen hinunter, durch alle Stunden, Tage, Jahre.

Wenn mich jemand fragen würde, was ich mir dabei gedacht habe, würde ich sagen, nichts, und das wäre die Wahrheit, ich habe reagiert, der Trick ist, nicht zu fragen, der Trick ist, einfach da zu sein, am richtigen Ort zur richtigen Zeit. Und da bin ich, im Foyer der Klinik, die ich nicht die *Anstalt* nennen soll, wenn schon, dann *Institut*, sagt meine Therapeutin, die zwar versteht, dass nicht alles, was nicht der Wahrheit entspricht, eine Lüge ist, aber nicht akzeptieren kann, dass ich ein alter Mann bin. Schätzungsweise bin ich zu diesem Zeitpunkt sechsundvierzig Jahre alt, obwohl ich aussehe wie jedes andere sechzehnjährige Mädchen.

An diesem Tag wird meine Therapeutin, die mich noch nie versetzt hat, beim Rückwärtsrollen aus ihrer Einfahrt den kleinen Hund ihrer Nachbarn überfahren. Während ich an ihre Tür klopfe, einmal, zweimal, dreimal, den Griff der verschlossenen Tür hinunterdrücke, trägt sie den zitternden Hundekörper mit dem zerquetschten Köpfchen in ihre Garage, um danach, aus einem für sie selbst nicht nachvollziehbaren Reflex heraus, erst die Einfahrt, den Tatort, akribisch zu säubern, während der Hund in der Garage neben einem Stapel Winterreifen röchelt. Der Anblick des sterbenden Hundes löst etwas in ihr aus, vielleicht eine Erinnerung, sie ruft nicht in der Klinik an, wartet im Haus auf den Abend, starrt dabei unablässig auf das Telefon, unfähig, etwas zu tun oder den mittlerweile leblosen Körper zu ihren Nachbarn zu bringen, die sie wenige Stunden später wieder und wieder im Garten nach ihrem Hund rufen hören wird. Sie hört ihre Türklingel, einmal, zweimal, dreimal, aber sie kann sich nicht bewegen. Nach Einbruch der Dunkelheit wird sie das Tier in ihrem eigenen Garten vergraben, um danach stundenlang zu baden, sich den Dreck aus den Fingernägeln, die Haut vom Körper zu schrubben.

Wenn mich jemand fragen würde, warum ich all diese Geschichten erzähle, würde ich sagen, dass es genau genommen keine Geschichten sind, sondern Möglichkeiten der Wahrheit. Eine Wahrheit ist, dass jeder ein Geheimnis hat.

Ich befinde mich hier, vor ihrer Tür, acht Stunden bevor sie das Loch in ihrem Garten ausheben wird, studiere ich die Aushänge im Foyer, die Terminpläne der Gesprächsgruppen, Angehörigengruppen, Sprechstunden, die Fluchtwege und Farben des Leitsystems. Neben dem Kaffeeautomaten an die Wand gelehnt warte ich darauf, dass etwas passiert. Während die Uhr am Ende des Ganges ihre Zeiger lautlos vorwärtsschiebt, beob-

achte ich, wie sich die Tür zum Gruppensaal 11A am Ende des Flurs öffnet und einer nach dem anderen an mir vorbeitrabt. Patienten auf dem Weg der Besserung, wohin also? Nein, sagen wir einfach, Patienten mit erleichterten oder in sich gekehrten Gesichtern.
Alen verlässt den Raum als Letzter, wechselt noch ein paar Worte mit dem Therapeuten, wobei ich glaube, dass er nichts sagt, nur zuhört, dabei konzentriert den Blick auf den Boden geheftet, immer wieder nickt. Der Therapeut entfernt sich, läuft mit hastigen Schritten den Gang hinunter. Alen steht einen Moment still, neben einem dieser gelben Aufsteller, die darauf aufmerksam machen sollen, dass der Boden eben erst frisch poliert wurde, ein Piktogramm-Männchen, das kippt, hintenüber, *AchtungAttentionBeCarefulSlippery*. Alen, mit diesem Gesichtsausdruck, als könne er sich nicht erinnern oder als würde er verzweifelt versuchen, sich zu erinnern, wie er hierhergekommen ist, setzt vorsichtig einen Schritt vor den anderen, auf den Kaffeeautomaten zu. Das Quietschen seiner Sohlen auf dem Linoleum wird abgelöst vom Geräusch der Münzen im Slot. Seine Hand, die zurückzuckt, elektrische Aufladung, das Einrasten des herabfallenden Plastikbechers, das erlösende Surren und Plätschern der schwarzen Flüssigkeit. Ich betrachte ihn, als würde ich ihn scannen: seine Hände, die Form seiner Finger, sein Gesicht im Profil, dichte Brauen, die Linien um Mund und Augen, Lippen, die weich aussehen, die störrischen Bartstoppeln und dieser schmal geschnittene Anzug, dieses altweiße Hemd, das nicht zu ihm passen will.
Ich hatte keinen Plan, ich wollte nur, dass einer mich mitnimmt, ich hätte jeden aussuchen können, aber ich habe Alen ausgesucht. Vielleicht habe ich ihn schon ausgesucht, als ich ihn das erste Mal gesehen habe, wie er in seinem Taxi vor dem Haupteingang zum Park gewartet hat, ohne auszusteigen, und dann Darko, der mit hängenden Schultern und schlenkernden dün-

nen Armen auf den Wagen zu gelaufen ist, ohne hochzublicken und ohne Eile, den Blick auf den Asphalt geheftet, als wäre dort etwas Interessantes, eine geheime Spur, die nur er wahrnehmen kann. «Füße heben», hätte meine Mutter gesagt, «Kopf hoch, Schultern gerade, Mara, halt dich gerade, ein Mensch muss aufrecht durch die Welt gehen.» Aber ich glaube, die beiden haben nicht gesprochen, oder habe ich es nur nicht hören können, auf jeden Fall hat Darko auf der Rückbank Platz genommen, als wäre das nicht sein Vater, nur ein Fahrer, den er bestellt hat.

Alen hat keine Ahnung wer ich bin, macht ja nichts, er blickt hoch und bemerkt meine Anwesenheit, nimmt gleichzeitig einen hastigen Schluck Kaffee, die heiße Flüssigkeit auf seiner Zunge, die er beinahe zurück in den Becher spuckt, ich glaube, er tut es nicht, weil ich ihn ansehe. Sein Lächeln hat einen Knick, passt nicht zu dem Ausdruck in seinen Augen. Da ist einer, bei dem was kaputtgegangen ist. Einer von uns. Ich grinse.

Draußen regnet es, ein Jahrhundertregen, wird man später in der Zeitung lesen können, eine Übertreibung, eine Sommerloch-Meldung. Tatsächlich hat es lange nicht geregnet, die letzten Wochen waren unerträglich schwül und trocken, das Flimmern der Hitze in der Luft wie nach einer Explosion, die ganze Stadt unter einer Dunstglocke. In der Nacht zuvor war eine Horde Eichhörnchen in einen der großen Supermärkte eingefallen, vielleicht durch die Luftschächte, ein gekipptes und vergessenes Fenster im Lagerraum. Alen hat noch nichts von der Geschichte gehört, er glaubt mir kein Wort, aber ich bringe ihn zum Lachen, es ist, als wüsste er bereits, dass ich manchmal vergesse, wo meine Geschichten aufhören und die Wahrheit anfängt. Aber diesmal sage ich die Wahrheit. Der Nachtwächter muss eingeschlafen sein, die Eichhörnchen hatten die ganze Nacht gewütet, wurden erst in den frühen Morgenstunden entdeckt.

Alen zündet sich eine Zigarette an, über ihm blinkt der Brandmelder rot, grün, rot.
Man darf im Institut nicht rauchen. Er sagt *Institut*, und zwei Zigaretten, zwei Raucher, sind vielleicht schon einer zu viel. Wir stehen vor dem Haupteingang an die Glastür gelehnt, unter einem schmalen Vorsprung, der uns vor dem Regen schützt, rauchen wir, ein vollkommen durchgedrehter Regenguss geht nieder, Tropfen spritzen auf unsere Schuhspitzen und Beine, der Asphalt scheint unter den herabkommenden Wassermassen zu dampfen. Ich weiß nicht, ob es auf dem Weg liegt, aber Alen wird mich nach Hause fahren.

Dort wartet ein Bild, das ich schon kenne: Mutter kniet in der Mitte des Wohnzimmers, ihr Oberkörper ist leicht nach vorne gekippt, der Rücken rund, sie ist ein Fragezeichen, aber sie fällt nicht. Sieht aus, als wäre sie eingenickt, aber nur für einen Moment, als würde sie im Schlaf auf den nächsten, den richtigen Moment lauern, vielleicht darauf, dass der Mann auf dem Fernsehmonitor endlich etwas sagt. Das Gesicht ihres Gurus im Close up auf dem Monitor, «Dieser Tag ist nicht jeder Tag, es ist Dein Tag, wenn Du willst, dieser Tag könnte alles ändern», sagt die Stimme aus dem Off. Die Laufschrift unter dem Standbild, dicht gefolgt von der Nummer der Hotline, fragt: «Willst Du reden? Ruf mich an.» Aber ihr Guru muss nichts sagen, er kann allein mit seinem Blick heilen, die Augen sind es, da soll ein Leuchten sein, in diesen Augen, ein Licht, das alles heilt, auch über den Monitor, aber besser würde es live funktionieren. Daran glaubt Mutter, deswegen fährt sie einmal im Jahr zu ihm, lässt sich heilen, reinigen, bringt ihm Blumen und Geld. Sie kauft all seine Amulette, Ratgeber, alle verfügbaren Steine und Mittelchen. Über meinem Bett hat sie einen geweihten Kristall aufgehängt. Ich betrachte sie, wie sie vor ihrem Guru kniet. Meine Mutter hat Seiten, die ich nie kennengelernt habe, eine

davon ist die wütende Performerin, so haben die Zeitungsmenschen sie bezeichnet, als sie sich noch die Arme und Beine mit Rasierklingen geritzt hat, ihr Blut mit Weißbrot aufgefangen und das Brot gegessen, und auch die Ausstellungsbesucher aufgefordert hat, von diesem Brot zu essen.
Mutter, ich und das Zimmer spiegeln uns verzerrt im Monitor, während ich vergeblich das Leuchten in den Augen ihres Gurus suche, die mich ausdruckslos fixieren. Unter dem Bild läuft die Nummer einer Hotline als Endlosschleife, «Bestellen Sie hier, rufen Sie jetzt an», mir fällt auf, dass der Plattenspieler läuft, die Plattennadel in der äußersten Rille hängt, kratzt. Ich streiche Mutter das Haar zurück, es fällt ihr sofort wieder ins Gesicht, umhüllt es wie ein Vorhang. Sie sieht friedlich aus, ich flüstere lautlos «Ich liebe dich, Mama», und nehme ihr die Fernbedienung aus der Hand, sie bewegt sich kein Stück.
Ich könnte hochgehen, auf den Dachboden, jetzt, wo es ruhig ist im Haus, die Zeit nutzen, um die Notizen meines Vaters zu ordnen und weiterzusuchen, nach einem Zusammenhang, einem Schlüssel, den es geben muss. Die Notizen sind alles, was er uns hinterlassen hat. Aber stattdessen schalte ich weiter auf eine Quizshow, jemand betätigt den Buzzer, sein Schild leuchtet auf, er beantwortet die Frage, und eine große Null leuchtet über seinem Kopf auf, er kann die Enttäuschung auf seinem Gesicht nicht verbergen. Ich schalte weiter, ein in grellen Farben nachkolorierter Film, bunt gekleidete Zwerge oder Wichtel wispern einen Singsang: «Come out, come out, wherever you are, come out, come out, wherever you are.»
Die Katze springt vom Fensterbrett, zieht eine Acht um meine Beine, reibt sich an mir, stößt fordernd mit ihrem knochigen kleinen Schädel, verwöhnt von zu viel Aufmerksamkeit, zu viel Liebe, blinzelt mich an, ein blaues und ein grünes Auge. Sie gibt einen hohen Laut von sich, der nach einem kaputten Kinderspielzeug klingt, einem Quietschtier, während am rechten

Bildrand, in der Quizshow, ein neongrünes Symbol blinkt, Telefonjoker. Und auch ich würde jetzt gern jemanden anrufen, um die Frage zu beantworten, was jetzt zu tun sei, wahrscheinlich, wie so oft, nichts. Ich gehe in die Hocke, spüre das weiche Fell der Katze auf meiner Haut, in meiner hinteren Hosentasche steckt die Postkarte, die ich aus dem Museum mitgenommen habe, drückt ihre Ecken in den Hosenstoff. Mutter bewegt sich nicht. Einen Klick weiter bilden die technicolorbunten Wichtel eine Formation hinter einem Mädchen in roten Schuhen, einen Klick zurück blinzelt mir Mutters Guru zu, ich könnte für immer und immer so hin und her schalten, die Katze schreit mich wütend an, Klick, die ganze Technicolorbande macht sich tänzelnd auf den Weg, und ich werde eine gute Tochter sein und den Müll rausbringen.

V. NIKO

Es tut dir leid, weil es das muss, weil die Schuld irgendwo liegen muss, also kann sie auch bei dir liegen. Da liegt sie also. Für alle Beteiligten gut sichtbar, hat sie es sich bei dir gemütlich gemacht.

«Es tut mir leid, Sascha», und sie schaut mich an, diesen Gesichtsausdruck hat sie für mich aufgehoben, meine schöne Frau, der gehört mir allein. Ihr Mund zuckt, sie grimassiert, als könne sich ihr Gesicht nicht entscheiden, welchen Ausdruck es annehmen will. «Du machst alles kaputt, du Idiot», das sagt sie nicht, würde sie nie. Der Kleine fängt an zu schreien, und sie wendet sich ab, verschwindet Richtung Kinderzimmer. Als sie die Tür öffnet, wird das Schreien für einen Moment lauter, mit dem Schließen der Tür dumpfer. Ich höre sie auf den Kleinen einreden, leise singen, ein paar Minuten später nur noch das Glucksen des Kindes. Aber ich bewege mich kein Stück, bleibe hier sitzen, auf den kühlen Fliesen im Vorzimmer. Überall in dieser Wohnung sind Fliesen, alles abwischbar. Die Tiefkühltruhe in der Küche springt an, ein leises Brummen, das langsam anzuschwellen scheint. In meiner Rechten halte ich den Schuh, den Sascha vorhin in stummer Wut nach mir geworfen hat und den ich gefangen habe. Eigentlich streiten wir nicht, vor allem schreien wir einander nicht an. Mir fällt auf, dass die Fliesen glänzen. Sie muss heute, vielleicht vorhin erst, saubergemacht haben. Ich mache die Augen zu und atme ein. In der Luft hängt der Geruch von Putzmittel, Babypuder und geronnener Milch.

«Tut mir leid», sagt der Junge und starrt mich an. Er fixiert mich mit seinen hellen Augen, um die Pupille liegt ein weißer

Kreis, als wäre er mit einem angespitzten Stift in das Blau der Iris gemalt worden. Seine Wimpern sind lang und dunkel, ein fein geschnittenes Gesicht, fast mädchenhaft, das dunkelblonde Haar hat er zurückgekämmt, nur ein paar Strähnen fallen ihm in die Stirn, liegen an der Haut wie festgeklebt. Er schwitzt. Das Surren einer Lüftung setzt ein, obwohl ich schon seit Stunden hier in dieser öffentlichen Toilette im Park warte, springt sie jetzt das erste Mal an. Laut klappernd mischt sich das Geräusch in das Rauschen der ununterbrochen laufenden Spülung.

Wo ist der Junge so plötzlich hergekommen? Seine winzigen Pupillen setzen einen Punkt hinter sein: «Tut mir leid», und erst jetzt bemerke ich, dass sein weißer Hemdkragen und die linke Schulter, eigentlich die ganze linke Seite seines Hemdes, voller kleiner Blutspritzer ist. Ich weiß nicht, was er will, was ich sagen soll, ich bin nicht hier, um Junkies abzufangen, wozu auch. Er scheint meine Unsicherheit instinktiv zu wittern, bleibt einfach so stehen und sieht mich an. Amüsiert. Mustert mich. Schweißtropfen laufen über seine Stirn. Die helle Haut ist straff über seine Knochen gespannt und so weiß, als wäre sie aus warmem Wachs, das jeden Moment reißen könnte. Der Junge grinst. Oder bleckt er nur die Zähne, wie ein Schimpanse, der Angst hat. «Hau ab», sage ich, höre meine Stimme stolpern.

Der Junge wirft sich eine dunkle, zerknitterte Anzugjacke über, ein letzter Kontrollblick gilt seinem Spiegelbild. Er fährt sich mit den Fingern durchs Haar und dann über seinen Kragen, streicht ihn glatt. Im nächsten Moment, bevor ich es mir anders überlegen kann, ist er verschwunden.

Die Zigarette rutscht mir aus den Fingern und rollt über die dreckigen Fliesen, die irgendwann vielleicht die gleiche Farbe wie die Fliesen im Vorraum meiner Wohnung hatten. Ein warmes Grau. Das kann unmöglich die letzte Zigarette sein, ich klopfe noch einmal all meine Taschen ab. Vergeblich. Als ich mich bücken will, springt der Händetrockner heulend an, das Geräusch lässt mich zusammenzucken. Ich hebe die Zigarette einfach vom Boden auf, wische mit den Fingern über den Filter, als wäre er danach sauber, und stecke sie mir an. Der Spiegel über dem Waschbecken bestätigt mir, dass ich wie immer aussehe: ordentlich, unauffällig, die braune Jacke, mein blau kariertes Hemd, dass ich meine Sache gut mache, alles gut sein sollte. Eigentlich. Wahrscheinlich war der Tipp falsch, den Typen hier abfangen zu können, der seit Wochen in der Umgebung Kinder und Teenager belästigt. Man muss mir ansehen, dass ich schon seit Stunden hier warte, und nichts passiert, außer dass ab und zu einer zum Pissen vorbeikommt. Was nicht weiter verwunderlich ist, weil ein Pissoir eben auch dafür da ist und ich dann so tun muss, als würde ich auch pissen. Mein Kollege sagt, das seien eben die Dienste, die man als Neuer übernehmen muss. Im Stillen nenne ich ihn Kollege 2, weil ich sie alle durchnummeriere, dabei fällt mir ein, dass ich hier den zweiten Nachmittag in Folge verbringe, vielleicht nehme ich den Gestank deshalb schon gar nicht mehr wahr. Nur wenn ich abends nach Hause komme, ist der Geruch, den ich hinter mir gelassen habe, plötzlich so präsent, als stünde ich immer noch zwischen den Urinalen. Meine Frau lacht darüber, dass ich ewig lang dusche, mich immer wieder einseife und abschrubbe, bis sie ungeduldig wird, wie sie immer ungeduldig wird, und gegen die Badezimmertür trommelt. Und sie erinnert mich, wie sie mich immer an alles erinnert, dass ich sie vor den anderen nicht *meine Frau* nennen soll, weil wir nicht verheiratet sind. Kollege 2 sagt, dass die Ehe Übungssache sei wie alles andere auch, und ich frage mich, was dieses *Alles* sein soll, was es beinhaltet und ausschließt. Ich frage nicht nach, ich frage ohnehin zu viel, sagt zumindest Kollege 2, der mit seinen Antworten geizt. Mit jeder Stunde wird er schweigsamer, während wir unsere Runden durch die Stadt ziehen, die Lichter an uns vorbeigleiten, bis das zeitweilige Knacken und Rauschen des Funkgeräts das einzige Geräusch ist. Der Park zieht an der linken Seite vorbei. Vom Haupteingang aus, der immer noch offen ist, die ganze Nacht, weil es hier keinen Parkwächter und keine Schließzeiten gibt, kann man weiter hinten eine Gruppe Menschen erkennen: Jugendliche wahrscheinlich. Als ich frage, ob wir nach dem Rechten sehen sollen, winkt Kollege 2 ab, und im selben Moment meldet sich das Funkgerät mit einem hohen Pfeifen.

«Wie leicht man sich an alles gewöhnt», wiederholt eine Frau, die ebenfalls nicht meine Frau ist. Sie beugt sich zu mir, ich nicke und gebe ihr Feuer. Im Licht des Feuerzeugs sieht ihr Gesicht für einen Moment weich aus, wirkt sie beinahe entspannt. Wie sie mir gegenübersitzt und sich das zerzauste Haar ordnet, Rauch ausatmet, würde man nicht glauben, ihr nicht zutrauen, dass wir sie noch vor zehn Minuten auf ihrem eigenen Küchenboden fixieren mussten. Drei Mann. Sie öffnet den Mund und zeigt dabei eine unregelmäßige Reihe gelblicher Zähne, auf den Schneidezähnen klebt ein Rest roter Lippenstift. Sie streicht das Tischtuch glatt und fragt mich, ob ich Kinder habe. Meine Kollegen, Nummer 4 und 7, die in der Eingangstür hinter ihr stehen, signalisieren mir, weiterzusprechen. Einer hebt den Daumen. Sie sieht mich erwartungsvoll an, da sind letzte Zeichen von Unruhe im Zucken ihres rechten Augenlids. Vielleicht ein Tick. Eine Ader tritt an ihre Schläfe hervor, und ich ahne, dass die Ruhe nicht lang halten wird. Wenn ich Glück habe, bis die Sanitäter kommen. Sie zieht an der Zigarette und eine dünne Linie Blut läuft ihren Unterarm hinunter, neben den neu zugefügten Schnittwunden kann man deutlich die Narben der alten erkennen. Ich bemerke die penible Sauberkeit der Küche. Auf dem Tisch liegt eine aufgeschlagene Zeitung, auf der Anrichte stehen gerahmte Fotografien, an der Wand darüber tickt eine große Uhr, die eine Satellitenaufnahme der Erde zeigt. Der Blick auf die Kontinente ist gebietsweise von Wolken verdeckt. Alles scheint in dieser Wohnung an seinem Platz zu sein. Einen Moment denke ich, wir sollten einfach gehen, es geht uns nichts an. Aber stattdessen antworte ich: «Mein Junge ist ein Jahr alt.» Sie lächelt und nickt, und ich rede weiter, obwohl mir auffällt, dass das Ticken der Uhr sich mit dem Ticken des Heizungsthermostats überschneidet, die Geräusche sich gegeneinander verschrauben. Ich lasse mir nichts anmerken und erzähle ihr nicht, dass meine Frau gesagt hat, dass ich keine Ich-Sätze, sondern Du-Sätze formulieren soll, oder umgekehrt. Ich erzähle nicht, dass ich gestern Abend Alens Taxi gesehen habe und dass ich mich frage, wer das Mädchen auf seinem Beifahrersitz war. Da war ein Mädchen, ich bin mir sicher, wobei ich ihn eigentlich nach Zeno fragen sollte, ob er weiß, wo Zeno steckt. Zeno muss etwas mit demjenigen zu tun haben, der in der Stadt sein Unwesen treibt: Passanten mit Plastikkugeln abschießen, das klingt nach Zeno. Bisher nur Blutergüsse, Schürfwunden, vielleicht wird er von selbst wieder aufhören, wenn es ihm langweilig wird. Vielleicht ist es nicht der Rede wert, nur eine weitere Sommerloch-Geschichte, aber seit die Zeitungen darüber berichten, ist es der Rede wert. Vor allem, seit sie eine Belohnung auf ihn ausgesetzt haben. Es ist meine Pflicht, ihm klarzumachen, dass er aufhören muss, dass das kein Spiel ist. Aber das erzähle ich alles nicht, obwohl ich auch nicht genau weiß, was ich stattdessen erzähle, ich plappere, was die Frau zu beruhigen scheint. Sie legt den Kopf zur Seite und beginnt leise zu summen. Das Ticken des Sekundenzeigers verschmilzt mit ihrem Summen, verdichtet sich hinter meinen Schläfen zu einem Pochen. Die Frau blutet immer noch, ich rede weiter, wir rauchen eine Zigarette nach der anderen, bis die Sanitäter kommen. Als sie begreift, dass ich sie reingelegt habe, dass die Sanitäter sie mitnehmen werden, müssen wir sie noch einmal auf dem Boden fixieren. Ich bin erleichtert, dass ihr Summen endlich aufhört. Was bleibt, ist das Ticken der Uhr und ihr leises Wimmern, ich erfülle meine Pflicht und drücke ihr mein Knie ins Kreuz, bis sie nachgibt. Der Rettungswagen setzt langsam in dem schmalen Innenhof zurück. Der Sanitäter kurbelt am Lenkrad, streckt den Kopf aus dem Fenster und flucht. Blaulicht flackert über den Asphalt und die Hauswände hoch, an den Fenstern stehen nur hie und da Nachbarn und sehen dem Treiben unbeeindruckt zu. Kollege 2 sagt, dass man die Frau im Krankenhaus verarzten und ruhigstellen, ihr Medikamente geben wird, um sie am nächsten Morgen wieder zu entlassen.

Sascha hat sich mitten im Flur vor mir aufgebaut, ich sitze immer noch auf dem Boden, mit dem Rücken gegen die Eingangstür gelehnt. Jetzt hätte ich gerne eine Zigarette, aber wir rauchen nicht, und wenn, dann nur auf dem Balkon. Mein Schweigen Sascha gegenüber ist keine Strategie, mehr kampflose Verteidigung. Ein Wegducken. Sie hat das Kind auf dem Arm, mein Kind, sie wiegt es beiläufig. Ein langer zäher Speichelfaden zieht sich über das Kinn meines Kindes, während es mit den Armen in der Luft rudert und dabei die Hände öffnet und schließt, winzige Fäuste ballt, als würde es die Luft kneten. Es blickt vom Arm der Mutter auf mich hinunter. Mit welcher Leichtigkeit sie dieses Kind trägt, unser Kind, als hätte sie noch nie etwas anderes gemacht, als hätte sie das heimlich geübt. Während ich mir immer noch ungeschickt vorkomme, ich muss lernen, einen inneren Bezug herzustellen, der sich angeblich automatisch einstellt, aber stattdessen ist da nur Angst. Die lächerliche Angst, es fallen zu lassen, etwas falsch zu machen, wenn es warm und schutzlos in meinem Arm liegt, den kleinen Kopf an meiner Schulter, während mein Hemd sich langsam mit seinem Speichel vollsaugt, bis die Feuchtigkeit auf meine Haut durchsickert. Sascha sieht mich erwartungsvoll an. Ich muss die offene Klammer mit etwas füllen, und weil mir nichts Besseres einfällt, sage ich: «Ich liebe dich.»

Klick und klick und klick und nur Funken, ich muss das Feuerzeug immer wieder schütteln. Die Reibung des Metallrädchens färbt meine Daumenkuppe schwarz, bis es endlich eine winzige Flamme erzeugt. Es ist Tag drei. Wie ich hoffe, der letzte Nachmittag, den ich hier abgestellt bin. Hinter mir fällt eine der Türen zu, bevor ich mich umdrehen kann, kreuzen sich unsere Blicke im Spiegel.

Es ist der Junge, der gestern schon hier war, er summt eine Melodie vor sich hin, er lächelt.

«Du wartest umsonst, ich weiß, auf wen du wartest, aber der kommt nicht mehr», sagt er.

Ich gebe ihm die Zigarette, nach der er mich gefragt hat. Er sieht mich an und sagt: «Niko, richtig?»

VI. ALEX

Kann ich sicher sein, dass ich träume und nicht wach bin? Kann ich sicher sein, dass die Außenwelt existiert? Da ist einer, der fällt. Oder landet. In einem schneeweißen Overall, der schmutzig ist wie seine dicken Handschuhe und die Stiefel. Hinter dem Helm muss ein Gesicht sein, aber das Visier ist beschlagen, im Fallen spiegelt sich die Stadtkulisse darin. Er gibt keinen Laut von sich, als er rückwärts und mit dem Kopf zuerst knapp neben der Gehsteigkante aufschlägt. Das dumpfe Geräusch seines Aufpralls kommt einen Moment zu früh. Rücken, Arme und Beine schweben noch einen Augenblick, als wären sie schwerelos, bevor erst der Nacken und die Ellbogen auf dem Asphalt aufschlagen, der Körper alle Leichtigkeit verliert und in sich zusammensackt. Eine Taube landet hektisch flatternd. Plump. Umkreist ihn mit ruckenden Kopfbewegungen, pickt gegen den Asphalt, dann gegen seinen Helm. Gurrt leise.

Falsch. Mein Kopf. Eben noch gegen die Fliesen gelehnt, der seitlich wegrutscht, an der Brust auspendelt. Aus dem Wärmekokon zurück in die kalte Körperhülle gleiten. Einmal mehr. Kann ich sicher sein, dass ich wach bin und nicht weiterträume? Der Atem setzt wieder ein, das Aussetzen der Atmung, meine Disposition ist mir vertraut. Ein Streifen Licht im Schlitz unter der Toilettentür. Zeit, wieder zurück nach draußen, ins Licht zu kriechen. Langsam. Vorsichtig. Alle lebensnotwendigen Funktionen rebooten. Alles ausschalten, alles einschalten. Die Hände prüfen, die Temperatur der Haut, die Frequenz, in der die Gedanken schwingen, den Druck im Magen, das Rumoren in den Eingeweiden, der Schließmuskel, der sich zusammenzieht. Ein Herz, das schlägt, das Flattern der Augenlider, die Reaktion der Pupillen auf das Licht. Welcher Tag? Uhrzeit, Stunde?

Geburtsjahr? Sind alle Daten abrufbar, ordnungsgemäß gespeichert. *Bitte nehmen Sie eine Identität an. Anonymität ist die Maske von Tätern.* Eine Zeile aus einem Song, einer von vielen, der sich in meinem Kopf festgesetzt hat. Dieser Kopf. Voller unnützer Informationen. Ich widerstehe dem Impuls, die Melodie zu summen. Draußen hinter der Tür ist jemand, ich kann ihn telefonieren hören. Eine angenehme Stimme. Weich. Er spricht leise, die Stimme auf der anderen Seite der Leitung ist lauter, wird durch den Hall im Raum noch verstärkt.
Eine Frage ist immer, wie viel Zeit ich noch habe, bis die Ressourcen aufgebraucht sind. In meiner Zeitrechnung sind es noch geschätzte drei Stunden und dreiunddreißig Sekunden. Meine Haut ist klebrig vom Schweiß. Mein rechter Arm liegt auf dem Toilettendeckel. Gehört er zu mir? Ich bewege die Finger, schließe die Hand zur Faust. Das bin ich. Hier. Die Wiederholung einer Wiederholung. Eine Münze, meine letzte, steckt im Schloss. Aufstehen. Langsam.

«Da ich durch eine Kette von Vorkommnissen, die ich nicht im rechten Moment zu meinen Gunsten beeinflussen konnte, mittellos geworden bin und auch meine ehrenamtliche Mitarbeit bei der Weltraumforschung mir nichts einbringt, würde ich mich freuen, wenn Sie mir vielleicht weiterhelfen könnten, wenn Sie etwas übrig haben, ein paar Münzen vielleicht, würde mir das sehr helfen. Danke schön, danke vielmals. Vielen lieben Dank.» Mein Standardtext. Einer meiner besten. Manche der Fahrgäste finden das witzig, ich glaube, sie kichern zu hören, wenn ich mich an den Halteschlaufen vorwärts, von Gesicht zu Gesicht hangele. Vorbei an einem mageren Mädchen mit bulimischen Pausbacken, einem Mann, der hektisch seine Brille putzt, und einem Kind, ein Mädchen, das die Hand nach mir ausstreckt, mich, *Es*, anfassen will. Die Mutter hält die Kinderhand zurück.

Manche geben mir etwas Geld für diesen Spruch, obwohl er nur die Wiederholung einer Wiederholung ist. Wie alles zuvor und danach. Beim Verlassen des Abteils summe ich die Titelmelodie von *Star Wars*.
«Möge die Macht mit euch sein. Freunde. Mitwirkende. Verehrtes Publikum.» Das war vorhin. Gestern. Vor ein paar Tagen. Nachdem ich aus der Klinik raus bin. Hatte mal wieder genug von Dr. Dies und Dr. Das und Dr. Soundso und den anderen Insassen. Es sei bemerkenswert, wie schnell ich den Entzug geschafft hätte. Die Dosierung auf Null. Aber ich wisse ja Bescheid, das sei erst der Anfang. «Sie sind ein freier Mensch. Es ist Ihre Entscheidung.» Bingo, Dr. Diesunddas.

Die Toilettentür vorsichtig zuziehen. Der Mann auf der anderen Seite der Tür wird mich nicht rauskommen hören, weil ich hinter den Spiegeln vorbei krieche. Katzenhaft. Ich bin ein Schatten, der in den Raum geworfen wird. Der Mann ist ein Polizist, der versucht, nicht wie ein Polizist auszusehen. Er war gestern schon da. Der Polizist ist noch jung. Ein glattes Gesicht, unauffällig, ein klarer Blick, der meinem begegnen könnte. Wenn ich es will. Wenn ich mich entscheide, gesehen zu werden, mich nicht unsichtbar zu machen.
Die Waschbecken hängen in exaktem Abstand voneinander unter den Spiegeln. Den Spiegel vor mir durchzieht ein feiner Sprung. Verästelt sich. Man nimmt unzählige Dinge wahr und fängt nichts damit an. Oder? Das ist mein Gesicht im Spiegel, der feine Sprung im Glas führt haarscharf daran vorbei. Lächeln. Eine perfekte Reihe Zähne, schneeweiß. Dieses Gesicht wurde erfolgreich wiederhergestellt von Dr. Irgendwas, Kieferchirurg, ein Freund der Familie. Er trägt weiße hautenge Plastikhandschuhe und setzt sein Werkzeug an, um *diese widerlich verfaulte Scheiße* auszuhebeln. Aber das sagt er nicht. Sein Mundschutz bewegt sich im Atemrhythmus. Er hebt ihn kurz an, um mir

mitzuteilen: «Das wird jetzt ein bisschen wehtun.» Dr. Irgendwas, dem nicht wehtun wird, dass ich seinen Rezeptblock mitgehen lasse. Für alle Fälle. Er beugt sich über mich.
Jetzt den Wasserhahn voll aufdrehen und zusehen, wie das Wasser ins Becken sprudelt. Es riecht nach Chlor. An dieser Stelle verlieren sich meine Gedanken für einen Moment, wie das gechlorte Wasser in den Kanälen irgendwo unter der Stadt. Immer eine Überwindung, das Wasser auf meiner Haut. Zulassen. Ich strecke die Hand hin, zucke zurück, das Wasser scheint augenblicklich in meine Poren einzusickern, will mich ausfüllen, über die Fliesen schwappen und zu Boden werfen.
Sie haben alle Rechnungen bezahlt, MamaPapa. Vielen Dank für mein schneeweißes Lächeln. Vielen Dank für meine Rekonstruktion und die Wiedergutmachungen, für die *Lektionen in Mitgefühl*, die Wiederholung der Wiederholung. Mein Vater zwischen den sambischen Masken in seinem Arbeitszimmer. Reisetrophäen. Keepsakes. Er spricht mit ruhiger Stimme. Erzählt mir die Geschichte vom Stamm der *Babemba*, ihrem Ritual. Wenn einer der Dorfbewohner etwas Unrechtes, Selbstsüchtiges tut, bilden alle anderen einen Kreis, in dessen Mitte sich der Übeltäter stellen muss. Sie fassen sich an den Schultern. Wer die anderen berührt, gehört zur Gemeinschaft. Der Übeltäter, der Schuldige, steht allein in ihrer Mitte. Umzingelt von der Gemeinschaft. Aber. Der Mensch in der Mitte, der einen Fehler gemacht hat, wird nicht bestraft, sondern so lange an seine positiven Eigenschaften erinnert, bis er wieder mit einem guten Gefühl und von sich aus in die Dorfgemeinschaft zurückkehren kann. «Hörst du? Du bist immer noch mein Sohn, Alex. Du bist ein guter Sohn.»
Ich lächle und denke an die tägliche Demütigung, das Ritual der Substitution. Der Apotheker, der mich nachdenklich mustert. Auch mein Rezept jedes Mal übertrieben lange prüft. Der weiße Plastikbecher, den er mir reicht, den ich folgsam ent-

gegennehme. Guter Junge. Ich sehe den Apotheker an, während ich die Tablette schlucke. Fahre mit der Zunge über meine Lippen.
Ich möchte ihm sagen: Alles, was ich will, sind ein paar reine Augenblicke. Ruhe. Wärme, die durch meinen Körper strömt. Wissen Sie, dass ich die Zeit anhalten kann?
Mein Blick begegnet dem des Polizisten im Spiegel. Ein paar Sekunden. Ich weiß sofort, ob ich mit jemandem klicke. Es sind die Nuancen, die kleinen Dinge, die einen Blick auf die Struktur zulassen. Eine Bewegung, die nur im Augenwinkel wahrnehmbar ist. Der richtige Moment ist wichtig. Den festhalten. Die Zeit anhalten.

Während also die Augusthitze hereindampft und der Polizist versucht, sich eine Zigarette anzuzünden, kann ich einen Blick auf die Struktur meines Gegenübers erhaschen. Oder. Sind das nur irgendwelche Gedanken, Gespinste, die durch mich und den anderen strömen, als könnten sie einfach so ihren Wirt wechseln? All diese Gedanken, die irgendwie in meinen Kopf gelangt sind, um hier für einen Moment zu kreisen. Die kurz verweilen und beinahe spurlos weiterziehen, sich ein anderes Zuhause suchen. Wie die unzähligen Möglichkeiten von einem Zuhause, in dem man sich einrichten kann: Hofruhelage, Wannenbad, Wohnküche, Durchreiche, Milch im Kühlschrank, Gästehandtücher. Ich schreite die Räume ab. So könnte das Zuhause des Polizisten aussehen. *Home is where the heart is*, sagt man, wer auch immer das ist, *m a n*. Man muss sich in geraden Linien vorwärtsbewegen, alles ist nicht mit allem verbunden, die Verbindungen können beliebig hergestellt, verlagert oder aufgelöst werden. Wenn man unsichtbar bleibt, ist alles mit nichts verbunden und nichts mit nichts.
Und nein, das Wasser ist nicht der Feind, das weiß ich sicher, auch wenn es sich so anfühlt. Es wird nicht in mich hineinsi-

ckern, nur die Oberfläche berühren, wie ein Zustand, der vorbeizieht, um von einem anderen abgelöst zu werden. Ein Angstgedanke, ein Moment Schutzlosigkeit. Einer von vielen. Ich höre mich summen. Ein beliebiger, lächerlicher Song, und ich weiß den Text dazu. Ein ganzer Kopf voller unnötiger Informationen. Summen. Rauschen. Telefonläuten. Vorhin, als der Polizist telefoniert hat, hat ihn die Stimme auf der anderen Seite Niko genannt. Niko. Wenn ich mich nicht geirrt habe, ist das also der gute Nikolaus. Es ist einen Versuch wert.
Begegnet man sich wirklich immer zweimal im Leben? Aber was bedeutet das zweite Mal, die zweite Begegnung? Ich drehe den Wasserhahn zu. Lächle. Ich halte die Zeit an.

VII. NIKO

Ein sehr hohes, sehr feines Geräusch, das die Luft sirren lässt. Das unbestimmte Gefühl, es käme nicht von außen, sondern aus deinem Kopf. Als säße es zwischen den Augen, direkt hinter deiner Stirn, hätte da auf dich gelauert, immer schon, und nur auf den richtigen Moment gewartet. Das Sirren scheint sich an manchen Ecken des Raumes zu verdichten, um sich gleich darauf wieder aufzulösen, leiser zu werden. Vielleicht hat alles damit angefangen.

Der Singsang der Sprachen am Nebentisch schiebt sich über Alens Stimme, das helle Klingeln der Stäbchen gegen die Schalen, das Schmatzen der Männer scheint beinahe rhythmisch. Einer zieht seinen Rotz zugleich mit einem Schwall Nudeln hoch. Das wiederholte Zischen, wenn der Mann die Zunge gegen die Zähne presst, Luft durch die Zahnreihen zieht, um einen hartnäckigen Essensrest loszuwerden. Die Geräusche kriechen in meinen Gehörgang, setzen sich fest, verdichten sich dort. Sie sind unter meiner Haut, überall an meinem Körper spürbar wie ein Kribbeln unter meinen Fingern. Ich bemerke die bis aufs Fleisch abgekauten Fingernägel eines der Männer am Nebentisch, fahre im gleichen Moment mit der Daumenkuppe über meine eigenen, als müsste ich mich versichern, dass alles in Ordnung ist. «Niko, was ist, langweile ich dich?» Ich schüttle den Kopf. «Tut mir leid.»

Lange sind wir nicht zusammengesessen, fast ein Jahr. In der Geschäftigkeit der letzten Monate war kein Platz für die Abende mit Alen, alle Tage werden von Verpflichtungen verschluckt, auch die Nachtstunden gleiten dahin. Erwachen vom Schreien des Kleinen, Sascha, die aufsteht, schlafwandelnd durch das dunkle Zimmer hinaus, Richtung Kind, oder, wenn ich an der Reihe bin, das warme Bündel Mensch auf meinem Arm, während meine Gedanken matt im Halbdunkel des Zimmers kreisen. Alen sagt, der Alltag sei eine gute Einrichtung, die Ordnung der Dinge, man müsse gerade Linien ziehen. Aber ich schweife ab, obwohl ich hier sein will, meine Gedanken sammeln, meine Aufmerksamkeit. Mich. An diesem Tisch mit Alen, der müde und zerstreut lächelt. Er reicht mir sein Feuerzeug. Als ich meine Zigarette anzünde, wirft mir der Mann mit den abgekauten Fingernägeln einen verärgerten Blick zu.

Der vietnamesische Imbiss ist winzig. Nur zwei Tische und eine Reihe Stühle an der schmalen Theke, hinter der mit effekthascherischem Dampfen und Zischen gekocht wird, zwei Asiaten, die Papierhütchen tragen und sich lautstark über den Küchenlärm hinweg unterhalten. Die Kellnerin nennt Alen beim Vornamen. Der Rauch hängt in dicken Wolken an der Decke über uns, verbindet sich mit den Essensgerüchen, setzt sich klebrig gemeinsam mit dem Fettdunst in den Ritzen des Raumes fest. Alle paar Minuten schaltet sich der Ventilator an der Decke ein, zerhackt den Dunst in träge klappernden Umdrehungen. Ein staubiger Foto-Paravent verdeckt den Durchgang zur Vorratskammer. Niemand hat sich die Mühe gemacht, Fotos in die kleinen Fenster zu stecken, die ausgeblichenen Symbolfotos des Herstellers zeigen abwechselnd zwei Motive: eine schöne junge Frau und ein lächelndes Pärchen.

Alen ist gern hier, er sagt, das Essen sei gut, aber vor allem liegt der Imbiss im Hof, nah an seiner Wohnung. «Tut mir leid», wiederhole ich. Alen macht eine wegwerfende Handbewegung. Tut mir leid, tut mir leid. Der Mann gestern im Supermarkt fällt mir ein, der mich nachgeäfft hat, warum ich mich zweimal entschuldigen muss, ob ich gar keinen Stolz oder Charakter habe und ob ich mich nicht lieber dafür entschuldigen will, dass ich eine schwule Sau bin? Wieder eine dieser Situationen, die zu schnell vorbeiziehen, als dass ich angemessen reagieren könnte. Und du stehst da, packst deine Einkäufe in die Tasche, mit rotem Kopf, glaubst, die Blicke der Angestellten, der Leute in der Schlange hinter dir zu spüren. Dabei sehen sie dich gar nicht, sehen dich schon gar nicht an. Ihre Ungeduld gilt dem Warten unter den Neonröhren, dem Weg nach Hause, der noch vor ihnen liegt, den Verfehlungen des vergangenen Tags oder dessen, der darauf folgen wird, während sich der Piepton des Kassenscanners vervielfacht.

«Wie geht es deiner Frau?»
«Gut, es geht uns gut.» Ich antworte eine Spur zu schnell, ohne nachzudenken. «Und mit Darko, funktioniert das?»
Alen blickt aus dem Fenster auf die Straße, zieht an seiner Zigarette, erzeugt dabei ein leise fiependes Geräusch. Die Glut frisst sich ein Stück höher, Richtung Filter. Er nickt abwesend.
Mein Sohn mein Kind meine Frau mein Haus mein Tag. Wann trifft man die Entscheidung, etwas als *Seines* zu bezeichnen, wann legt man die Angst davor ab, dass einem die Dinge schon im Aussprechen entgleiten? Das *Uns*, das *Wir* liegt mir schwer auf der Zunge. «Wie war dein Tag?», fragen wir gleichzeitig. Alen lacht. Wie es aussieht, einer dieser langen Tage, die an den Enden ausfransen.
Mein Kieferknochen knackt im Gelenk und rastet schmerzhaft ein, erinnert mich daran, dass ich den ganzen Tag die Zähne zusammenpresse. Unbewusst. Der Arzt meint, es läge an einer Fehlstellung. So etwas könne man immer noch in Ordnung bringen, besser jetzt als später, wegen der Abnutzung, wiederholt er bei jedem Kontrolltermin und nickt beflissen vor sich hin. Sascha mahnt mich, nachts die Schiene zu tragen, weil sie das Knirschen meiner Zähne weckt. Und ich weiß ja, dass dieses Knirschen meine Kopfschmerzen, dieses stete Pochen hin-

ter der Stirn, erzeugt, die Geräusche und das Licht um mich hochdreht. Und ich weiß, dass Sascha mir im Schlaf den Kopf streichelt. Sie sagt, es beruhige mich, ich wache davon nicht auf, aber sie erzählt es mir morgens oder den Schwiegereltern beim gemeinsamen Essen an Sonntagen. Und ich weiß. Ich weiß.

Alen prostet mir mit seinem Wasserglas zu, dreht es nervös zwischen den Fingern. Ob es richtig war, mir ein Bier zu bestellen? Wie lange ist er jetzt trocken? Während ich versuche nachzurechnen, macht er mit dem Wasserglas kaum sichtbare Kreise auf dem Tisch, fügt einen Kreis an den anderen, bis er genug hat, das Glas schließlich geräuschvoll absetzt. Er legt seine Handflächen in die feuchten Kreise auf dem Tisch. Das Gespräch will nicht in Fluss kommen, und ich weiß nicht, wo ansetzen.

Ich möchte mit Alen sprechen, wie wir früher miteinander gesprochen haben. Vielleicht will ich von letzter Woche erzählen, in der Sascha mit dem Kleinen bei ihrer Mutter war, weil wir Streit hatten, oder besser, uns einmal mehr tagelang angeschwiegen haben. Wir streiten nicht, wir schreien einander nicht an.

Ich könnte erzählen, wie ich diesem Jungen begegnet bin, der behauptet, mich zu kennen. Die Geschichte, die er mir erzählt hat, habe ich keine Sekunde geglaubt, aber ich mochte seine Gesellschaft. Ein harmloser kleiner Junkie, nichts weiter, ich wollte nicht allein zu Abend essen, aus einer Laune heraus hab ich ihn eingeladen. Aber ich erzähle nichts davon. Schon gar nicht, dass ich ihn auf meinem Sofa habe übernachten lassen, er am nächsten Morgen verschwunden war und mit ihm ein paar Scheine aus meiner Brieftasche. Ein lächerlicher Betrag, vielleicht habe ich mich auch verzählt. Ich achte nicht auf die Details, sagt Sascha. Sie weiß nichts von meinen gestohlenen

Abenden im Schwimmbad. Ich behaupte, dass ich Überstunden machen muss, nur um für mich allein Bahn für Bahn schwimmen zu können.
Alens Gegenwart hat mich immer beruhigt, aber es ist zu laut hier drinnen. Überall ist es mir zu laut. Ich überspiele meine Unruhe, versuche, mir nichts anmerken zu lassen. Wie könnte ich jemandem dieses unablässige Hintergrundrauschen erklären, das ich aus meinem Hirn dränge, das immer wieder zurückkommt, auf- und abschwellend? Die Bedienung stapelt unsere Teller übereinander, lächelt Alen an. «Einen aufs Haus?»
«Wasser», sagt Alen, «ein großes Wasser aufs Haus.»
Jemand klopft an die vom Küchendampf beschlagene Scheibe: Darko. Alen winkt ihn zu uns herein. Darko kommt an unseren Tisch, schiebt sich vorbei an den Männern, die gerade den Imbiss verlassen. Jetzt sind wir drei die einzigen Gäste. Die Köche haben begonnnen, sauberzumachen. Putzmittelgeruch breitet sich aus, die Kellnerin bringt vor dem Spiegel ihre Frisur in Ordnung. Darko reicht mir zögernd die Hand, als wäre ich ein Fremder, dabei kennen wir uns von früher, als er noch kleiner war. Von den gemeinsamen Ausflügen mit Alen, der ihn jetzt fragt, ob er Hunger hat. Darko schüttelt den Kopf. Nimmt eine Selbstgedrehte aus Alens Etui, klemmt sie sich hinters Ohr. Er sieht seinem Vater immer ähnlicher, je älter er wird. Die Konturen sind noch weich, formbar, aber da ist der gleiche Ausdruck auf seinem Gesicht. Als ich nach Zeno frage, zuckt er mit den Schultern, schaut an mir vorbei, spielt mit den Kopfhörern, die um seinen Hals hängen. Ich hake nicht weiter nach, nicht heute. Alen steckt ihm einen Geldschein zu. Es ist spät, aber Alen fragt nicht, wo er hinwill oder wann er nach Hause kommt. «Was würdest du an seiner Stelle tun?», antwortet Alen auf meinen Blick, als hätte er meine Gedanken erraten. Die Eingangstür fällt klingelnd hinter Darko ins Schloss.

Als hätte sich mit dem Klingelton ein Schalter umgelegt, wird es stiller im Raum, nur noch das leise Summen der Kühlvitrine, meine Stimme kommt mir fremd und unnatürlich laut vor. Ein letztes Mal wird die Ruhe unterbrochen, als ein paar angetrunkene Gäste einfallen, Gelächter und Gesprächsfetzen. Die Kellnerin weist sie erst ab, da die Küche schon geschlossen hat, um ihnen nach kurzem Hin und Her mit lustloser Miene doch ein paar kalte Frühlingsrollen einzupacken. Fettige Schlieren ziehen Spuren in dem Plastikbehälter, den sie über die Theke reicht. Wenig später dimmt die Kellnerin das Licht, die Köche verabschieden sich.
Alen oder ich, einer von uns, ich weiß nicht mehr, wer es war, nimmt den Faden auf, unseren gemeinsamen Nenner. Wir fangen an, von früher zu sprechen. Weißt du noch, erinnerst du dich, damals, damals als?
Die letzten paar Jahre scheint alles auf einmal passiert zu sein. Ich war noch nicht lange in der Stadt, hatte einen Job als Nachtwächter angenommen, über den Sommer, bis zum Beginn meiner Ausbildung in der Polizeischule. Eine Entscheidung, mit der ich in die Fußstapfen meines Vaters treten würde.
Ich wurde Alen zugewiesen, er sollte mich anlernen. Während wir unsere Runden gemacht haben, um die leerstehenden Gebäude der Stadt abzuklappern, hat er beharrlich geschwiegen oder seine Monologe gehalten, je nach Tagesverfassung. Alen ist ein ganzes Stück älter als ich, er ist hier in der Stadt aufgewachsen. Zu jeder Ecke weiß er eine Geschichte.
Manchmal habe ich Alen verstohlen betrachtet und mich gefragt, wie ich in zwanzig Jahren aussehen, welche Geschichten ich erzählen, wie ich sein würde.
Die Endstation unserer Tour war ein Hotel, dort, in der Tiefgarage, stellten wir jede Nacht den Firmenwagen ab. Das Hotel stand damals schon leer, aber noch nicht lange. Die Hallen und Gänge waren noch möbliert, im Speisesaal stand ein verlassener

Flügel. Alles sah so aus, als würde sich jeden Moment eine Tür öffnen und die Gäste würden, nur etwas verspätet, in Abendkleidung hereinströmen, die Räume wieder mit ihren Stimmen und Geräuschen füllen. Unsere Aufgabe war ein Rundgang um das Gebäude, gefolgt von Erdgeschoss und Tiefgarage, danach endete der Dienst, und unsere Wege trennten sich.
An einem Abend glaubte ich, meine Schlüssel vor dem Gebäude verloren zu haben, und kehrte auf halbem Weg um. Vor dem Hotel angekommen, waren die Schlüssel augenblicklich vergessen, weil ich sah, wie jemand das Haupttor aufschloss und im Foyer verschwand. Alen hatte ein paar Wochen zuvor seine Wohnung verloren und sich dort eingenistet. Er hat mich durch das verlassene Hotel geführt, mich zu einem Drink eingeladen, eine Einladung, die ich zögernd annahm. Das war die erste Nacht, die wir zusammen auf dem Dach verbracht haben, trinkend und redend, bis zum Sonnenaufgang.
Das Hotel wurde unser Spielplatz nach Feierabend. Manchmal sind wir mitten in der Poollandschaft im ehemaligen Spa-Bereich gesessen, zwischen den täuschend echten Plastikpalmen. Wir haben uns in angestaubte Bademäntel gehüllt, an den Pool gesetzt, haben die Beine ins Leere baumeln lassen, auf dem Boden des Beckens waren nur noch ein paar Pfützen. Wir sind aufs Dach geklettert, haben uns auf dem Betonboden der Terrasse ausgestreckt, unter uns die Lichter der Stadt, über uns die rote Dunstglocke der Nacht.

Ich habe Alen nie als Trinker gesehen. Vielleicht, weil ich es nicht sehen wollte oder weil es schwer ist, den Unterschied zu erkennen, den Moment, in dem einer die Grenze überschreitet, kippt und fällt. Dabei gab es viele Trinker in meinem Dorf, doch mit ihnen hatte er nichts gemeinsam. Alen war ruhig und aufmerksam, ganz im Gegensatz zu den anderen Kollegen hat er mich nicht spüren lassen, dass der Provinzgeruch des Dor-

fes, in dem ich aufgewachsen bin, immer noch an mir klebt. Alen hat sich nie über mich lustig gemacht.
Als Kind habe ich mich dort geborgen gefühlt, habe das Dorf und die Umgebung geliebt. Ich hatte meine Verstecke, meine geheimen Orte. Im Wald hinter unserem Haus lag ein kleiner See im Schutz der Bäume. Ganze Nachmittage habe ich damit zugebracht, an den schlammigen Grund des Sees zu tauchen, mit dem Ziel, jedes Mal ein bisschen länger dort unten verharren zu können. Ich erinnere mich, wie ich vom Schwimmen erschöpft am Ufer ausgestreckt liege, über mir die Wipfel der Bäume, die einen gezackten Kreis in den Himmel schneiden, an die Stille des Sees und den Geruch der Erde. Ich war gern allein. Mein Vater war der Dorfpolizist, von allen geachtet. Er hat es mir nie vorgeworfen, aber ich weiß, er hätte sich einen Sohn gewünscht, der mehr nach ihm kommt, der weniger scheu ist. Mein Vater sagt, ich war ein Träumer, ich hatte Angst vor der Welt.

Nur wenige Monate nach unserem ersten Abend auf dem Hoteldach verbrachten Alen und ich ganze Sonntagnachmittage, die Besuchszeiten in der Klinik, damit, Tischtennis zu spielen. Der hagere, abgezehrte Alen war kräftiger geworden. Gesundes Essen, oder überhaupt Essen, davor habe ich ihn nie essen sehen, regelmäßig Sport, ein straffer Tagesplan. Ich bin jeden Sonntag zu ihm gefahren, auch wenn Sascha das nicht gern sah, weil ich wusste, dass niemand von seiner Familie kommen würde, dass sie vor allem nicht wollten, dass Darko ihn besucht. Alen machte Pläne, vielleicht das erste Mal, seit ich ihn kannte. Diesmal würde er es durchziehen, Verantwortung übernehmen, ein besserer Vater werden. Nur das Rauchen wolle er nicht lassen, das Rauchen beruhige ihn, es nehme ihm für Augenblicke die Angst, und irgendeine schlechte Angewohnheit müsse er behalten, wie ein Andenken.

An einem dieser Nachmittage habe ich Alen erzählt, dass ich Vater werde. Ob er sich das vorstellen könne, dass ich ein guter Vater werde und ein guter Polizist, ob ich das schaffen könne. Einer von den Guten sein, einer von den ordentlichen Bürgern, die ihre Pflichten, ihre Familien geregelt bekommen. Dass die Dinge anders liegen und die Guten, die Normalen, nur eine Wunschvorstellung sind, dass in jeder Biografie ein Knick ist, ein Bruch, eine Leerstelle, weil das Herausfallen aus der Ordnung das einzig Normale ist, hat Alen zu mir gesagt. Aber nicht an jenem Tag.

Ich beobachte Alen, der mich beobachtet, und frage mich, ob es nur dieses Früher gibt, das uns zusammenhält. Kein Hier und Jetzt. Wir behalten unsere Geheimnisse für uns, wahrscheinlich sollte man das auch. Vielleicht endet jedes Gespräch, jeder Abend, mit einer Liste von Dingen, die man hätte gesagt haben wollen sollen müssen. Mit einer offenen Klammer.
Wir sollen warten. Die Kellnerin läuft mit klapperndem Schlüsselbund zurück in den Imbiss, weil sie vergessen hat, das Notlicht anzuschalten. Über dem Eingang flackert das *A* von *Hán Nôm* in Neonpink, bevor der ganze Schriftzug, begleitet von einem elektrischen Summen, langsam erlischt. Sie steckt Alen einen kleinen Beutel zu, wahrscheinlich Gras, er küsst sie auf den Hals. Ich lache über mich selbst, dass mir erst jetzt klar wird, dass sie miteinander vögeln oder es zumindest schon mal getan haben. Weil ich die kleinen Gesten übersehe, die Details, vielleicht hat meine Frau Recht. Ihre Kurzmitteilung habe ich vorhin weggeklickt, ohne sie zu lesen. Heute ist mein freier Abend, und Alen muss nicht fragen, ob ich noch eine Runde drehen will. Wir steigen in sein Taxi, er schließt mit einer flinken Handbewegung den Gurt hinter seinem Rücken, bevor der Warnton einsetzen kann. Mein Kopf lehnt schwer gegen das kühle Seitenfenster, ich schließe die Augen für einen Moment.

Die Geräusche sind noch da, in meinem Kopf, sitzen direkt zwischen den Augen, hinter meiner Stirn, nur ganz leise gedreht, werden übertönt vom Tickern des Blinkers, das nicht aufhören will. Ich frage nicht, ich weiß schon, wohin wir fahren. Wir machen uns auf den Weg durch die offene Klammer der Stadt zum Hotel.

VIII. MARA

Aus dem Müllsack dampft mir der Geruch von Schimmel, halb verfaultem Obst und Sperma entgegen. Obenauf liegen ein paar aufgerissene Kondomverpackungen. Mutter hat wieder Besuch gehabt. Sie habe Gäste, hat sie gesagt, und dass ich später nach Hause kommen soll. Ihre Liebhaber zahlen unsere Rechnungen. Ich könnte dankbar sein, aber ich ziehe nur das Plastikzugband zusammen, mache einen doppelten Knoten, hebe den Sack aus dem Metallgestell, drei Schritte rückwärts, und trete die Hintertür mit dem Fuß auf, ohne mich umzudrehen. Die Katze rennt mir zwischen die Beine, miaut hysterisch, ich stolpere über den weichen Körper, knalle hart mit dem schweren Sack in der Hand gegen die Mülltonnen, falle hin. Einen Moment bleibe ich im Dunkeln auf dem Asphalt sitzen, höre mich atmen, das Blut pocht in meinen Schläfen.

Wie zur Beruhigung berühre ich mit der rechten Hand die Geldscheine in meiner Hosentasche und habe wieder das Gesicht des Alten vor mir, wie er das rechte Auge zukneift und dabei nervös am Objektiv hantiert, während in regelmäßigem Rhythmus Schweiß von seiner Stirn auf den Boden tropft. Ein großzügiger, holzvertäfelter Hobbykeller mit unzähligen gerahmten Aufnahmen an der Wand, Holz sogar an der Decke, ein Hobbysarg, Weichzeichnerfotos von Landschaften und kleinen Mädchen, und ich auf einem Hocker vor einer pastellfarbenen Leinwand. Wir wechseln von Hellgelb zu Hellrosa zu hellblauem Hintergrund, und ob ich ein bisschen weiter nach rechts, nein, nicht so, aber jetzt, genau, so bleiben, und die Blumen, das Kinn hoch, den Mund leicht öffnen. Diese Plastikblumen mit dem Geruch von Reifengummi, das unaufhörliche Schwitzen und Schniefen des Alten und das hohe Pfeifen und

Knallen, mit dem der automatische Blitz jeden Schuss begleitet. «Schön», hat er gesagt, immer wieder, «schön, sehr schön.» «Und lächeln», hat er gesagt. «Jetzt. Ein kleines Lächeln.» Sein von der Kamera halb verdecktes Gesicht zu einer Grimasse verzogen. Dazwischen die Pausen, in denen er die Leinwand gewechselt hat, einen öden Pastellton nach dem anderen, für die kurze Wartezeit hatte ich nur mein Hemd übergezogen, keinen Slip, er hat mich umkreist, geglotzt, immer mit einer Art Sicherheitsabstand.

«Du darfst hier nicht rauchen.»

«Wirklich?»

Das Glas Wasser, das er mir reichen wollte, hat er beinahe fallen lassen, weil da meine Hand war und seine Hand und die Bilder seiner Familie an der Hobbysarg-Wand zwischen den anderen Aufnahmen. Meine Zigarette, die zischend in das Wasserglas taucht.

Wenn mich jemand fragen würde, warum ich das mache, würde ich sagen, es ist ein Spiel, nichts weiter, eine Mutprobe ohne Zuschauer, und die fassen mich nicht an, keiner von denen fasst mich an.

Ich fange die Katze ein und hebe sie hoch über meinen Kopf, ein zappelndes Bündel, das mich wütend anblinzelt. Ein blaues und ein grünes Auge, vor einem Jahr hat das angefangen. Es war faszinierend zu beobachten, wie sich die Farbe des einen Auges mit jeder Woche ein bisschen mehr verändert hat, als würde die Katze sich mir angleichen wollen. Erst später kam heraus, dass ein Tumor der Grund dafür ist. Der Tierarzt hat gesagt, sie hätte vielleicht noch ein paar Monate. Das war letzten Sommer. Aber einen Sommer später lebt die Katze immer noch, macht nicht den geringsten Anschein sterben zu wollen. Sie windet sich in meinem Arm, aber erst als sie ihre Krallen in meine Haut schlägt, lasse ich los und sehe ihrem Schatten nach, der

im Haus verschwindet. Die Tür fällt zu, ich fahre mit den Fingerspitzen über meinen zerkratzten Arm, jemand ruft meinen Namen. Ein Schatten löst sich aus dem Dunkel. Der Bewegungsmelder springt an und wirft einen schmalen Streifen Licht auf Darko. Er macht ein paar Schritte auf mich zu, tänzelt nervös von einem Bein auf das andere, die Hände in den Hosentaschen vergraben, tastet dann nach den Kopfhörern, die um seinen Hals hängen, als wären sie ein Rettungsring, durch den er tauchen und sich an der Oberfläche halten könnte.
Die Katze hat es sich anders überlegt, aber sie ist hinter der Tür gefangen, macht Männchen gegen das Viereck aus Milchglas, gibt spitze, anklagende Laute von sich. Ich frage Darko nicht, was er hier sucht, ziehe mich hoch, komme mit Schwung auf der Mülltonne zu sitzen und klopfe zweimal auf den Platz neben mir. Der langgezogene, surrende Ton des Bewegungsmelders setzt ein, das Licht fällt wieder aus. Ich stecke mir eine Zigarette an, Darko zögert, dann setzt er sich zu mir und nimmt die Zigarette, die ich ihm angeboten habe. Darko, der die Flamme mit der hohlen Hand schützt, ein Moment Licht, dann nur noch die orange glühenden Enden unserer Zigaretten. Wir sitzen schweigend nebeneinander und atmen Rauch in die Dunkelheit. Meine Fingerspitzen suchen die Konturen seines Gesichts, ich streiche ihm über die Stirn, fahre ihm die Nase entlang, er lässt es sich gefallen, braver Junge. Er dreht sich zu mir, seine Haut fühlt sich zart an unter meinen Fingerspitzen. Der Bewegungsmelder springt an, beleuchtet sein Gesicht. Darko schließt die Augen, der dichte Kranz seiner Wimpern wirft einen Schatten, seine Augenlider zittern, die Augen darunter scheinen sich von rechts nach links zu bewegen, als hätte er einen bösen Traum. Ich schließe meine Augen beim Küssen nicht, warum auch, das Geräusch unserer Zähne, die aneinanderstoßen, einmal, zweimal, meine Zunge, die sich in seinen

Mund bohrt, der Geschmack von Tabak. Der Geruch seiner Haut unter dem Aftershave seines Vaters.
Alles Mitwirkende, Amateure, Dilettanten. Meine Mutter, die in diesem Moment im Wohnzimmer erst vornüberschwankt, dann seitlich umkippt und auf den Rücken rollt, ohne aufzuwachen. Der Alte in seinem Hobbykeller, der versucht, seine Erektion zu verbergen, während sein Schweiß neben die Füße des Stativs tropft. Alen, der am Steuer seines Wagens sitzt, vielleicht einen letzten Fahrgast über Umwege durch die Stadt fährt, während sein Blick auf den Papierfuchs fällt, den ich ans Armaturenbrett geklemmt habe. Meine Therapeutin, die im Schutz der Dunkelheit in ihren Garten hinausläuft, um die Erde auf dem frischen Grab festzutreten. Darko, der an meinem Haar schnuppert, sein Atem dicht an meinem rechten Ohr. Alen, der das Wort kostet: *Kitsune*, der sitzende Fuchs, zittert im nervösen Luftgekreisel der Klimaanlage.

TEIL ZWEI

In the magical universe there are no coincidences and there are no accidents. Nothing happens unless someone wills it to happen.
William S. Burroughs, Literary Outlaw –
The Life and Times of William S. Burroughs by Ted Morgan

I. ALEN

Nullen und Einsen, die digitale Anzeige leuchtet stumm im Dunkel, die Zahlen verschwimmen vor meinen Augen. Ich brauche einen Moment, um den Raum zu erkennen. Das ist Ancas Wohnung. Die Scheinwerfer eines vorbeifahrenden Wagens werfen einen Streifen Licht ins Zimmer, ein verzerrtes Viereck, das über ihren nackten Rücken gleitet, auf die gegenüberliegende Wand geworfen wird und verschwindet, wie es gekommen ist. Regen trommelt gegen das Fenster. Ich beobachte Anca eine Weile, beneide sie um ihren Schlaf. Meine Tage und Nächte verwischen ihre Übergänge und Spuren, jeder Schlaf nur Millimeter unter der Oberfläche des Bewusstseins, jedes Aufwachen in Panik, die Haut klebrig von Schweiß, die Gedanken wirr, ohne Vorwarnung von einer in die andere Ebene katapultiert. Der Körper, schon beim Aufwachen lästig an seine Funktionen und Unzulänglichkeiten erinnernd, Durst, Kopfschmerzen, eine volle Blase, ein steifer Schwanz zwischen den Schenkeln. In diesem Moment vor allem: Durst. Neben dem Bett stehen zwei halbvolle Gläser. Ein Moment der Unachtsamkeit, einer genügt, und du fängst von vorne an, weil dein Kopf dir Streiche spielt, Ausnahmen aushandelt. Ich greife nach der Wasserflasche, die in den Spalt zwischen Wand und Matratze gerutscht ist, trinke gierig, um den Nachgeschmack von Rotwein und Zigaretten hinunterzuspülen. Von der Wand gegenüber grinst mich eine venezianische Maske an, ein weißer Clown. Anca zuckt im Schlaf zusammen, zieht ihre Knie zum Körper, strampelt mit den Beinen wie ein Tier, das vom Laufen oder Jagen träumt, ihr Arm klatscht gegen meine Brust. Ich schiebe mich vorsichtig weg von der Wärme ihres Körpers aus dem Bett, suche zwischen den verstreuten Kleidern am Boden meine

heraus, nur meine Hose liegt fein säuberlich über eine Stuhllehne gefaltet, in der hinteren Hosentasche finde ich einen Zettel: *Vielleicht sind wir nicht wirklich hier, sind nur Moleküle, die sich irgendwo neu zusammensetzen, vielleicht wachen wir jedes Mal in einem anderen Universum auf, am falschen Ort zur falschen Zeit.* Meine Handschrift auf der Rückseite eines Taxibelegs, ich zerknülle den Zettel in meiner Faust.
Im fensterlosen Badezimmer hat sich die Hitze des Tages gestaut, ein Moment Schwindel, ich presse meine Stirn gegen die Fliesen, konzentriere mich auf ein schwarzes Quadrat auf dem Boden. Dieser Körper, der nicht zu mir gehört, wird von einem heftigen Hustenanfall geschüttelt, der nicht aufhören will. Ich würge, spucke ein paar dunkle, zähe Flecken ins Waschbecken, die langsam über die Oberfläche Richtung Abfluss gleiten. Auf dem Rand des Waschbeckens steht meine Uhr, das Zifferblatt stützt sich geduldig auf das Dreieck des Kettenarmbandes, eine Gewohnheit, eine von vielen. Ein Wassertropfen läuft über das Zifferblatt, ich sollte zu Hause sein. Ein Gedanke, der keinen Sinn macht, Darko ist kein Kind, er ist bestimmt unterwegs, vielleicht bin auch ich nicht wirklich hier, ich zeige meinem Spiegelbild die Zähne.

Die Kälte des Regens überrascht mich. Mein Taxischild leuchtet matt am Ende der Straße. Ich habe wieder vergessen, es auszumachen, aber der Wagen wird trotzdem anspringen, bestimmt. Mit der Jacke über dem Kopf laufe ich leicht geduckt los und bin außer Atem, ehe ich meinen Wagen erreicht habe. Halte einen Moment inne. Auf die linke Seite des Wagens hat jemand eine dicke schwarze Linie gesprayt, die Linie ist an den Konturen ausgefranst, ein paar schwarze Tränen sind Richtung Asphalt gelaufen, aber nicht weit gekommen, auf halbem Weg hängengeblieben. Die Linie endet in einem S, dahinter ein Punkt, ein gekipptes Fragezeichen. Ich sehe mich um. Mara, warst du das?

Nicht darüber nachdenken, nicht jetzt, ich gleite auf den Fahrersitz, hinter das Lenkrad. Die Straße verschwimmt hinter der Windschutzscheibe zu Lichtpunkten und Farbflecken, ich höre mein pfeifendes Atmen, als würde es aus weiter Ferne kommen, nicht zu mir gehören. Müdigkeit senkt sich auf mich, eine Erschöpfung, die neu ist, die in Wellen kommt, immer dann, wenn ich sie nicht brauchen kann. Ich schiebe meinen Sitz ein Stück weiter nach hinten, lege meine kalten Hände an die Schläfen. Mit dem Motor springt automatisch das Autoradio an, ich schließe den Gurt hinter meinem Rücken. Das Radio ist so leise gedreht, dass die Stimme des Sprechers beinahe vom Geprassel des Regens auf dem Autodach geschluckt wird, der im nächsten Moment stärker wird, in ein Trommeln übergeht. Ich klicke durch die Musik, die Darko für mich abgespeichert hat, breche jeden Titel nach den ersten Gitarrenriffs, Klängen oder Lauten der Sänger ab, lausche dann eine Weile dem Regen. Einzelne Szenen blitzen in meiner Erinnerung auf: Niko und ich auf dem Hoteldach, war das gestern, mein Wagen, der halb auf dem Gehsteig vor meiner alten Stammkneipe parkt, vielleicht heute, Anca, die mir verschlafen ihre Tür öffnet, vor ein paar Stunden, möglicherweise. Dabei sollte alles gut sein, die letzten Wochen waren gut. Darko und ich scheinen auf unsere Art, wie ich glaube, auf eine gute Art, zu funktionieren. Ich habe nicht viel geschrieben, nicht viel geschlafen, aber ich war ruhig, habe nicht bei jedem Anruf meines Vaters Streit angefangen, habe mich in geraden Linien bewegt. Aber heute war gestern war vor ein paar Stunden, eine Ausnahme, eine kleine Unachtsamkeit, die den Dominoeffekt auslöst, der mir vertraut ist, mich ins Vergessen schlittern lässt.
Während mein Blick auf Kitsune, den sitzenden Fuchs, fällt, der auf dem Armaturenbrett im Luftzug der Klimaanlage zittert, verwaschen ganze Tage davor, danach, deshalb und dazwischen.

Ich sehe Mara vor mir, als ich sie an jenem Abend abgesetzt habe. In grundloser Heiterkeit sehe ich ihr nach, wie sie die Straße, die noch regennass ist, hinunterläuft, auf ihr Haus zu, ihr Haar scheint im letzten Licht des Tages zu leuchten wie die Horizontlinie der Dächer. Eine Flamme, die eine Zündschnur entlangläuft. Das Mädchen dreht sich nicht zu mir um, vom Armaturenbrett aus beobachtet mich Kitsune, der die Form eines M hat. Mara. Ist es meine Schuld, dass ich mich so schnell an sie gewöhnt habe? Ganze Tage verschwendet in davor, danach, deshalb und dazwischen. Mara hat gesagt, ich solle sie mitnehmen, sie würde nicht stören, nicht sprechen, sie wolle nur mitfahren. Die Kamera ihres Vaters, die sie auf unseren Fahrten bei sich hat, wessen Alibi ist sie, meines oder ihres? Scheinbar wahllose Bilder, die sie aus dem fahrenden Wagen schießt, nur manchmal erkenne ich das Motiv. Jemand hat SAY HELL auf eine Wand gesprayt, wenn man genau hinsieht, ist da noch ein O, blasser, das Geräusch des Auslösers lässt meinen Blick dem ihren folgen, oder ist es das Zischen der Spraydose, die auf der linken Seite meines Wagens eine lange Linie hinterlassen wird, das gekippte S, dahinter ein Punkt. Muss man jemanden haben, dem man alles erzählen kann, damit man sich wieder erinnert, wer man ist oder war, an das *Warum*, an die Details, die Zusammenhänge, die man übersehen hat oder allein nicht erkennt?
Seit ich Mara kenne, erinnere ich mich an Dinge, die ich lange vergessen hatte. Ihr konzentriertes Gesicht, das ich verstohlen betrachte, während sie einen Kitsune nach dem anderen faltet. Die Papierfüchse bilden eine Formation auf dem Armaturenbrett, flattern im Fahrtwind, einzelne werden vom Wind hinausgetragen. Habe ich geschwiegen, mich in Gedanken verloren, oder habe ich gesprochen, ihr sogar von meinem Vater erzählt, der Krankheit, die ihn auffrisst, habe ich mich wiederholt? Habe ich absichtlich noch nie von Darko gespro-

chen, weil ich in Maras Gegenwart nicht daran denken will, dass sie ungefähr im gleichen Alter sein müssen? Langweile ich sie mit den immergleichen Geschichten? Ihr Blick verliert sich in der Landschaft, ihre Gedanken bewegen sich weg von meinen Geschichten, an Orte, die mich nichts angehen, mir aber vertraut vorkommen, wie mir alles an ihr vertraut vorkommt. Da ist es wieder, dieses Gefühl, dass ich alles schon mal gesehen habe, in einer anderen Straße, an einem anderen Tag, zu einer anderen Zeit, vielleicht an einem Tag wie

Heute trägt sie ausgebeulte Shorts und ein weites Hemd, ihr Haar locker im Nacken zusammengebunden, einzelne Strähnen haben sich gelöst, ich sehe sie die Straße queren und auf meinen Wagen zukommen. Sie wirkt ebenso zäh wie zerbrechlich, ihre helle Haut leuchtet in der Sonne, ein paar blaue Flecken auf ihren Beinen, sie geht barfuss und sehr langsam. Über ihrer Schulter baumelt ein Paar altmodische Herrenschuhe, die sie an den Schnürsenkeln zusammengebunden hat. Es scheint ihr nichts auszumachen, dass der Asphalt den ganzen sonnigen Nachmittag lang Zeit hatte, sich aufzuheizen. Ihre Augen sind versteckt hinter einer dunklen Sonnenbrille. Sie schlüpft auf den Beifahrersitz, da liegt ein Packen Ausdrucke, den ich gerade noch wegziehen kann, obenauf liegt Seite elf. Mara ist neugierig, aber ich stopfe die Seiten eilig ins Handschuhfach. Wir werden, wie immer, die ersten Minuten schweigen und der Stimme oder der Musik aus dem Autoradio lauschen, die eine Weile übertönt wird vom Geräusch des Blinkers, der seit ein paar Wochen einen Defekt hat und nach jedem Einschalten eine volle Minute weiter vor sich hin tickert, in einem nervösen Stakkato. Dafür surrt die Klimaanlage wieder leise. Das Mädchen stützt ihre nackten Füße gegen das Armaturenbrett. Alles ist an seinem richtigen Platz, die Ordnung der Dinge beginnt mit der feinen Ader, die über ihrer rechten Ferse hervortritt, sich ein

Stück um den Knöchel schlängelt, bläulich durch die Haut schimmert. Der linke kleine Zeh, von dem der rote Lack halb abgesplittert ist. Mara klappt die Sonnenblende herunter, schiebt das kleine Viereck auf, zieht ihrem Spiegelbild Grimassen. Sie nimmt ihre Sonnenbrille ab und sieht mich direkt an. Die verwischte Pupille, das schwarze Oval, das unter dem Lid verschwindet. Ein Kolobom, das ihr Auge empfindlich macht, schutzlos gegen das einfallende Licht, dieser kleine Fehler, der mir gefällt.
Wohin fahren wir?, sagt sie nicht, wir haben ein Abkommen mit dem Zufall, ich blinzle zweimal, und eine grüne Welle schwappt uns durch die Stadt, bis an ihren Rand.

Sie starrt aus dem Fenster, ihr Körper ist angespannt. Die Kamera liegt auf ihrem Schoß, aber sie rührt sie nicht an, obwohl das Panorama anders ist als sonst. Wir haben die Stadt verlassen. Die Straße ist rechts und links von Bäumen und Feldern gesäumt, die Landschaft bleibt flach, eine scheinbar unendliche Gerade, die nach einer Weile in ein Waldstück übergeht. Ich könnte das Pedal durchdrücken, weiter beschleunigen, immer geradeaus, da ist dieser Gedanke, wie eine fixe Idee, dass wir ohnehin irgendwann wieder an unserem Ausgangspunkt landen werden. Das Licht beschleunigt mit uns, flirrt zwischen den Baumreihen, mischt orangerote Flecken zwischen die Schattierungen von Grün. Jede Sekunde birgt die Möglichkeit, das Schweigen zu brechen, aber wo anfangen. Mir sind Dinge, Sätze, Tage verlorengegangen, um Minuten, Stunden, Tage später wieder aufzutauchen, wo ich sie nicht vermutet habe.
Jetzt beginnt sie zu sprechen, ihr Blick folgt der gelben Fahrbahnlinie, die in der Horizontlinie verschwindet. Wenn sie erzählt, ist es, als würde sie weit weggehen, sich in die verwischte Pupille ihres linken Auges zurückziehen. Ihre langen, schmalen Finger wandern gedankenverloren auf ihrem Unterarm auf und

ab, die Geometrie der hellen, geraden Linien von Narben, die mich an Striche erinnern, die Gefangene in die Wände ihrer Zelle kratzen, während ihre Geschichte uns in einen Garten führt: Sie ist vielleicht acht Jahre alt, schleppt große, schwere Tontöpfe aus dem Keller ins Freie, um sie mit Erde zu füllen und einzelne Würmer, die sie zuvor im Garten ausgegraben hat, in die Erde der Tontöpfe zu legen. Die Würmer versuchen, sich in die von ihr festgeklopfte Erde zu graben, mühevoll, Stück um Stück, bis sie nicht mehr weiterkommen, weil die Erde zu hart ist. Sie beschreibt, wie die Würmer auf diese Weise, halb in der Erde und halb auf deren Oberfläche, in der Sonne vertrocknet sind, wie sie ihnen dabei zugesehen hat. Sie beginnt zu lachen, während sie weitererzählt, dass sie es wieder und wieder versucht hat, weil sie nicht verstehen konnte oder wollte, dass die Erde zu hart war. Sie erzählt, wie sie die toten Würmer in kindlicher Verzweiflung beweint hat. Sie lacht heftiger, als ich sage, das sei vielleicht der Moment der Menschwerdung, wenn man etwas haben will, etwas besitzen, nur für sich. «Menschwerdung», ihr Lachen nimmt meines mit, «Menschwerdung», wiederholt sie, «du hast keine Ahnung, wovon du redest.»
Im nächsten Moment deutet sie aufgeregt nach vorn. Am Rande der Fahrbahn hinter dem gelben Seitenstreifen ist ein Tier, es steht regungslos, duckt sich für einen Moment, als wir vorbeifahren, wie ein Sprinter, der auf den Startschuss wartet. Wir fahren zu schnell, um zu erkennen, was es ist, vielleicht eine Katze. Im Rückspiegel sehe ich noch, wie das Tier knapp hinter uns, zwischen zwei nachfolgenden Wagen, über die Fahrbahn flitzt. Mara dreht sich um, ich richte meinen Blick wieder auf die Straße, und da schiebt sich etwas dazwischen, ein Bild stellt sich quer, aus dem Zusammenhang gerissen, eine Szene aus einem Schwarz-Weiß-Film, dessen Titel mir nicht einfallen will. Einer, der sagt: *Be a Mensch. You know what that means?*

Wir halten auf einem der Parkplätze in der Nähe der Golfanlage, dort, wo ein Wäldchen und ein paar Wanderwege beginnen, eine schweigende Übereinkunft. Sie sieht mich an, die verwischte Pupille scheint die einzige Asymmetrie in diesem Gesicht zu sein, dessen Ausdruck sich dauernd verändert, von einem Moment auf den anderen. Schönheit bringt die Dinge aus dem Gleichgewicht, verschiebt die Zusammenhänge.
Ihre Hände, vielleicht sind es ihre Hände, das Geflecht von Adern, der Fächer aus Knochen unter der Haut, jeder einzelne Finger, seine Form, die blassen Linien auf ihren Handflächen. Eigensinniges Tier, das Gefühl, das Gefühl ihrer Finger auf meiner Haut, als wäre irgendetwas davon neu, nicht nur die Wiederholung einer Wiederholung. Mara beugt sich zu mir und küsst mich auf den Mund, streift Shorts und Slip ab, ihr Hemd lässt sie an, und setzt sich auf mich, mit der Selbstverständlichkeit, mit der sie alles zu tun scheint, oder ist es Gleichgültigkeit. Ich löse die Knöpfe, lege meine Hände auf ihre weiße Haut, eine Hand um ihren Hals, spüre ihren Puls, ihren Herzschlag gegen meine Handflächen, ihre Hände an meinen Schultern drücken mich in den Sitz. Das Seitenfenster ist auf halber Höhe, der Geruch von Schweiß und Erde, kommt er von draußen oder von hier drinnen. Ich werde nicht sagen können, dass ich nicht wusste, wie alt sie ist, ich habe sie nie gefragt, ich schließe die Augen. Wann hat das alles angefangen, gestern, vor Tagen oder Wochen, sie sagt, sie wiederholt, dass ich sie anschauen soll, dass ich sie anschauen soll, ich öffne meine Augen.

Es sind immer Wände, zwischen denen ich mich wiederfinde. Diese vier Wände. Ich bin zu Hause. Die Leere, die Traurigkeit nach dem Schreiben, dem Ficken, als wäre da nichts mehr, nur ein Hohlkörper. Ich weiß, dass ich Ordnung schaffen muss in diesem Kopf, dass ich die Abläufe einhalten muss, darauf ach-

ten, dass der Alltag und meine Versprechen nicht durcheinandergeraten, dass ich nicht ins Vergessen schlittere.
Tu es für Darko, für deinen Vater, vielleicht sogar für dich, es ist wichtig, Ordnung zu schaffen. Das Wasser ist eiskalt, meine Stirn lehnt an den Fliesen, ich lasse das Wasser über Kopf und Rücken laufen, bis ich die Kälte nicht mehr spüre, nichts mehr spüre. Hier werde ich bleiben, bis ich wieder klar denken kann, einen Punkt setzen, sagen kann, wo und wer ich bin und warum im Zimmer nebenan der Drucker rattert, eine Seite nach der anderen ausspuckt.
Als ich das erste Blatt aus dem Drucker ziehe, sind darauf keine Buchstaben, nur Linien, schwarze Linien, die das Blatt in Einheiten, Horizonte, teilen, an manchen Stellen dichter, zu schwarzen Flächen gebündelt, dann wieder weiter voneinander entfernte Streifen. Der Einschaltknopf am Drucker blinkt rot. Es ist kein Papier mehr im Fach, ich habe vergessen, einzukaufen, eine Kleinigkeit, die mich aus der Fassung bringt. Immer sind es Kleinigkeiten, die alles ins Kippen bringen, kleine Verschiebungen, die viel, die alles bedeuten. Tage, an denen man nirgendwo und überall hingehen kann, in die Vergangenheit, die Zukunft, die Gegenwart, Tage, an denen jeder Schritt einen Dominoeffekt aus Wiedergutmachungen auslöst, während über mir das Viereck der Hausmauern den Blick auf ein Viereck graublauen Himmels freigibt. Wasser tropft von meinen Haaren, hat in den Zwischenräumen der Tastatur kleine Seen gebildet, die ich eilig abwische, tropft auf ein Blatt Papier, das halb unter die Tastatur geschoben ist, eine Liste:
Ich werde gerade Linien ziehen.
Ich werde die Flaschen jedes Mal zurückstellen, die mir jemand im Supermarkt in meinen Einkaufswagen schummelt.
Ich werde beim Haus meines Vaters vorbeifahren und diesmal aussteigen und sprechen, nicht schweigen.
Ich werde für Darko da sein.

Ich werde nicht zu unserem Treffpunkt fahren, werde das Mädchen nicht wiedersehen. Keine Ausnahmen, keine Entschuldigungen, durchhalten.
Ich werde aufhören, mich zu fragen, ob das, was mich am Durchhalten, am Erzählen hindert, die Bedingung für mein Schreiben ist. Ich kann gegen diese Sprachlosigkeit anschreiben.

Ich glaube, nein, ich bin überzeugt, dass ich einen Moment gezögert habe, als ich Mara wiedergesehen habe. Es war ein Zufall, mitten in der Stadt, nicht an unserem Treffpunkt. Ich wollte nicht halten, aber das nervöse Tickern meines Blinkers, den ich automatisch betätigt habe, ohne nachzudenken, nachdenken zu müssen, das Tickern des Blinkers, das nicht aufhören will, belehrt mich eines Besseren, erinnert mich: Mara und ich, wir haben eine Verabredung mit dem Zufall. Im nächsten Moment rüttelt sie ungeduldig an der Beifahrertür, steht vor mir, die Hände zu Fäusten geballt. Ihr Haar ist nass, als wäre sie eben schwimmen gewesen, es tropft von ihren Haarspitzen, die Schultern und der Rücken ihres Hemds haben sich mit Flüssigkeit vollgesogen. Es tut ihr leid, dass sie die letzten Tage nicht am Treffpunkt war, es tut ihr ehrlich leid, das müsse ich ihr glauben, sie könne es erklären, *später*. Man sagt, ein Lügner erkennt den anderen. *Später* erkennt man alle Hindernisse und Gründe, *später* in der Vergrößerung, Verkleinerung und Selektion der Erinnerung, *später* werde ich mich an das Gefühl erinnern zu kippen, zu stürzen.

Und jetzt? Das Mädchen, Mara, haucht an die Fensterscheibe, tupft mit dem Finger Punkte und zieht Verbindungslinien. Ich hätte sie nicht in meine Wohnung mitnehmen sollen, aber ich werde sie nicht wegschicken, ich werde nicht sagen, dass sie vom Fenster weggehen soll, weil die Nachbarn sie sehen können. Die Sekunden kommen und gehen, und ich betrachte ihren nackten Rücken, bleibe an einer kleinen weißen Narbe unter ihrem rechten Schulterblatt hängen. Wenn ich diesen Moment einfrieren könnte, würde ich, wenn ich etwas sagen könnte, sagen: Nicht umdrehen, bleib so. Sie dreht sich zu mir, sagt: «Und jetzt?», während ich das Netz aus Linien betrachte, das langsam auf der Glasscheibe verblasst, die Räume dazwischen, die Nähe oder die Entfernung von einem Punkt zum anderen. Ich versuche, den Gedanken festzuhalten, indem ich ihn lautlos wiederhole: *die Räume dazwischen*. Aber sie unterbricht mich, will wissen, was das für Seiten sind, die ich auf meinem Schreibtisch staple, in meinem Handschuhfach. Sie fragt mich, woran ich arbeite, und stiehlt mir die Zigarette zwischen meinen Lippen, klettert wieder auf meinen Schoß, hebt dabei ihr Hemd, der Saum des dünnen Stoffs streift über meine Knie. Und ich will mich nicht erinnern, wie es dazu gekommen ist, was davor und danach war, wie ich zu diesem Körper gekommen bin, der so gar kein Gewicht zu haben scheint. Ein Wunsch, vielleicht meiner, kippt vom Wünschen ins Fürchten.

Verschwimmende Nullen und Einsen. Einschlafen und aufwachen, der Geruch von verbrauchter Atemluft füllt das Wageninnere, vor mir liegt der Eingang des Parks. Wie spät ist es? Vielleicht die richtige Zeit und der richtige Ort, ich lasse die Seitenfenster surrend herunterfahren. Vor mir liegt die Stadt in der Ruhe des Morgens, die Ersten sind schon, die Letzten noch auf der Straße, eine Joggerin zieht Runden um den Park, ihr Laufrhythmus ist exakt, sie scheint kein bisschen zu schwitzen. Eine Maschine, die ihr Tagwerk beginnt, mit dem immer gleichen Ritual. Die lange Reihe der Taxis an den Standplätzen, hinter den beschlagenen Scheiben schlafen die Fahrer. Die Stadt ist ein Körper, ein Organismus, dessen einzelne Teile sich, jedes zu seiner Zeit, regenerieren. Um diese Tageszeit sind alle Gerüche intensiver, das Licht klarer, alles wirkt schärfer gezeichnet.

Die Fahrgäste werden den Geruch von kaltem Rauch, Alkohol und Kaffee mitbringen, nach Schweiß, Schlaf oder zu schwerem Parfum riechen. Die Joggerin kommt um die Ecke gelaufen, die wievielte Runde mag das sein, ich glaube, ihr Blickt streift mich für einen Augenblick, sie entfernt sich wieder, ändert die Richtung, läuft auf dem schmalen Kiesweg in den Park hinein. Auf dem Display meines Telefons blinken Symbole, erinnern an ungelesene Nachrichten und Anrufe in Abwesenheit, ich werde zurückrufen, *später*.
Ich starte den Wagen, ein hohes Geräusch, die Klimaanlage fällt wieder aus, bald wird sich die Hitze im Wagen stauen. Ich sehe mein Spiegelbild in einer Auslage, deren Scheiben leicht zu vibrieren scheinen, während das Radio einen Schwall nutzloser Informationen ausspuckt. Die äußeren Veränderungen interessieren mich schon lange nicht mehr. Es bleibt überwiegend trocken und sonnig.

Was haben Sie heute noch vor? Der Satz auf einer Litfaßsäule verliert seinen Sinnzusammenhang, weil mir nicht einfallen will, welcher Tag heute ist. Hinter mir setzt ein lang gezogenes Hupen ein, die Ampel springt wieder auf Rot. Das Quietschen von Bremsen. «Grün, Grün, es war Grün», brüllt ein Fahrer, schlägt mit der Faust auf sein Lenkrad, zieht hupend an mir vorbei. Die Ampel springt von Rot zurück auf Grün. Ich fahre rechts ran und stolpere aus dem Wagen, ein paar Schritte auf einen schmalen Streifen Grün zu, knicke in den Knien ein. Eine Mischung aus Halbverdautem und einer dunkelbraunen Flüssigkeit klatscht ins Gras, ich betrachte das Erbrochene, als würde ich nichts damit zu tun haben, einem anderen zusehen. So, wie mir in diesem Moment eine Frau von der anderen Seite der Straße zusieht und den Kopf schüttelt.
Ich denke an Mara, wie sie im Fond meines Wagens sitzt, der Stück für Stück in einer Waschanlage verschwindet. Sie dreht

sich zu mir um, winkt, ausgelassen wie ein Kind, auch der Tankwart schüttelt den Kopf, während der Wagen von den Wassermassen verschluckt wird, ihr Gesicht hinter den rotierenden blauen Bürsten verschwindet, und ich werde warten, bis die Waschanlage sie auf der anderen Seite wieder ausspuckt. Ich denke an meinen Vater, wie er in seiner Einfahrt kniet, verbissen arbeitet, Unkraut aus dem Boden reißt. Schweißperlen laufen über seine Stirn, er sieht so unglaublich erschöpft aus, und ich fühle meine Schuld, das Gewicht meiner Verfehlungen, angesichts seiner Zerbrechlichkeit. Wie alt er geworden ist, mein Vater, vor dessen Urteil ich immer Angst hatte. Er kniet in der Einfahrt des Hauses, das er für uns gebaut hat, das obere Stockwerk war für Darkos Mutter und mich gedacht, aber wir sind niemals als Familie eingezogen. Vaters Arme sind gerötet von der Sonne, sein Gartenhut ist ihm in den Nacken gerutscht, ich bin mir sicher, dass Mutter am Fenster steht, die Gardine ein Stück zur Seite geschoben. Mein Vater, der zu mir hochsieht und sagt: «Wann bin ich nur so verflucht alt geworden?»

Ein paar Ameisen zappeln in der dunklen Lache zwischen meinen Füßen. Da ist eine Hand, jemand reicht mir eine Hand. Ob es mir besser gehe, ob ich heute noch fahren würde? Ich reagiere nicht, die Hand wartet in ihrer nutzlosen Position, bis sie zurückgezogen wird, während ich zusehe, wie ein paar Ameisen in der Lache ertrinken. Als ich endlich hochblicke, schauen mich helle Augen an, holen mich zurück ins Jetzt. Ein blasser Junge in einem verknitterten Anzug, der schlaff an seinem hageren Körper hängt, seine Pupillen sind winzige Punkte gegen das Sonnenlicht. Er lächelt nervös, nennt mir ein Fahrziel, eine Adresse am Stadtrand, im Villenviertel.
Ich protestiere nicht, als der Junge ungefragt auf dem Beifahrersitz Platz nimmt und sich eine Zigarette anzündet. Die Lit-

faßsäule ist immer noch da, aber die Frage darauf fehlt. Es ist, als wäre sie nie dagewesen, vielleicht hat mich dieser Junge, mein Fahrgast, gefragt: *Was haben Sie heute noch vor?*

Vielleicht sollte ich beim Haus meines Vaters vorbeifahren, später, wenn ich meinen Fahrgast abgesetzt habe. Ich könnte Darko mitnehmen, meine Eltern würden sich freuen, uns gemeinsam zu sehen.

«Wir sind keine Freunde, wir sind Familie», mein Vater, war er es, der das zu mir gesagt hat, oder war es Darko? Es will mir nicht einfallen. Dafür ist da wieder diese Filmszene, schwarzweiß, die sich dazwischenschiebt, sich querstellt, und ich wiederhole, ich spreche den Satz aus: «Be a Mensch. You know what that means? A human being.» Das Autoradio läuft, der Junge neben mir summt, er sieht mich nicht an.

II. ALEX

Der Hund ist mit einem Mal verstummt. Steht oben auf der Treppe und rührt sich nicht. Still und aufmerksam beobachtet er uns. Mich und den Fremden. Zwei Menschen auf dem Treppenabsatz im Hausflur, in einer absurden Umarmung ineinander verschlungen. Der Hund sieht das warme Gewicht des Fremden in meinen Armen. Guter Hund. Ich habe ihm alles beigebracht. Auf Befehl Männchen zu machen oder auf Zuruf zur Stelle zu sein. Mein Sperma vom Teppichboden des Kinderzimmers zu lecken, hat er aus eigenem Antrieb gemacht. Früher, als ich noch hier im Haus gelebt habe und wir eine Familie waren. Mutter, Vater, Sohn und Hund. Ein braver Hund. Er sieht zu, wie der Körper des Fremden der Schwerkraft folgt. Langsam zu Boden gleitet. Der Hund blinzelt, mit einer Mischung aus Neugier und Angst, die sein Leben bestimmt, in den Streifen Sonnenlicht, der von draußen hereinfällt. Die Tür gibt einen Spalt breit den Blick auf ein Stück satten grünen Rasen frei. Der Hund schnuppert. Die Gerüche des Gartens strömen herein. Der Rasensprenger surrt. Die Ohren des Hundes bewegen sich. Hochsensible Radarköpfe. Ich pfeife nach dem anderen, dem größeren der beiden Hunde. Aber er gibt nicht Laut. Er kriecht stattdessen draußen, in seiner Hütte, ein Stück weiter rückwärts, den Körper dicht an den Boden gepresst, den Kopf zwischen die Pfoten geduckt.

Alles ist ruhig. Auch der Fremde, dessen Kopf jetzt auf dem Boden nach rechts fällt. Ich schließe die Eingangstür, drehe mich um, gehe vor ihm in die Hocke. «Tut mir leid», flüstere ich. Schnuppere an ihm. Sein Gesicht, ich mag dieses Gesicht, berühre den dichten Wimpernkranz, streiche ihm über den Kopf. Vorsichtig. Lasse meine Fingerspitzen über den roten Abdruck am seinem Hals gleiten, der die Stelle markiert, wo ich die Schlinge zusammengezogen habe. Er muss jünger sein als ich. Vielleicht 17. Ich lausche. Er atmet flach, aber gleichmäßig.

Wir sollten beide nicht hier sein. Ich erfülle die Voraussetzung nicht mehr, um in diesem Haus willkommen zu sein. Ich habe mein Versprechen nicht gehalten, meine Therapie abgebrochen. Wieder. Aber die Erneuerung der Versprechen, das Erbetteln der Ausnahmen ist meine Routine. Ein Winseln, ein Weinen ins Telefon meiner Mutter genügt, um den Code für den Eingang zu erpressen. Meine Mutter, die morgens ihre Diätpillen sortiert, abends ihre Schlaftabletten und Antidepressiva. Dazwischen die kleinen Muntermacher. Meine Mutter, die sich im Spiegel mustert. Unzufrieden. *Es tut uns leid, Ihnen mitteilen zu müssen: Der Verfall des Körpers ist nicht aufzuhalten*. Meine Mutter, die sagt: «Ich liebe dich.»

Ein Lügner verzeiht dem anderen. Ob der Fremde mir verzeihen würde? Ich stupse ihn in die Seite, beinahe zärtlich. Da war einer zur falschen Zeit am falschen Ort. Aber. Dem alten Hund Angst machen, das hätte er nicht tun sollen. Ich konnte alles über die Monitore verfolgen. Geduldig. Interessiert. Zusehen, wie der Fremde vor dem Haus Lärm macht, und der andere Hund, der ohnehin nie ein richtiger Wachhund war, mit für sein Alter beeindruckendem Tempo aus einer Ecke des Gartens auf den Zaun zuschnellt. Eine Realitysoap auf den Monitoren meines Vaters, der Reality-TV verabscheut. Dabei überwachen seine Monitore den Garten und das Haus. Man kann von Zimmer zu Zimmer switchen, jedes einzelne einsehen. Die Schlafzimmer, mein ehemaliges Kinderzimmer, die hintersten Ecken des Gartens und eben das Eingangstor, und vor dem Tor dieser fremde Junge, als spontaner Hauptdarsteller der Soap. Während ich im Halbdunkel des Arbeitszimmers, am Arbeitstisch meines Vaters, unter den ausgestanzten Augen der Masken des Stammes der *Babemba*, mit der Schlinge zwischen den Zähnen, die Nadel auf fieberhafte Suche nach einer Stelle an meinem Körper schicke, die noch zu irgendetwas gut ist. Immer wieder. Vergeblich zustechen, rote Spuren über den Tisch regnen lassen. Die Masken an den Wänden, die zuverlässig das Gesicht meines Vaters annehmen, um mich an die *Lektion des Mitgefühls* zu erinnern. Aber ich lasse mich nicht ablenken. Ich bin beschäftigt, meine nackten Arme und Beine zu betasten. Bis sich endlich die Spitze der Nadel in meinem Handrücken versenkt und mich erlöst. Der Hund wittert den bitteren Geruch, der ihm vertraut ist. Er reckt den Hals nach mir und erkennt die schwere Porzellanfigur auf dem Schreibtisch, vor der er Angst hat. Duckt sich augenblicklich. Die Figur auf dem Tisch besteht aus drei Affen, die Schulter an Schulter sitzen, sich Mund, Augen, Ohren zuhalten. Nichts Böses sagen, nichts Böses sehen, nichts Böses hören.

Und ich bin gar nicht hier. Kann gar nicht hier sein. Alle Welt weiß, dass ich auf Weltreise bin. So haben es meine Eltern allen erzählt. Dabei sind nur *sie* in die Ferien gefahren und ich in die Klinik. «Warum haben Sie begonnen, Drogen zu nehmen?» Wissen Sie, Dr. Soundso, ich habe versucht das Muster zu ändern, das Sie *Realität* nennen. Es war so schrecklich langweilig. Ich kichere. Zeichne mit der Spitze der Nadel ein A auf den Tisch. Ein L. Als ich beim E angekommen bin, pisst der Fremde auf dem Monitor durch den Zaun auf den alten Hund. Meine Fingerspitzen tänzeln zögernd um die Taste auf dem Pult vor mir, die das Tor öffnet. Ja. Nein. Ja. Nein. Ja. Ich warte, den Blick auf den Monitor geheftet, beobachte, wie der Fremde den Garten betritt. Ungläubig. Amüsiert. Ich streife mein Hemd über. Mein Körper ist wieder leicht, geschmeidig. Ich bin der Herr der Lage, springe mit einem Satz über den Hund, sprinte die Treppe hinunter. Vier Stufen auf einmal. Ich weiß, der gute Hund, der brave Hund wird mir schwanzwedelnd folgen, wie er mir immer folgt. Er wird auf dem Treppenabsatz haltmachen.

Schnuppern. Weil er augenblicklich den fremden Geruch im Flur wahrnehmen wird.

Ich streiche dem Jungen noch einmal über den Kopf. Ein Moment Schutzlosigkeit. Da sind wir, der Fremde und ich im Spiegel des Foyers. Ich streiche mir eine widerspenstige Haarsträhne aus dem Gesicht. Zeit für einen Haarschnitt. Knöpfe mein Hemd zu. Ordentlich. Rolle die Ärmel herunter, streiche den Kragen glatt, schließe die Knöpfe an den Manschetten, stopfe mein Hemd in die Boxershorts. Betrachte meine nackten Beine. Die Hose liegt noch oben, im Arbeitszimmer. Wann war ich das letzte Mal hier? Alles ist an seinem gewohnten Platz. Nein. Der Teppich, mit dem sonst die Stufen bespannt sind, fehlt. Ich hasse das Paisleymuster darauf ohnehin.
Da ist die lange Reihe silberner Rahmen im Flur. Amateuraufnahmen meines Vaters. Zwischen den Familienfotos hängen neue Aufnahmen. Porträts eines fremden Mädchens. Halbnackt. Helle Haut, spitze Schulterblätter und Hüftknochen. Die gerade Linie der Schlüsselbeine, der Schwung eines Rippenbogens. Nur eine Aufnahme zeigt ihr Gesicht. Angeschnitten. Vielleicht hat der Print auch einen Fehler, die linke Pupille ist zu einem schwarzen Fleck verwischt.

Der Hund gibt kurze, fiepende Geräusche von sich, bettelt um meine Aufmerksamkeit. Guter Hund. Seiner hysterischen Freude, mich wiederzusehen, wird, wie jedes Mal, der Zusammenbruch seiner Hundewelt folgen, wenn ich das Haus auf unbestimmte Zeit verlasse.
Der Fremde liegt regungslos. Ich schätze sein Gewicht. In seinen Taschen finde ich: einen Schlüsselbund. Einen mit transparentem Klebeband geflickten Geldschein. Ein paar Münzen. Ein Mobiltelefon, mit einem Klick erscheinen zwei Kinder auf dem Display. Kleine Jungs. Niedlich. Einer, es könnte der Fremde

sein, macht das Victory-Zeichen hinter dem Kopf des anderen. Ein Ausweis. Das briefmarkengroße Porträt darauf zeigt den Fremden. *Nehmen Sie eine Identität an. Anonymität ist die Maske von Tätern*. Nein, ich buchstabiere: Zeppelin Emil Nordpol Otto. Der Seesack, den der Junge über der Schulter hatte, lehnt an der Tür. Ich betaste ihn, ziehe ein Gewehr heraus. Lege es an und ziele auf den guten Hund, den braven Hund, der jetzt oben auf der Treppe hektisch schwanzwedelnd von rechts nach links tänzelt. Eine Pirouette macht. Aber niemand wird den Trick belohnen, den er so lange geübt hat, üben musste. Nicht heute. Kein Leckerbissen, kein Garnichts. Ich beuge mich hinunter zu dem Fremden, der einen Laut von sich gibt, ein leises Stöhnen, seine Augenlider flattern. Ich flüstere dicht an seinem Ohr: «Tut mir leid, Zeno.»

In einem Paralleluniversum bin ich auf Weltreise. Ich denke an all die Menschen, die zu dieser Stunde in dieser Stadt existieren. Sich durch die Straßen bewegen, wie auf unsichtbaren Schienen. Die Routine ihrer Tage lässt sie glauben, dass sie wissen, wohin. All die Menschen, die meinen Weg gekreuzt haben. An welchem Tag, Uhrzeit, Stunde? Begegnet man sich immer zweimal im Leben, Zeno? Das Gesicht von Dr. Soundso, der zu mir sagt: «Es ist Ihre Entscheidung. Sie sind ein freier Mensch.»

Ausholen. Das Geräusch des Gewehrs, das die Luft durchschneidet. Einmal, zweimal. Ich summe. Eine Melodie, und ich weiß den Text dazu. Ein ganzer Kopf voller nutzloser Informationen. Der gute Hund, der brave Hund hat genug gesehen. Er gibt auf, entfernt sich mit klackernden Pfoten die Treppe hinauf.

III. NIKO

Schlafen ist das Wichtigste, Schlaf tankt deine Energien auf, Schlaf macht alles wieder gut.

Da ist der Geruch von Kaffee, ich hebe den Kopf, mein Kiefer knackt, ein Spuckefaden zieht sich zwischen dem Tisch und mir. Gegenüber hängt Kollege 2 in seinem Sessel, seine Arme baumeln seitlich herab, das Hemd spannt über seinem Bauch. Die mittleren Knöpfe hängen an Fadenresten, sein Kopf ist nach hinten geklappt, der Mund offen. Er schnarcht. Aus einem der Nebenzimmer hört man jemanden auf eine Tastatur hämmern. Im Gemeinschaftsraum, den man durch eine Plexiglasscheibe sehen kann, steht Kollege 1 und sieht zu, wie die letzten Tropfen schwarzer Flüssigkeit in die Kanne fallen. Sein markanter Schädel mit dem weißblonden, raspelkurzen Haarflaum leuchtet wie ein Heiligenschein in den letzten Sonnenstrahlen des Tages. Er bewegt sich nicht, ist in das Tropfen der Kaffeemaschine versunken. Ich sehe ihm eine Weile zu, bis er blitzschnell den Kopf in meine Richtung dreht, ohne dabei seinen Hals oder den Rest seines Körpers merklich zu bewegen. Gecko, denke ich. Gecko war schon auf der Polizeischule sein Spitzname. «Kaffee?», brüllt er durch das Plexiglas. Seine Stimme ist hoch und dünn. Ich nicke und strecke mich. «Zucker?» Von der schmutzig beigefarbenen Wand blättert die Farbe, die Uhr an der Wand bewegt ihre Zeiger vorwärts. «Milch?» Ich schüttle verneinend den Kopf. Das Schnarchen meines Gegenübers steigert sich kurz in ein Grunzen, sein Kopf rollt nach vorn, pendelt über der Brust aus, dann schläft er weiter. Gecko kommt mit zwei Tassen aus der Küche. Er knallt sie schwungvoll auf den Tisch, etwas Kaffee schwappt über seine Hand, er flucht und wischt sie sich an seiner Hose ab. Ich lege meinen Zeige-

finger an die Lippen, deute auf Kollege 2. Gecko schnippt die Dienstkappe, die vor ihm auf dem Tisch liegt, zur Seite, lässt sich schwer in einen Bürostuhl fallen, dreht sich einmal um die eigene Achse, fixiert mich ausdruckslos. Ich greife nach der Zeitung, falte sie vor mir auf wie einen Schutzschild, die Buchstaben verschwimmen vor meinen Augen zu einer grauen Fläche. Gecko spricht durch die Zeitung mit mir. Ich schweige. In der Küche fallen letzte Tropfen zischend auf die heiße Platte. Er nimmt schlürfend einen Schluck, hustet, schaufelt Zucker in die Tasse, rührt um. Das Klingeln des Löffels gegen das Porzellan, das Geräusch ist viel zu hell, ich blättere auf die nächste Seite, ohne eine Zeile gelesen zu haben. Ein Bild füllt die halbe Seite. Aus einer verzerrten Vogelperspektive aufgenommen sieht man den Helm und die weißen Stiefelspitzen eines Astronauten, über einer Plattform baumelnd, im Hintergrund eine große graue Masse. Vielleicht die Erde. Ohne hinzusehen, taste ich nach der Kaffeetasse, Gecko zieht sie mir im letzten Moment weg. Flüssigkeit schwappt über den Tisch, er kichert hysterisch, rührt wieder in seinem Kaffee. «Lies mir was vor, Niko. Wenn du deinen Kaffee willst, liest du mir was vor.»
Das unermüdliche, wütende Klacken der Tastatur im Nebenzimmer, das Zischen auf der heißen Platte, das Klingeln des Löffels gegen das Porzellan der Tasse, das Ticken der Uhr an der Wand, jedes Geräusch, jede Bewegung des Sekundenzeigers: Jetzt, jetzt, jetzt. Ich lasse die Zeitung sinken, nehme einen Schluck Kaffee. Hitze verbrennt meine Zunge, meine Kehle, bitterer Geschmack breitet sich in meinem Mund aus. Ich unterdrücke den Impuls, die Flüssigkeit wieder auszuspucken, schlucke, stehe abrupt auf und gehe zur Tür.
«Wohin, Niko?» Gecko schüttelt den Kopf. Ich drehe mich nicht um, nehme meine Jacke vom Haken, setze die Dienstkappe auf und öffne die erste Tür. Auf dem Monitor im Flur sieht man die Straße draußen, ich werfe einen Blick hoch zu

dem Kameraauge, das auf den Verbindungsgang und die Außentür gerichtet ist.

Auf der Straße pralle ich hart gegen einen Körper. Einen Moment glaube ich, helle Augen zu sehen, einen feinen weißen Ring, der ins Grau der Iris gezeichnet ist. Aber nein, ich täusche mich. Es ist ein Mädchen, das etwas murmelt und weiterläuft. Ihr Gesicht kommt mir bekannt vor, aber sie läuft zu schnell weiter. Ich sehe ihr nach. Obwohl der Asphalt sehr heiß sein muss, läuft sie barfuß, über ihrer Schulter baumelt ein Paar Herrenschuhe, die an den Schnürsenkeln zusammengebunden sind. Kurz bevor sie um die Ecke biegt, dreht sie sich um. Sie grinst. Im nächsten Moment ist sie verschwunden, und ich bin mir nicht sicher, ob sie sich überhaupt nach mir umgedreht hat. Hinter mir fällt die Außentür ins Schloss.

Ich klinke mich in den Strom der Einkaufsstraße ein, Straßenbeleuchtung und Scheinwerfer werden angeknipst. Die dekorierten Schaufenster und Lichter sollen davon ablenken, dass die Stadt ihre beste Zeit hinter sich hat. So da jemals eine gute, eine bessere Zeit war. Die Passanten fließen an mir vorbei wie Wasser, keiner berührt oder streift mich. Ampeln springen von Rot auf Grün, für mich bedeutet das, von Oben auf Unten oder Hell auf Dunkel. Eine leichte Schwäche bei Rot und Grün. Ich habe gelernt, damit umzugehen, alles Übungssache. Auch beim Aufnahmetest für die Polizeischule haben sie es nicht bemerkt, ich hatte mich gut vorbereitet, die Farbtafeln geübt.

Zwei Stunden noch auf und ab laufen. Dieser Tag reiht sich in eine Folge von gleichförmigen Tagen, mein Körper ist schwer, aber er läuft weiter, der Automatismus des Weitermachens gleicht dem des Schweigens, des Lügens. Ich frage mich, ob eins wie das andere funktioniert und in welchem Moment sich entscheidet, wann Schweigen mit Lügen gleichzusetzen ist. Hinter einem Panoramafenster, in einem Restaurant auf der anderen Seite der Straße, essen die Ersten zu Abend. Bald haben

Sascha und ich Jahrestag. Ich erinnere mich an einen Horizont, der im Blick durch ein Weinglas verschwimmt, mit dem ich Sascha zuproste. Das Glas kippt den Himmel, dreht die Welt auf den Kopf, und Sascha fragt mich, warum ich die Dinge immer anders sehen will, als sie tatsächlich sind.

Es war unser erster Jahrestag, ich hatte mich bemüht, Eindruck zu machen, das richtige Restaurant mit Terrasse und Ausblick, den richtigen Wein, die richtige Ecke der Stadt auszusuchen. Wir waren angetrunken, vielleicht auch der Kellner, der mit uns beiden geflirtet hat und uns zwischen den Gängen, die wir bestellt hatten, ständig Extras und Häppchen aus der Küche brachte, auch nach dem Dessert noch. Zwischen Dessert und Häppchen und dem letzten Glas Wein muss der Moment gewesen sein, als die Kinder ins Restaurant kamen. Eine ganze Horde Kinder, die in das Lokal einfielen wie Heuschrecken. Sie hielten Zeitungen hoch, vor die Gesichter der Gäste, plapperten und sangen durcheinander. Ein kleines Mädchen mit großen dunklen Augen, in einem Männersakko, das über den Boden schleifte, nahm meine Zigarette aus dem Aschenbecher und blies Rauchringe in unsere Gesichter. Der Kellner kam aus der Küche zurück in den Raum gelaufen, um die Kinder zu verscheuchen, und im nächsten Moment waren sie weg, wie auch Saschas Telefon und meine Brieftasche. Durch schmale Seitengassen und Schleichwege sind wir ihnen gefolgt, der Kellner und ich. Der Kellner lief ein Stück voraus. Ich erinnere mich, dass ich ausgerutscht und hingefallen bin, eines der Kinder, ein kleiner Junge, hat sich zu uns umgedreht, ist dabei gestolpert und gestürzt wie ich einen Augenblick zuvor. Der Kellner war zuerst bei dem Jungen, hat ihn am Kragen seiner Jacke gepackt und geschüttelt, dann gegen die Wand gedrückt. Der Dieb war binnen Sekunden zurückverwandelt in ein Kind, ein weinendes Kind. Das Mädchen in dem Sakko kam angelaufen, rote Flecken auf ihrem Gesicht. Sie legte die Brieftasche in einiger Entfernung vor uns auf den Boden, daneben das Mobiltelefon. «Bitte», hat sie gesagt. «Bitte», und auf den Jungen gezeigt.

Auf der anderen Straßenseite läuft das Mädchen mit den Herrenschuhen über der Schulter auf ein Taxi zu. Ich glaube Alen auf der Fahrerseite zu erkennen, ich hebe meine Hand, aber er sieht mich nicht. Das Mädchen steigt auf der Beifahrerseite ein. Ich frage mich, wer sie ist, habe ich die beiden nicht schon einmal zusammen gesehen? Die Ampel springt auf Grün. Ein wütendes Hupen lenkt mich ab.

Mitten auf der Straße steht ein Penner. Er trägt einen blauen Turnschuh. Um den anderen, nackten Fuß ist ein schmutziger Verband gewickelt und Plastikfolie, die sich an manchen Stellen gelöst hat. Ein Autofahrer zieht an ihm vorbei, brüllt etwas aus dem Fenster. Der Penner schwankt nach rechts, tänzelt über die Straße, wendet den Kopf in meine Richtung. Ich schaue weg, lasse ihn weiterlaufen. Alens Wagen ist verschwunden.

In einem Kinderwagen, der an mir vorbeigeschoben wird, schläft ein kleiner Junge. Ich sehe zu, wie sein feuchter Daumen langsam aus seinem Mundwinkel rutscht. «Schlaf macht alles wieder gut», das sagt Kollege 2. Wir schlafen bei jeder Gelegenheit, in jeder ruhigen Minute auf dem Revier, in den Wartezeiten, fünf Minuten, fünfzehn Minuten, eine Runde um den Block, das Gesicht gegen das Autofenster gelehnt. Die Wange klebt an der Scheibe, der Kopf hängt schwer am Nacken, rutscht über das Glas, auf dem ein Abdruck zurückbleibt.

Ein paar Jugendliche überholen mich. Einer hat nasse Haare, ein buntes Handtuch um den Nacken, der Geruch von Chlor steigt in meine Nase. Augenblicklich sehne ich mich nach dem Abend, der Ruhe der verlassenen Schwimmhalle, im Sommer zieht es alle in die Freibäder, an die Seen.

Ich beschleunige meinen Schritt, schneide eine gerade Linie, als würde ich jetzt schon meine Längen im Wasser ziehen. Eine gerade Linie durch die Passanten, die sich vorwärtsschieben, in den Feierabend, zu Verabredungen, die aus Geschäftseingängen, Supermärkten, U-Bahn-Abgängen und Bussen ausgespuckt und wieder verschluckt werden. Gesichter, die kurz in der Menge auftauchen und wieder verschwinden. Der Wind schleift eine Plastiktüte über den Asphalt. Sie fliegt hoch über die Köpfe, wickelt sich um eine Laterne, löst sich wieder und schwimmt in den Stadthorizont wie eine Qualle ins offene Meer. Wasser, denke ich, wir sind unter Wasser.

Ein erneutes lang gezogenes Hupen holt mich zurück. Es will nicht aufhören, dann das Kreischen von Bremsen, gefolgt von einem Krachen, Metall an Metall. Ein kurzer, hoher Schrei. Ich laufe los, ich teile die Menge, mit langen Schritten vorwärts, laufe dem Hupen hinterher, meine Schritte hart auf dem Asphalt, dann immer leichter. Mein Herzschlag mischt sich mit den Geräuschen um mich herum, ein Druck in meinen Ohren. In der Spiegelung der Schaufenster sehe ich mich rennen, wie ich die Knie hochziehe, meine Arme schwingen dicht am Körper. Als wäre das nicht ich, sondern ein Unbeteiligter, der einen Polizisten die Straße entlangrennen sieht. Ich biege in eine Seitenstraße ein, in der sich schon der Verkehr staut. Passanten eilen in die gleiche Richtung, andere stehen herum, mitten auf dem Gehweg, ich dränge mich durch die ersten Schaulustigen, bin dort, lange bevor mein Funkgerät Meldung gibt. Noch bevor ich etwas sehen kann, werde ich schon von Menschen umringt, die auf mich einreden. Da sind Hände, die nach mir greifen, während ich versuche mich zu ordnen, meine Gedanken, und das Standardprozedere abzurufen. Aber ich kann mich nicht erinnern.

Zuerst sehe ich die Frau auf dem Gehsteig liegen. Sie liegt auf dem Rücken, neben ihr zerrissene Einkaufstüten, der Inhalt quer über die Straße verstreut. Eine Packung Kekse, Äpfel und Orangen, eine rollt immer noch, etwas weiter weg liegt zerquetschtes Gemüse, eine Papiertüte mit Gebäck, eine Packung Milch, die langsam ausläuft. Die Milch zieht eine Spur über den Asphalt, mischt sich mit Straßendreck. Das Gesicht der Frau ist zur Seite gekippt, ich sehe Blut und Haare und noch etwas anderes, das ich nicht zuordnen kann. Ein paar Meter weiter, in einem Blumenbeet, liegt ein Mann in merkwürdig verdrehter Position, er rührt sich nicht. Über der Szenerie das Hupen, Wortfetzen, Menschen, die durcheinanderreden.

Mitten auf der Kreuzung stehen zwei verbeulte Wagen, ein Mann steigt aus, macht ein paar Schritte auf die Frau zu, bleibt dann einfach stehen, seine Arme baumeln hilflos an der Seite, das linke Handgelenk ist unnatürlich abgeknickt. Er blickt durch mich durch und an mir vorbei, als würde sich hinter mir ein unglaubliches Panorama auftun.

Spreche ich Anweisungen in mein Funkgerät oder antworte ich? Worte kommen aus mir heraus, ich schüttle eine Hand ab, ich knie neben der Frau, deren Mobiltelefon zu läuten beginnt, es muss in ihrer Handtasche sein. Jetzt sehe ich die offene Stelle an ihrem Schädel, aus der in regelmäßigen Intervallen Blut fließt. Um ihren Hals baumelt ein Medaillon. Die Kette ist gerissen, der Anhänger gleitet von ihrem Hals auf den Asphalt. Der Deckel springt auf. Das Telefon der Frau will nicht aufhören zu läuten. Knapp vor mir, inmitten der Schaulustigen, steht eine Mutter, an jeder Hand ein Kind, rechts und links, Mädchen, die von der Mutter in identische Sommerkleider gesteckt wurden und das Geschehen mit offenem Mund verfolgen. Sanitäter schieben mich zur Seite, einer von ihnen zieht der Verletzten eine Sauerstoffmaske über das Gesicht. Ich mache ein paar Schritte zurück, da ist Kollege 2, sein Gesicht dicht vor meinem. Ich kann seinen Atem riechen, seine Lippen formen etwas, und ich nicke, ich gehorche, ich funktioniere wieder. Meine Füße bewegen sich vorwärts durch die Menge, die Straße hinunter, hinauf.

Ich finde mich in einem Hauseingang wieder, der rechte Ärmel meiner Uniform ist dunkel von Blut. Die Geräusche vom Unfallort sind jetzt weit weg, nur noch ein Rauschen hinter meiner Stirn, auch das Hupen, das mich den ganzen Weg über begleitet hatte, hat aufgehört. Mit zittrigen Händen klopfe ich meine Taschen ab, suche meine Zigaretten, ziehe den Anhänger der Frau aus der Jackentasche, fahre mit den Fingern über die Oberfläche: eine Gravur. Ich hebe meinen Kopf, über mir ein Viereck aus Hausmauern, darüber ein Stück Himmel.
Vor mir steht der Junge. Diesmal täusche ich mich nicht, aber ich verstehe nicht, wo er plötzlich hergekommen ist. Das Rauschen übertönt alles, das Draußen ist leise gestellt. Jetzt sehe ich, dass der Junge mir eine Packung Zigaretten hinhält, das müssen meine sein. Oder? Die Schachtel ist noch nicht angebrochen, in der Plastikhülle stecken zwei Zehner, zu exakten Quadraten gefaltet. Der Junge sagt etwas, aber ich verstehe nicht. Haben wir diesmal die Rollen getauscht? Sein Kragen ist sauber, schneeweiß. Ein Mann zieht einen großen Hund an der Leine vorbei. Der Hund macht in der Mitte des Hauseingangs halt. Die Leine strafft sich, das Halsband drückt in den weichen Hals des Tieres, der Hund spannt seinen Körper an, hält gegen den Zug der Leine, stemmt sich mit aller Kraft dagegen. Vielleicht warten wir nur darauf, dass der Hund anfängt zu bellen, denke ich, lache hysterisch, bis mir die Tränen kommen.

IV. ZENO

Wo war ich? Dängdängdängdängdäng, da klopft einer an, knapp unter der Schädeldecke, pochender verdammter Schmerz, ein alter Bekannter, der Scheißschmerz, meine Hand sucht und findet einen Cut an meiner Schläfe, klar, dass was schiefgegangen sein muss, aber, wo war ich? Auf dem Golfplatz, vor ein paar Stunden, die Hitze, der Weg zurück durch das Villenviertel hat eine Leerstelle, ein schwarzes Loch, das alles schluckt, mich halbverdaut wieder ausspuckt, mach die Augen auf! Wo bin ich? In der prallen Sonne, unter einem Himmel, der flimmert, ein Stück zu tief hängt, gekippter Horizont, ich bin umzingelt von Barbievillen, hinter scheißperfekten Rasenflächen und hohen Zäunen glotzen Fenster auf mich runter. Tztztztztztztz, das überhebliche Getucker der Rasensprenger wird übertönt von einem kleinen weißen Ding, das brummend durch einen Garten pflügt, der heimelige Geruch von frisch gemähtem Gras, der Asphalt unter mir ist warm, aber den Kopf heben bedeutet immer noch Schmerz. Meine Taschen sind leer, der Seesack liegt neben mir, ich taste nach dem Gewehr, es ist drin. Aber den Kopf drehen bedeutet Schmerz, langsam, langsam, setz dich auf, der kleine Roboter drüben auf der Wiese kommt ins Stottern, kreiselt auf der Stelle, ich versuch die Bilder zu ordnen, die kein Ganzes ergeben, keinen Sinn. Es beginnt mit einem Eichhörnchen, das hysterisch mit seinem Kiefer mahlt, dann ein Schuss, kein Treffer, aber etwas fällt raschelraschelraschel durch die Äste. Nein, es ist ein rattenkleiner Köter mit puscheligen Ohren in einem Flur, oben, auf einer weißen Treppe, zu Maras Füßen. Falsch, nur Mara, sie läuft eine Straße runter, ich hinter ihr, da sind unzählige Kameraaugen, die sich in unsere Richtung drehen, lautlos, im Sonnenlicht wie im Schatten trägt

Mara diese zu groß geratene Sonnenbrille, als wär das hier ein verfickter Hollywoodschinken in schwarz-weiß mit ganz leise gedrehtem Ton, weil mein Vater den Scheißfernseher immer ganz leise stellt, wegen der Nachbarn, oder nur, um mich wahnsinnig zu machen, so wahnsinnig, dass ich jedes Mal laut loslachen will, aber keiner wird lachen, auch nicht die Stimme, die sagt: Tut mir leid, Zeno.

Also. Wo war ich? Klar ist nur, dass der Sommer ein Arschloch ist, ein endloser, durchgeschwitzter Nachmittag oder die Zahl unterm Strich einer verdammten Rechnung, in der eins die einsamste Zahl der Welt ist. Einer, das bin ich, und einer muss weitermachen, festhalten, wo das alles angefangen hat und warum, und ich weiß jetzt schon, dass Vater den Cut an meiner Schläfe sehen und keine Fragen stellen wird, weil er immer glaubt, alles schon zu wissen. Er wird nicht fragen, was passiert ist oder wie es mir geht, weil hier nie einer fragt, wie es mir geht, dafür stellt Vater klar, dass wasauchimmerinteressiertihnnicht in jedem Fall meine Schuld gewesen sein muss, weil es immer meine Schuld ist. Vater sagt, ich soll, oder er bricht mir den Arm, das Bein, die Nase, jeden einzelnen Knochen. Vater sagt, ich muss, und da wartet der Koffer, steht in meinem Zimmer bereit, seit ich denken kann, der Scheißkoffer, den Vater in mein Zimmer gestellt hat, um mich zu erinnern, dass er mich jederzeit wegschicken kann, nach Hause, wenn ich so weitermache wie bisher. Der Koffer, der mich jeden Dreckstag angrinst, als ob er Bescheid weiß, als ob auch der es besser weiß als ich. Vater sagt, ich werde, und wenn ich nicht, dann ab nach Hause, das gar nicht mein Zuhause ist und auch seins nicht mehr, unser Scheißkaff, aus dem wir gekommen sind. Wenn ich zurückdenke und gar nicht weiß, warum ich dabei das Wort *unser* denke, dann fällt mir Jesus ein, nicht irgendein Jesus, sondern *meiner*, der, den ich von ganz oben aufm Baum vom Dorfplatz aus sehen konnte. Jesus aufm Steinkreuz, lebensgroß, der immer so deprimiert vor sich auf den Boden gestarrt hat, nach rechts unten, und ich hab mich da manchmal hingestellt, rechts unterhalb von Jesus, und gewartet, dass was passiert, dass sich was ändert, aber garnichtssss. Jesus, den ich im letzten Sommer, bevor wir weg sind, mit ein paar anderen vom Kreuz geholt hab, das war meine Idee, weil immer alles meine Idee ist. Also mitten in der Nacht, Jesus war ganz schön schwer, ein Brocken, wir haben geschwitzt wie die Schweine, und die anderen hätten aufgegeben, aber ich nicht, und wir haben Jesus quer durchs schlafende Dorf geschleppt, um ihn unten am Fluss ins Wasser zu werfen, auf Einszweidrei-Jetzt-Jesus, der auf dem Wasser nicht wandelt, aber ganz gut schwimmt, den Fluss runter, ab in die Freiheit, weil Freiheit kein Zufall ist, genauso wie zwei plus zwei fünf ergibt, wenn man richtig rechnet, wenn man es raus hat. Aber ich soll, ich muss, und wenn ich nicht tue, was mein Vater will, werde, was er sich vorstellt. Dann.

Wo war ich? Genau, eins ist eine einsame Zahl, die verdammt einsamste Zahl der Welt. Deswegen bin ich hier, wo mich mein Vater hingeschickt hat. Zeitarbeitsvermittlungsagentur. Also ein Büro. Aber kein vernünftiges Büro hat ein Schaufenster auf die Straße, und in Büros werden die Aschenbecher geleert und die Pflanzen gegossen, aber die einzige Scheißpflanze in diesem Raum ist braun und vertrocknet, und wenn ich für irgendwas was übrig hab, dann für Pflanzen, weil die Pflanzen übrigbleiben werden. Am Ende wird einer lachen, und ich glaube, die werden lachen, wie nur Pflanzen lachen können, und einfach weitermachen ohne uns. Geschickt eingefädelt hat das die Natur, während mir mein Vater nur eins gefickt eingeschädelt hat. Angst. Aber ich arbeite dran, ich hab einen Plan und ich hab meine Theorien. Zum Beispiel die Pflanzen, die halten alles zusammen, wie ich, denn einer muss ja, einer muss die Fäden zusammenhalten, damit man später weiß, wo das alles angefangen hat und welcher Krieg da draußen eigentlich geführt wird, da draußen, direkt hinter dem Glas der Auslage, auf der Taubenscheiße klebt, ganze Schichten von Taubenscheiße. Was wieder dagegen spricht, dass das hier ein Büro ist, in einem anständigen Büro sind die Fenster sauber, und dort draußen, direkt vor dem Fenster, fängt die ganze Scheiße an, auf den Bäumen führen sogar die verdammten Eichhörnchen Krieg, die killen einander gegenseitig, diese ganze verdammte Stadt ist voller Eichhörnchen. Erst waren es nur graue und rote, jetzt sind da auch andere, fast blauschwarze Eichhörnchen, die haben angefangen, sich gegenseitig zu killen, genetische Mutation, sagt die Zeitung, sagt das Internet, die blöde Sau, jeder Scheißlink führt zu einem anderen Scheißlink einmal um die Welt und zurück zur Frage. Mein Vater hat folgende Information für mich: Er bricht mir Arme, Beine, jeden Scheißknochen. Er sagt: Du sollst, du musst, und wenn du nicht. Dort, schau hin, steht dein Koffer. Zurück nach Hause, wo nichts ist, garnichtsss. Dass ich meine eigenen Theorien zu den Dingen hab, interessiert ihn nicht.

Also bin ich hier, Zeitarbeitsvermittlung, da ist dieses *Komme gleich wieder* an der Tür, das irgendwie verdammt fröhlich klingt, die Türklinke gibt nach, also geh ich rein, setze mich auf einen Plastikstuhl und warte. Vielleicht, wenn ich richtig nachdenke, oder besser, wenn ich nicht nachdenke, wird mir wieder einfallen, warum mein Kopf immer noch wummert, was heute Nachmittag passiert ist. Darko sagt, ich denke nicht richtig nach, ich hole weit aus, und dann nichts, Leerstelle. Darko sagt, alle Probleme fangen damit an, dass man weit ausholt und den Gedanken nicht zu Ende bringt. Mein Vater sagt, dass ich nichts anfangen und erst recht nichts zu Ende bringen kann, und ich glaub ja, dass mein Vater wirklich Ernst machen würde, und diesen Koffer packen und mich. Verfickte eingeschädelte Angst. Wenn Darko noch der Alte wäre, einer, dem ich vertrauen kann, wie früher, vielleicht würde mein Vater ihm zuhören, so, wie Darko mir früher zugehört hat. Aber jetzt haben sich *seine Prioritäten verschoben*, wie man so schön sagt, gepflegter Ausdruck für schöne Egoscheiße. Ob Darkos Probleme damit angefangen haben, dass er Mara gefickt hat, falls er sie gefickt hat, Darko, der immer zögert, der viel mehr Angst hat als ich, aber wir ficken, weil wir Angst haben. Wie Darkos Vater, dieser Zivilversager, der ihn nur runterziehen kann. Kann sein, dass alles mit den Eichhörnchen angefangen hat, mit der Headline *Die Vermehrung der Grauhörnchen ist an der Grenze zur ökologischen Plage*, aber meinen Vater interessiert das alles nicht, den interessiert, dass ich den Sommer über arbeiten soll und keinen Scheiß machen. Man soll mich beschäftigen. Einer wie ich hat ohnehin immer Ferien von der Vernunft, aber bestimmt keine Ferien verdient.

Dabei weiß er gar nichts. Dass ich Nacht für Nacht arbeite, oben aufm Dach, über der Stadt, um ein Zeichen zu setzen, für alle, die ganze verdammte Stadt wird es sehen. Ich mach das alles auch für Darko, weil einer was für ihn machen muss, und wer, wenn nicht ich. Das alles ist mein Ding, mein *Werk*, wenn ich mit dem Gewehr unterwegs bin, das gehört dazu, das läuft nicht wahllos, das läuft nach Plan, und nur ich verstehe den Plan. All das ist Arbeit, und das ist erst der Anfang, ein Anfang, mit dem keiner gerechnet hat, weil keiner mit mir gerechnet hat. Aber da steht dieser Koffer in meinem Zimmer, immer schon, seit ich denken kann, zur Hälfte gepackt von meinem Vater, um sein Zeichen zu setzen. Ich brauche Zeit, muss mich ruhig verhalten, werde den Sommer über arbeiten, wie es mein Vater verlangt. Deswegen bin ich hier.

Mein Gott, falls du ein lieber, guter Gott sein willst, oder falls du ein Astronaut bist, lässt du mich dieses Mal nicht im Stich.

Dieses eine Mal, denke ich, als der Typ reinkommt, hager, verflucht lange Arme und Beine, eine verfluchte Spinne im Anzug, die Neonröhre an der Decke geht mit einem Flackern an, die Glatze von dem Typ schimmert im Licht, ich seh zu, wie er seine Armbanduhr ablegt, hmhmhm macht, und sie auf dem Tisch platziert, das Armband wird ein kleines Dreieck, auf das sich das Zifferblatt stützt, wie diese beschissenen Ärzte und Therapeuten im Fernsehen oder der Typ im Anti-Agressions-Seminar, der mich *mein Junge* genannt hat. *Mein Junge*, so nennt mich auch Niko, der mich vorhin abgefangen hat, der sagt, er meint es gut mit mir, als wär er ein Freund, aber Fehlanzeige, Niko, Freundschaft ist kein Zufall. Lieber Nikolaus, ich glaub weder an dich noch an andere Wunder, ich weiß, worauf deine Fragen hinauslaufen, bestimmt nicht auf die Antworten, die ich brauche, Niko, du kannst mir gar nichts, ich bin fein raus, genau so, wie *der unbekannte Heckenschütze mit der Allmachtsfantasie* es rausgeschafft hat. Von der albernen Randspalte mit den Kurzmeldungen hat er es auf die Titelseite der Zeitung gebracht. Diese Stadt lernt mich langsam kennen, es wird Zeit, dass sie mich kennenlernt, und Niko stellt seine Fragen, als ob ich nicht wüsste, dass das Fragen immer nur auf neue Fragen hinausläuft, niemals auf Antworten.
Ob ich so freundlich wär, meine Kapuze abzunehmen. Aber mir ist kalt, und ich lächle und sage, dass ich immer freundlich bin, aus Prinzip, vor allem zu Pflanzen und ausgewählten Tieren, und dass ich viel von geputzten Fensterscheiben halte, aber er sagt nichts dazu, macht sein Hmhmhmhm, dabei weiß jeder, dass nur Idioten und andere Irreparable summen. Ich soll das ausfüllen, bitteschön, dankeschön, der Typ schiebt den Bewerbungsbogen über den Tisch auf mich zu, lächelt blöde zurück, zupft an dem kleinen Stecktuch, das aus seiner Brusttasche schaut, hmhmhm, man zeigt einander die Zähne, und wozu ist es gut, wenn die kleinen Kästchen auf dem Fragebogen zu

grauen Linien verschwimmen, Fragen, die nichts bedeuten, Antworten, die nichts über mich sagen. Ich muss mich beherrschen, dieses Mal, aber ich merke, wie alles zu kippen anfängt, ich kann mich nicht konzentrieren, vielleicht, weil mein Schädel pocht, dängdängdäng, weil ich nicht weiß, was heute Nachmittag passiert ist, weil sich die Dinge verschieben, und selten zum Besseren. Klar ist nur, dass es kleine Verschiebungen sind, die alles ändern, die alles bedeuten, und der Typ im Anzug sagt, wenn ich Fragen habe, es dürfe alles gefragt werden, aber es müsse nicht alles beantwortet werden, hmhmhm. Er soll mit diesem Gesumme aufhören, vielleicht sollt ich ihn fragen, ob er, wie alle anderen, auch nur ein armes Arschloch ist.

Moment, sagt er. Bevor ich fragen kann, hebt er seinen langen, dünnen Zeigefinger, schneidet mir mit dieser lächerlichen Bewegung das Wort ab, legt einen Finger an sein rechtes Ohr, in dem ein schwarzes Knöpfchen steckt, er blickt nach rechts oben, stellt den Kopf schräg, dreht mir den Rücken zu und telefoniert, immer noch den Finger am Ohr. Und ich zähle runter von zehn, ich denke an die Mädchen, all die Mädchen, die sich in diesem Moment vor und hinter Bildschirmen räkeln, und daran, dass ich seit Tagen und Wochen zu deprimiert, zu träge bin, um zu wichsen, was unmöglich gesund sein kann, und eigentlich hab ich genug, will aufstehen, will raus, ich hab es versucht, immerhin hab ich es versucht.

Das Fiepen und Rauschen kommt gleichzeitig aus allen Ecken des Raumes, ich bin mir sicher, als wär da eine kaputte Gegensprechanlage, eine Rückkopplung. Ich dreh mich um die eigene Achse, aber da sind keine Lautsprecher, und mein Schädel will zerspringen, und draußen vor der Auslage läuft jetzt einer vorbei und starrt mich an, als wär ich durchgedreht, sieht mir zu, wie ich mich im Kreis drehe, starrt mich von draußen an wie ein Tier im Käfig. Und mir fällt das Bild von dem Affen ein, das

ich in einem Schulbuch gesehen hab. Forscher haben den Affen ins Weltall geschossen, wer weiß, wie viele sie davor raufgeschossen haben, Hunde, Katzen, Schweine, einen ganzen verdammten Zoo, aber dieser Affe war einer, der das Ganze überlebt hat. Ich hab meine Theorien, und ich bin mir sicher, dass mittlerweile ein Haufen Affen im Weltraum sitzt, dass diese Weltraumaffen zusammensitzen und uns zusehen und sich kaputtlachen über uns, wie nur Pflanzen, Eichhörnchen und Weltraumaffen lachen können und sich dabei abwechselnd Mund, Augen, Ohren zuhalten müssen, damit sie *Nichts Böses hören, Nichts Böses sehen, Nichts Böses sagen*, und eins noch, das Wichtigste vom allem: *Nichts Böses tun*.
Auf dem Schreibtisch blinkt jetzt ein kleines rotes Licht, wechselt auf Grün, der Typ im Anzug hat fertig telefoniert, er steht vor mir, viel zu nah, und sieht aus, als wär ihm seine gute Laune plötzlich aus dem Gesicht gerutscht, keine Hmhmhms mehr übrig. Ich kann ihn denken hören, hinter diesem Gesicht arbeitet es, und ich kann ihm den Gefallen tun, wenn er will, all seine verfickt eingeschädelten Klischees erfüllen. Auf dem Schreibtisch wartet das Formular, wartet seine Armbanduhr, ticktickttick, das Zifferblatt auf das Dreieck gestützt, und ich seh mir zu, wie ich nach der Uhr greife, sie über die Knöchel meiner Rechten ziehe und aushole. Aber ich werd nicht zuschlagen, den Gefallen tu ich ihm nicht, auch wenn er bettelt, diesmal nicht, ich seh mich und den Typen von ganz weit weg, während dicht neben mir ein Weltraumaffe kichernd meinen Namen wiederholt: Tut mir leid, Zeno.

V. DARKO

Eine Aknemondlandschaft, ein breites Männergesicht atmet dicht vor meinem, formt jeden einzelnen Buchstaben übertrieben mit den Lippen, die keine Lippen sind, nur ein Schlitz, der sich öffnet und schließt, in dem sich ein Speichelfaden zieht. Ich nehme die Kopfhörer nicht ab, krame den Ausweis aus der hinteren Hosentasche. Das Notizbuch rutscht von meinem Schoß und ein paar Zettel fallen heraus, segeln zu Boden, der Kugelschreiber kullert hinterher. Der Mann schielt neugierig nach dem Buch, das jetzt mit dem Deckel nach oben auf dem Boden liegt. Ich mache keine Anstalten, die Sachen aufzuheben. Er mustert mich, prüft meinen Ausweis übertrieben lange, sein Blick pendelt zwischen dem Foto und meinem Gesicht hin und her, als wäre ich an einer Grenzkontrolle. Auf einem kleinen Monitor direkt hinter dem Mann lauert ein gelber Anglerfisch in einem Korallenriff fast regungslos auf Beute.

«Du warst doch vorhin schon im Zug?»

Ich reagiere nicht.

«Warst du vorhin schon im Zug?»

Die Fahrgäste, die um mich herum sitzen, starren ins Leere, vor den Fenstern zieht die Stadt in verwischten Schnappschüssen vorbei. Der Mann wendet den Ausweis in seinen Fingern hin und her, zuckt mit den Schultern, kratzt sich den kahl rasierten Schädel. Er gibt den Ausweis an seinen Kollegen weiter, beschreibt mit dem Zeigefinger einen kleinen Kreis neben seiner Schläfe, fragt sich wohl, was mit mir anfangen. Zeno sagt, mit mir ist nichts mehr anzufangen. Der Mann fragt, ob ich gern im Kreis fahre, und ich könnte antworten.

«Ordentlich sitzen», sagt der Mann und kickt mit seinem Fuß meinen Turnschuh von der Sitzkante.

Der Anglerfisch auf dem Monitor plustert sich zu seiner doppelten Größe auf, schrumpft dann wieder in sich zusammen. «Welcher Tag ist heute? Dein Glückstag», sagt sein Kollege kichernd und wirft mir den Ausweis zurück in den Schoß. Sie ziehen weiter, breitbeinig, mit schwingenden Armen, als würden sie durch eine zähe, unsichtbare Masse waten. Ihre schweren Stiefel auf dem Linoleum, das Neonlicht glänzt auf ihren Nylonjacken. Zivilversager, würde Zeno sagen, nichts weiter. Ich sammle das Notizbuch, den Kugelschreiber, die Zettel vom Boden auf, sehe mich um. Keiner beachtet mich, keiner spricht, nur die monotonen Geräusche eines Computerspiels, ein Typ mit Basecap ein paar Reihen vor mir klickert nervös auf den Tasten herum. Die Haltegriffe aus rotem Plastik schaukeln synchron in den Kurven, die lange Reihe der in gleichmäßigen Abständen auf die Abteile verteilten Monitor-Paare folgt dem Schlingern der Bahn. Rechts. Links. Der gelbe Anglerfisch ist verschwunden. Stattdessen wechseln sich Kurzmitteilungen und Nachrichtenbilder auf den Monitoren ab, Schnipsel belangloser Neuigkeiten, Stars und Sternchen zwischen Meldungen aus Politik und Wirtschaft. Dem Tageshoroskop folgen Bilder von Naturkatastrophen. Auf einem der Bildschirme läuft der Infotext, auf dem anderen das passende Bild. Eine Abfolge, die immer mehr durcheinandergerät, bis der Text in ein Wirrwarr aus Buchstaben zerfällt, in Nullen und Einsen, schließlich fällt der eine Monitor aus, *Signal Error*, während die Bilder auf dem anderen erst nur einen Tick zu schnell, dann in manischer Abfolge weiterlaufen, vor meinen Augen zu flimmern beginnen, bis ich wegsehen muss. Schräg gegenüber sitzt eine alte Dame allein auf einem Viererplatz, eine Insel. Die ganze Bahn voller Inseln, jeder verteidigt seine Viererbank, bis an die Zähne bewaffnet mit Gleichgültigkeit. Die Durchsagen der Stationen wechseln sich ab mit alltäglichen Warnhinweisen, eine Frauenstimme wiederholt in regelmäßigen Abständen: «Achten Sie auf Ihre

Tasche, Geben Sie acht auf den Signalton, Steigen Sie nicht mehr ein.»

Eine Reihe vor mir sitzt ein Mädchen, sie hat den Kopf ans Fenster gelehnt, aus ihren Kopfhörern dringt ein zerhacktes Rauschen, sie summt leise. Die Gedanken aller Fahrgäste zusammen könnten in das Summen einstimmen, erst leise, dann immer lauter anschwellend, wie ein Bienenstock. Die Alte hält ihre Handtasche umklammert, sitzt kerzengerade in ihrem hellen Kostüm, auf ihren bleichen Wangen leuchten Rougekreise, über einem ihrer Augenlider schimmert ein pastellblauer Lidschattenfleck. Das andere hat sie vergessen. Ihre Brauen sind dick mit schwarzem Stift nachgezogen. Sie lächelt vor sich ins Leere, ein zu einer Rosine verschrumpelter Clown. Trotzdem, wenn man auf die Details achtet, ist sie schön.

Ich taste nach meinen Kopfhörern, rücke sie im Spiegel der Fensterscheibe zurecht, mache den Ton ganz leise und beginne das Gesicht der Alten zu skizzieren, setze exakt gerade Striche, einen neben den anderen, dicht an dicht. Alle Striche zusammen und gegeneinander erzeugen in Schattierungen von Hell nach Dunkel: Konturen, Landschaften, Dinge, Menschen, in Nuancen von Kugelschreiberblau, die mein Notizbuch füllen. An der nächsten Haltestelle springt die Alte im letzten Moment auf, huscht, flink wie ein Äffchen, zur Tür und steigt aus, einen Augenblick bevor sich alle Türen mit einem Signalton wieder schließen. Sie bleibt auf dem Bahnsteig stehen, dreht sich einmal um die eigene Achse, als wüsste sie nicht mehr, warum sie ausgestiegen ist. Der Zug nimmt wieder Fahrt auf, das gefrorene Lächeln der Alten zieht an mir vorbei. Ich winke. Draußen hat es zu regnen begonnen, zitternde Wassertropfen ziehen vertikale Linien. Ein Zug rattert vorbei, Lichtreflexe und fremde Gesichter, die Scheiben vibrieren, dazwischen mein eigenes Gesicht als blasse Spiegelung. Ich lege meine Handfläche auf das kühle Fensterglas, sehe zu, wie der Abdruck verblasst, schlage das

Notizbuch zu und wieder auf, blättere vorbei an Zeichnungen vom Park, immer wieder die gleichen Motive in unterschiedlichen Perspektiven, im Wechsel von Tages- und Jahreszeiten. Die spiegelglatte Oberfläche des Sees, auf der die Bäume, statt Wurzeln zu schlagen, auf eine zweite Baumkrone zuwachsen. Ich blättere eine Weile vor und zurück, variiere das Tempo, stoppe bei der Skizze von Mara. Es ist die einzige, die ich aus dem Gedächtnis gezeichnet habe, weil Mara sich immer geweigert hat, mir Modell zu sitzen. Zeno sagt, dass ich keine Ahnung habe, wie mit Frauen umzugehen ist, aber auch wenn er viel mehr rumgevögelt hat als ich, bin ich mir sicher, er hat selbst keine. Vorsichtig strichle ich die Konturen nach und sehe Mara vor mir, wie sie mit dem Zeigefinger einen kleinen Kreis an ihrer Schläfe beschreibt und grinst.
«Du fährst also gern im Kreis?»
Ich hätte antworten sollen, dass die Strecke keinen Kreis ergibt. Stattdessen ziehen die Bahnlinien zwei einander überschneidende Ovale um die Stadt, wenn man an der Station in der Mitte, die beide Linien verbindet, aussteigt und auf dem gegenüberliegenden Gleis wieder einsteigt, fährt man eine Acht. Wenn ich nachdenken will, wenn ich allein sein will, wenn ich nicht nach Hause will, an Tagen wie heute, wie gestern, den ganzen Monat schon, fahre ich eine Acht nach der anderen. Vielleicht, weil ich den Stillstand, das Warten, nicht mehr aushalte. Die Hitze liegt wie Sirup über der Stadt, und Zeno kann nicht akzeptieren, dass sich die Dinge verändern, dass nicht mehr all meine Aufmerksamkeit ihm und seinen Geschichten gilt, dass ich allein sein, nachdenken muss. Mara ist seit Wochen wieder von der Bildfläche verschwunden. Diesmal war ich nicht feige, ich bin zu ihrem Haus gegangen, quer durch die Stadt, und als wir uns geküsst haben, dachte ich, dachte ich, ich weiß nicht, was ich dachte. Vielleicht, dass ich diesmal bekommen könnte, was ich mir gewünscht habe.

Aber was hab ich mir eigentlich gewünscht, was erwartet, als ich am Anfang des Sommers bei meinem Vater eingezogen bin? Wenn er da ist, klopft er mir auf die Schulter, steckt mir Geld zu, macht uns Essen. Sein Blick scheint immer knapp an mir vorbeizugehen, in die Ferne gerichtet, dieses abwesende Lächeln, das ich ihm aus dem Gesicht schütteln will. Wir leben mit vertauschten Rollen, er sollte mit mir sprechen, mich verstehen wollen, aber er behandelt mich, als wäre ich sein Mitbewohner. Ich soll ihn bei seinem Vornamen nennen. Alen. Tag für Tag sehe ich meinem Vater zu, wie er sich an seiner Routine festklammert, gerade Linien, sagt er, man muss gerade Linien ziehen. Er scheint selbst nicht zu bemerken, dass er abdriftet, zwischen Erinnern und Vergessen, in den Tag hineinstürzt wie in die Nacht. Ich weiß nicht, ob er jemals schläft. Alen, mein Vater, will mein Freund sein, aber wir sind keine Freunde, wir sind Familie.
Und da ist mein Großvater, dem ich Rechenschaft schuldig bleibe, den ich seit Tagen nicht zurückrufe, meine besorgten Großeltern, die ich seit Wochen nicht besucht habe, um ihren Fragen nicht standhalten zu müssen. Zeno sagt, dass ich endlich kapieren soll, dass keiner keinem etwas schuldig ist. Das letzte Mal, als ich bei ihnen war, haben wir zusammen das Essen vorbereitet, Großmutter und ich, wie wir es immer gemacht haben, ein friedlicher Abend. Wir haben im Garten gegessen, Großvater hat mir ein Glas Wein angeboten, zum ersten Mal, aber ich habe abgelehnt. Ich weiß nicht, warum sie in diesem Sommer nicht nach Hause, in ihr Dorf gefahren sind. Großvater hat gesagt, dass er den Sommer im Garten verbringen will, dass hier genug Arbeit zu tun sei, dass sie der langen Fahrt nach Hause müde geworden sind. Dabei ist er meinem Blick ausgewichen, und ich hatte das Gefühl, es gäbe vielleicht einen anderen Grund, als wäre ich daran Schuld. Sie haben ihre immergleichen Geschichten erzählt, von den Telefonaten mit un-

seren Verwandten, von den Nachbarn, der Arbeit im Garten, als würde ihr Leben nur aus Vergangenheit und Alltag bestehen. Die einzige Frage, die Großvater an mich gerichtet hat, war, was ich nach dem Sommer, nach dem Abschluss, machen werde, ob ich mich entschieden hätte. Er hat mich lange angesehen und gesagt, ob ich verstehen würde, dass es wichtig sei, sich zu entscheiden. Aber ich konnte seine Frage nicht beantworten oder ich wollte nicht. Trotzdem tat es gut, wieder bei ihnen zu sein, und ich wollte mir nicht eingestehen, dass es mir schwer gefallen ist, nein zu sagen, als sie gefragt haben, ob ich die Nacht in meinem alten Zimmer verbringen will. Ich weiß, sie werden dieses Zimmer lange nicht verändern, diese vier Wände werden vielleicht immer auf mich warten.

Am Anfang des Sommers schien alles gut zu laufen. Mein Vater hat sich bemüht, hatte die Möbel umgestellt, Platz geschaffen, versucht, aufmerksam zu sein, mich ernst zu nehmen. Wir haben nicht viel gesprochen, aber das haben wir nie. Ich habe sein Angebot angenommen, ihn zu begleiten, ab und zu ein paar Runden mit ihm zu fahren, er hat mir Ecken der Stadt gezeigt, die ich noch nicht kannte, hat mich ans Steuer gelassen. Wenn er erzählt hat, hat auch er die Geschichten wiederholt, die ich schon kenne. Von meinen Urgroßeltern, die früh gestorben sind, dass sie ihn verstanden haben, zumindest seine Großmutter, und davon, wie er unsere Muttersprache als Erwachsener neu gelernt hat, diesmal richtig, aber dass das meinen Großvater nie interessiert habe, denn es sei wichtiger, im Hier und Jetzt zu funktionieren, statt in der Vergangenheit einer Sprache, die einem hier nichts nütze. Mein Vater hat gesagt, dass er sein Manuskript für uns schreibe, dass er es eines Tages fertig schreiben würde, bestimmt, vielleicht sogar bald. Ich musste an Zeno denken, der *wir* sagt und dabei sich und mich meint, an Zeno, der sein *wir* im nächsten Moment wiederholt und nur sich selbst meint.

Ich hätte meinen Vater fragen können, was sein *Uns* ein- oder ausschließt, aber ich wollte nichts kaputtmachen. Diese Stunden mit ihm waren gute Stunden, wir haben uns aneinander herangetastet, vorsichtig, aber irgendetwas muss sich in die Tage geschlichen haben, langsam ist Alen aus seiner Ordnung gefallen, sind seine geraden Linien verschwommen. Ist alles meine Schuld, habe ich die gewohnten Bahnen, seine Routine, durchbrochen, alles ins Kippen gebracht?

Das sei unser kleines Geheimnis, eine Ausnahme, Sssschhh, hat er gemacht, den Finger an die Lippen gelegt, sich benommen wie ein Kind, als ich ihn nach Hause gefahren habe, vor ein paar Tagen. Er war die ganze Nacht unterwegs gewesen, ich dachte mit dem Taxi, bis mich am frühen Morgen der Anruf eines Kellners aus irgendeiner Bar erreicht hat. Der Kellner hat mir geholfen, Alen zum Wagen zu bringen, der erste Teil der Fahrt begleitet von seinen Entschuldigungen, gemurmelten Monologen und Gekicher, bis er endlich eingeschlafen war. Während die Stadt um uns langsam aufgewacht ist, hat eine Stimme im Radio von der Kommunikation zwischen Tieren erzählt: dass Tiere nur über bestimmte Dinge kommunizieren, über Gefahr, Hunger, wie das Tanzen der Bienen, die sich über Nahrung austauschen, während Menschen über alles sprechen können, dass wir eine begrenzte Anzahl von Wörtern und Buchstaben nahezu unbegrenzt kombinieren können. Ich hab Vater die Treppen hoch bis in unsere Wohnung und in sein Bett gebracht, alle Fenster aufgerissen, unter mir der Lichthof, über mir ein Viereck Himmel.

Ich weiß, die Rückfälle sind nicht einfach Rückfälle, sie haben zwei Möglichkeiten, zwei Grade, *lapse* und *relapse*, ich habe es nachgeschlagen, um zu verstehen. Und ich bemühe mich zu unterscheiden, aber ich begreife nicht, dass es am nächsten Tag jedes Mal ist, als könne mein Vater sich nicht erinnern. Als wäre nichts geschehen, steht er morgens in der Küche und macht uns Frühstück. Ich sehe ihn vor mir, wie er sich zu mir umdreht, eine Zigarette im Mund. Papier raschelt unter meinen Füßen, wenn ich den Raum durchquere, über den Boden liegt sein Manuskript ausgebreitet, die Seiten liegen Kante an Kante, in einer bestimmten Ordnung, die niemand außer ihm verstehen kann, weil er sie jedes Mal neu definiert. Vielleicht sollte ich sein Manuskript lesen, vielleicht würde ich dann verstehen, aber ich nehme an, dass es ist wie mit der Ordnung der Dinge, von der er immer spricht, dass die einzelnen Teile niemals eine Summe ergeben können. Mein Vater dreht sich zu mir um und fragt: «Hast du Hunger?»

An der nächsten Station schiebe ich das Notizbuch hinten in meinen Gürtel und steige aus, um eine Zigarette zu rauchen. Die Türen schließen sich. «Achten Sie auf den Signalton», während ich noch suchend meine Taschen abklopfe, «Steigen Sie nicht mehr ein», sehe ich die Packung auf dem verlassenen Vierersitz hinter der Fensterscheibe liegen.

Weniger denken, mehr erleben, würde Zeno sagen, Zeno, der immerzu auf mich einredet, aber seine Theorien haben keinen Anfang und kein Ende. Er redet wie jemand, der Ruhe schreit und dabei sein eigenes Wort nicht versteht. Diese Angewohnheit, Zenos Sätze zu wiederholen, als wären es meine. Ich wiederhole die Sätze von anderen, verwasche sie in meine eigenen, nur manchmal halte ich einen Moment inne und frage mich, woher sie gekommen sind und warum.

Auf dem Gleis gegenüber rast ein leerer Zug durch die Station und zerschneidet das Werbelächeln einer perfekt frisierten Brünetten, während ihre Augen über die vorbeizischenden Waggons hinweg auf mich hinab blicken. Ich stelle mir dieselbe Brünette hinter einem der Kameraaugen vor, die den Bahnsteig bewachen, wie sie mit übereinander geschlagenen Beinen vor einer Reihe Monitore sitzt, auf dem Pult vor ihr blinken grüne und rote Lichter. Beinah kann ich das leise Rascheln ihrer Strumpfhose hören, muss an einen Käfer denken, der seine Vorderbeine aneinander reibt und dann, aus dem Nichts, schiebt sich das Bild meiner Mutter dazwischen, auf dem einzigen Foto, das ich von ihr kenne. Ein Foto in einer Schublade meines Vaters, mit zwei vertikalen Knicken knapp neben ihrem Gesicht, als hätte er das Foto eine Weile in seiner Brieftasche getragen. Aber ich erinnere mich nicht daran, dass mein Vater jemals ein Foto in seiner Brieftasche aufbewahrt hätte. Ich sehe meine Mutter vor mir, wie sie versucht, mir eine Jacke anzuziehen, meine Kinderarme ungeduldig in die Ärmel stopft, ihre nervöse Energie, ich spüre ihre Fingernägel auf meiner Haut, ihre Hände sind kalt, und ich weiß nicht, ob das meine Erinnerung ist, ich war viel zu klein. Vielleicht sind es nur die Geschichten meiner Großmutter. Nein, ich denke jetzt nicht an meine Mutter.

Der Regen hat Abkühlung gebracht, ich ziehe die Jacke enger um meinen Körper, nehme im Laufschritt die Treppen nach unten, springe mit einem Satz über die letzten vier Stufen. Die Klänge eines Cellos hallen von den Wänden der Passage zurück, in der Luft hängt der Geruch von altem Fett, Pennern und Pisse. Der Cellospieler sitzt in der Mitte der Unterführung auf einem Plastikschemel, er trägt einen schwarzen Kapuzenpullover mit überlangen Ärmeln. Man kann nur seine sehnigen Finger sehen, die den Bogen über die Saiten führen, er hat Tape um die Knöchel gewickelt. Sein Gesicht ist von der Kapuze verdeckt. Ich klinke mich aus dem Zweiweg-Menschenstrom der Passanten im Autopilot-Modus, mache vor ihm halt. Die Töne hallen von den Wänden zurück, als wäre da ein unsichtbares Orchester. Die Musik lässt mich einen Augenblick den üblen Geruch und die Menschen um mich vergessen. Eine Frau schleudert im Vorbeigehen ihre Einkaufstasche gegen meine Kniebeuge, holt mich zurück ins Jetzt, an ihrer Hand zerrt ein zorniges Kind. Kleine Kinder hassen mich, davon bin ich überzeugt. Dieses hat eine Packung Saft in der Hand, in der ein bunter Strohhalm steckt. Es betrachtet mich neugierig, als hätte es plötzlich vergessen, warum es zornig war, saugt an seinem Strohhalm. Die Mutter zerrt es weiter hinter sich her, es dreht sich nach mir um. Ich sehe zu, wie die beiden von der Menge verschluckt werden. Ein Luftzug an meiner Rechten, ich kann mich gerade rechtzeitig wegdrehen, muss mich ducken, etwas streift meine Haare, zischt knapp über mich hinweg, ich blicke nach oben, es zieht mit Schwung hoch, ein schwarzer Fleck klatscht gegen die Betondecke, prallt ab und bleibt reglos ein Stück weiter rechts von mir liegen. Ein Vogel. Schwarz, mit langen braunen, blauen und weißen Schwanzfedern. Ich sehe mich um, die Leute fließen weiter an mir vorbei, ein Mann rempelt mich an, der Absatz seines Schuhs verfehlt knapp den Kopf des Vogels. Einen Moment überlege ich, das Tier mitzunehmen. Vor meinem inneren Auge ziehen Bilder von Schuhkartongräbern für Tauben, Hamster und Kaninchen vorbei, die wir mit bunten Blütenblättern, Gräsern und Gänseblümchen bestreut haben, Großmutter und ich. Wir knien zusammen im Garten vor einem der Schuhkartongräber, die wir über die Jahre gefüllt haben. Lächerlich, ich werde den Vogel nicht mitnehmen, ich krame in meinen Hosentaschen nach Münzen, werfe alle, die ich finde, in die Blechbüchse des Cellospielers. Er nickt kurz, ohne den Kopf zu heben.

Der kurze Ton von Zenos wiederholten SMS mahnt mich, dass ich mich beeilen, mich endlich auf den Weg machen soll. Zeno und ich, wir haben immer noch eine Geschichte, die uns verbindet, und ich habe versprochen, ihn heute nicht zu versetzen. Als ich am Ende der Passage angekommen bin, zögere ich, drehe mich noch einmal um, aber zwischen den dahin eilenden Füßen der Passanten ist der Vogel nicht mehr zu auszumachen.

«Sag es. Ich bin ein verdammtes Genie.» Zeno kichert.
Unter uns hat die Stadt ihren Lichterteppich ausgebreitet, ich stelle mir die Menschen hinter den beleuchteten Fenstern vor, wie sie in ihren Büros, Restaurants, Wohnungen darauf warten, dass etwas passiert, so wie wir gewartet haben, bis es dunkel genug war, bevor wir über das Gerüst hoch geklettert sind, im Schutz einer Werbefläche aus Plastik, die sich über die gesamte Front des Gebäudes spannt, und mit ihr ein überlebensgroßes Model in Unterwäsche. Zeno hat gesagt, ich soll ihr einen Namen gegeben. «Gretchen, was soll das für ein Name sein?», hat Zeno gefragt. Trotzdem hat er uns vorgestellt. «Gretchen, das ist Darko. Darko, das ist Gretchen.»
Noch auf dem Parkplatz vor dem Hotel, bevor wir im Schutz von Gretchens Haut das Gerüst hoch sind, ist mir ein A aufgefallen, das ganz oben an der Fassade geflackert hat, ich musste an eine Verfolgungsjagd aus einem Film denken: Der Held klettert eine Fassade hoch, springt von einem Dach zum gegenüberliegenden, berührt dabei eine Neonreklame, die für Sekundenbruchteile erlischt.

Jetzt sind wir zehn Stockwerke höher, vier wären es noch bis auf das Dach des Hotels. Seit Jahren verfällt es immer mehr, sie haben es mit einem Baugerüst verhüllt, die Plane mit Gretchens halbnacktem Körper darübergespannt. Die Plane klickert mit jedem Windstoß gegen das Metall, meine Hände scheinen im gleichen Rhythmus zu pochen. Ich weiß immer noch nicht, was wir hier sollen, ich warte, versuche einen halbherzigen Klimmzug am Gerüst, ziehe mich ein Stück hoch, meine Arme zittern, ich lasse es wieder bleiben. Zeno knipst ohne Vorwarnung die Baulampen an. Das Licht blendet mich, ich muss warten, bis die Punkte vor meinen Augen zu tanzen aufhören, dann sehe ich, warum wir hierher gekommen sind.

«Bin ich oder bin ich nicht: ein verdammtes Genie?», wiederholt Zeno. Sein Werk erstreckt sich über die letzten drei Stockwerke. Ein Astronaut in Silber und Weiß. Er schwebt, in voller Montur, hat den Kopf nach unten geneigt, als wäre ihm sein Helm zu schwer geworden, seine Arme sind zur Seite ausgebreitet, Handflächen nach oben, der Oberkörper ist nach vorne gekrümmt, die Knie leicht angezogen, ein Fuß vor dem anderen gekreuzt, der Sauerstoffschlauch scheint um seinen Körper zu tanzen, an seiner Rechten flattert eine Taube, daneben Zenos *tag*: OZ. Ich schreite die ausgebreiteten Arme des Astronauten ab, mache einen Schritt zurück. Einen Moment ist es, als würde ich mich und Zeno im Visier des Helms gespiegelt sehen. Eine Spraydose rollt unter meinem Fuß weg, ich stolpere und fange mich wieder, die Dose rollt weiter und über den Rand, fällt lautlos in die Tiefe, wird von der Dunkelheit verschluckt. Ich lausche, warte darauf, dass die Dose auf dem Asphalt aufschlägt. Das A hat aufgehört zu flackern.
Zeno steht im Licht, und erst jetzt bemerke ich die Wunde an seiner Schläfe, die Erschöpfung in seinem Gesicht. Zeno schaut hoch zu dem Astronauten, als würde er auf eine Reaktion warten, und ich muss an die Geschichte denken, die er mir erzählt hat. Von dem Dorfplatz, auf dem er als Kind gespielt hat, von dem Baum dort, dass man von ganz oben ein steinernes Kreuz sehen konnte, das ein Stück talwärts stand. Er hat mir von der Jesusfigur darauf erzählt, die nach rechts unten geschaut hat, und ich sehe das Kind Zeno vor mir, wie es dort steht und wartet.

Auch jetzt wartet Zeno, und bevor ich fragen kann, was mit seinem Kopf passiert ist, oder seine Arbeit loben kann, weil ich weiß, dass er sich das so vorgestellt hat, ist er schon wieder ein Stück weiter, sind seine Gedanken und Wünsche anderswo, er sagt: «Die schicken mich weg. Mein Vater schickt mich weg. Ich weiß es bestimmt.»

Und nach einer langen Pause, in der ich nicht weiß, was ich antworten soll, ob ich fragen soll, was passiert ist, warum diesmal, aber kein Wort herausbringe, während ich einmal mehr zögere, vielleicht einmal zuviel, unterbricht Zeno meine Gedanken und sagt, dass wir reden müssen, über Mara.

VI. MARA

Da ist etwas, das mir fremd ist, dem ich keinen Namen geben kann, ich betrachte mich wieder und wieder, komme an keinem Spiegel vorbei, ohne anzuhalten. Aber mein Gegenüber bleibt stumm, *kann die Geschichte, die es in sich trägt, nicht aussprechen*, vielleicht, wenn ich genauer hinsehe, näher, dann. Es ist immer noch da.

Kann ich schon sprechen? Kann ich anfangen? Das sagst du nicht. Du begibst dich in die Situation, wie jedes Mal, alles ist an seinem Platz, hat seine Ordnung und folgt der Gesetzmäßigkeit der Abläufe. Der Gummibaum, das Sofa, du machst dich darauf lang, das Gesicht deiner Therapeutin kannst du nicht sehen, sollst du nicht sehen, sie sitzt direkt hinter deinem Kopf. Die Suggestion der Blicke vermeiden, du weißt, worum es geht, du hast dich informiert, aber es stimmt nicht, auch auf diese Weise kreuzen sich unsere Gedanken im Raum, beeinflussen einander. Es ist an dir, ob du die Wahrheit sagst oder lügst, wobei dir Letzteres leichter fällt, immer schon, weil es mehr Spaß macht: Ich bin vielleicht acht Jahre alt, ich glaube, ich trage meine Lieblingssachen, ein Indianerkostüm, liege bäuchlings auf einem rennenden Pferd. Der Horizont hängt schief, mein Gesicht, meine Hände sind in die Mähne vergraben, ich hab die Zügel weggeworfen, denn es gibt keine Zügel. Nein, von vorn: Ich bin vielleicht acht Jahre alt, liege auf dem Rücken unter der Decke und höre den Stimmen zu. Habe die Augen fest geschlossen. Hinter meinen Lidern ist alles gut, alles ruhig, hier im Rot bin ich sicher. Wenn ich einatme, saugt sich die Decke an meinem offenen Mund fest, ich schlucke einen Fussel, puste die Decke wieder hoch.

Vor einer Woche war alles richtig. Seit einer Woche ist alles verkehrt, wieder, von innen nach außen, wie Mamas T-Shirt. Man kann die Waschanleitung sehen. Die Stimmen hinter der Decke sprechen über mich und den Schmutz überall auf dem Boden, die Unordnung, den Geruch. Sie können nicht wissen, dass es nicht immer so ist, die Tage und Wochen haben zwei Seiten, zwei Möglichkeiten, diese Woche ist verkehrt, ist von innen nach außen gedreht. Einer müsste es ihnen sagen. Die Stimmen tun so, als wäre ich gar nicht da, als könnte ich nicht verstehen, aber ich kann, so, wie ich lesen und schreiben kann und meine Schultasche selbst tragen. Ich weiß, dass die Nähte des T-Shirts nach innen gehören, ich kenne beide Seiten der Tage und Wochen, die Unterschiede zwischen innen und außen. Heute ist Mittwoch, das heißt, ich bin gar nicht hier, eigentlich bin ich im Laden unten an der Straße. Jeden Mittwochnachmittag sitze ich im Laden von Gou.
Gou ist alt und runzlig, vor allem sein Gesicht, eine graue Mondlandschaft. Auch der Laden ist eine Landschaft, falsch, eine Stadt aus Kartons und Regalen, Blech und Glas, gestapelt bis unter die Decke. Bananenkisten voll von exotischem Obst, große Gläser mit eingelegtem Gemüse, die Gläser erinnern mich an jene im Museum, in denen deformierte Organe oder Embryos ausgestellt werden. Zigarettenstangen stapeln sich über Plastikboxen, die mit bunten Süßigkeiten gefüllt sind. Ich habe meinen festen Platz an diesem Ort, zwischen all den Dingen falten Gou und ich Kitsune, den sitzenden Fuchs. Ich kann das Wort schreiben, Kitsune, aber nur in meinen Buchstaben, nicht in den Zeichen, die Gou schreibt, meine Papierfüchse sind nicht so schön wie seine. Ich übe.
Seit Papa weg ist, übe ich. Von uns gegangen, an einen besseren Ort, sagen die einen. Dass er bekommen hat, was er wollte, das Nichts, dass er schwach war und feige und uns einfach alleingelassen hat, sagt Mama. Seit Papa weg ist, übe ich, komme je-

den Tag nach der Schule hierher. Gous Laden liegt im Keller, acht Treppen nach unten, der Laden ist eine Schuhschachtel. Es ist kühl hier unten, in dieser Schachtel in der Schachtel, aus zwei kleinen quadratischen Fenstern fällt Tageslicht herein. Die Papierfüchse sitzen in Reihen vor den Fenstern, die Füchse vom alten Gou und meine. Irgendwann wird keiner mehr den Unterschied erkennen können, welche er gefaltet hat, welche ich, dann sind auch meine an den Kanten glatt und schön und alle Füchse gleich groß, nur noch die Farben oder die Papiersorte werden sie unterscheiden. Manche sind aus Zeitungspapier oder aus Gous bunten Notizzetteln, alten Schuldscheinen, die niemand mehr verwendet, nur Gou, der keinen Computer benutzt, alles auf Papier schreibt, das sich hinter seinem kleinen Ladentisch stapelt, in einer Ordnung, die nur er durchschaut. Listen und Rechnungen, deren Zahlen und Worte keinen Sinn mehr ergeben, wenn sie kreuz und quer über Kitsune laufen. Aber eigentlich achtet keiner der Kunden auf die Füchse, auf die Unterschiede zwischen ihnen, weil keiner zu den Fenstern hochschaut, wo sie dicht an dicht sitzen.

Vielleicht achtet deswegen auch keiner auf mich, hier unter der Decke, vielleicht bin ich ja gar nicht mehr hier, sondern unten bei Gou, sitze unter dem Fenster, neben einem verzerrten Viereck aus Licht. Ich bin gern hier unten, weil mein Auge das Licht nicht verträgt, sich nicht anpassen kann. Ein kleiner Fehler, einer von vielen. Hier muss ich die dunkle Sonnenbrille nicht tragen, für die ich angestarrt werde, die merkwürdig aussieht an einem Kind. Der Laden ist sehr klein, es ist schwer, nicht im Weg zu sein, aber Gou beschwert sich nicht. Manchmal, wenn kein Kunde im Laden ist, beugt er sich zu mir, um meine Stirn zu küssen, manchmal streicht er über meine nackten Arme und Beine. Gous Hände sind rau und ich mag es nicht, angefasst zu werden. Aber ich komme jeden Tag zurück.

Ich luge unter der Decke hervor. Mama hat vergessen, sich unten was anzuziehen, hat nur ein Tuch um die Hüften gewickelt, ein dünnes weißes Tuch voller Farbflecke. Eines von denen, die sie zum Malen verwendet, mit denen sie ihre Bilder verhängt. Da ist ihre Stimme gegen die fremden Stimmen, sie wird lauter, sie fuchtelt mit den Händen, dann fällt das Tuch, und man kann alles sehen. Ich ziehe die Decke wieder über meinen Kopf. Aber die Stimmen werden Hände, die nehmen mich mit, vielleicht eine Woche, diesmal eine Woche. Dann bringen sie mich wieder zurück, und alles ist sauber und ordentlich, und Mama ist schön und geschminkt, sie riecht gut, und ihre Stimme klingt ganz anders, wenn sie spricht, aber sie muss nicht für uns sprechen, da ist jemand an ihrer Seite, eine Anwältin. Eine Woche, ich atme gegen die Decke, die nach kaltem Zigarettenrauch riecht, nach Kaffee, beim Einatmen saugt sich die Decke wieder an meinem offenen Mund fest.
Die sollen diese Dinge nicht sagen, nicht so von mir und uns sprechen, die sollen nicht so tun, als wäre ich nicht da. Mama, du hast vergessen, dass die Stimmen Hände werden. Eine Woche ist nicht nur eine Woche, eine Woche ist jemand, der sich über mich beugt und mich mitnimmt. Das Gesicht vom alten Gou, der mich auf die Stirn küsst, seine Lippen sind feucht und warm, und ich kann ihn riechen, so riecht Altsein, süßlich, Alte sterben, vielleicht riecht der Tod so. Papa hat nach Kaffee und Zigaretten gerochen, nach Rasierwasser und nach der Chemie in seiner Dunkelkammer, Papa war jung. Jemand zieht die Decke vorsichtig von meinem Gesicht, ich mache die Augen zu, fest, hinter den Lidern, hier im Rot bin ich sicher. Die Stimme sagt meinen Namen, eine Männerstimme, er spricht ganz ruhig, fast sanft, aber er küsst mich nicht auf die Stirn. Ich öffne meine Augen. Der Mann fragt nicht mich, sondern dich, Mama, was mit meinem linken Auge ist, woher ich das, ob das immer schon, und Mama sagt das Wort. Das Wort, das ich kenne, das

ich schreiben kann, weil es ein schönes Wort ist. Es klingt so ähnlich wie Kitsune, es ist das schönste Wort, das ich schreiben kann: *Kolobom*.

«Unsere Zeit ist um», sagt die sonore Stimme meiner Therapeutin, ihr Blick fixiert schon eine ganze Weile die Armbanduhr, die vor ihr auf dem Beistelltisch geduldig wartet, dass die Zeit vergeht. Aber ich spreche weiter, als hätte ich sie nicht gehört. Jetzt könnte ich sie auf den Hund in ihrem Garten ansprechen, auf das frische Grab, das in diesem Moment von einem anderen Tier, einem Fuchs, der durch ein Loch in den Maschen des Zauns gekrochen ist, langsam ausgescharrt wird. Ich könnte ihr erzählen, wofür Kitsune, der sitzende Fuchs steht. Aber vielleicht weiß sie das schon.

«Unsere Zeit», wiederholt sie, und ich frage mich, ob ihr meine Geschichte gefallen hat. Draußen wartet wohl schon der oder die Nächste, ich habe die Zeit überzogen, kostbare Zeit. Ich werde eifersüchtig sein, wie jedes Mal, wenn schon jemand anderer wartet. Kostbares Wesen Therapeutin, ich drehe mich zu ihr, sie rückt ihre Brille zurecht, streicht über den Stoff ihrer Bluse, die oberen Knöpfe sind geöffnet, ich würde sie jetzt gern anfassen. Mein Gesicht nah an ihres bringen, mich vorbeugen und meinen Kopf an das Dreieck Haut lehnen, das zwischen dem ersten geschlossenen Blusenknopf und ihrem Hals liegt, die Gesetzmäßigkeit der Distanz, unsere Vereinbarung durchbrechen. Aber ich tue es nicht. Ich frage mich, ob es einen Unterschied macht, eine Frau oder einen Mann zu lieben, ob es irgendetwas verändert, jemanden zu lieben oder nicht. Am Tisch neben mir wartet eine Schachtel Kleenex, das oberste streckt sich mir griffbereit entgegen wie eine weiße Flagge. Draußen vor der Klinik wartet Alen auf mich.

«Hast du Hunger?», hat Alen gefragt, weil ihm nichts Besseres eingefallen ist, um den Moment zu zerstören und mich nach Hause zu schicken. Vielleicht nachdem er mir ein Brot gemacht hat wie einem Kind. Ich kann ihn denken hören. Obwohl er mich diesmal in seine Wohnung mitgenommen, meinem Wunsch nachgegeben hat, macht er einen Schritt zurück.
Alen neigt dazu, sich zu verraten. Wenn er meinen Kopf hält, während wir ficken, verrät er sich, die Vorsicht, mit der er meinen Kopf hält, mein Gesicht berührt. Wir sind einander ebenso nah wie fremd, wir sind eine Unmöglichkeit, und das ist nur ein Teil der Summe der Wahrheit zwischen uns, die keiner verstehen muss, auch wir nicht. Dabei könnte alles einfach sein, wie unser Spiel: zweimal blinzeln und die Ampel springt auf Grün, Finger kreuzen und die Ampel springt auf Rot.
Alen hustet im Badezimmer, dann höre ich das Wasser der Dusche laufen, vielleicht zieht er Grimassen, zeigt seinem Spiegelbild die Zähne, eine Gewohnheit, die ich an ihm beobachtet habe. Ich stehe am Fenster, vor seinem Schreibtisch, berühre die Seiten, die ich nicht lesen soll. Vor mir liegen drei Stapel Papier, von je zwei Gummibändern zusammengehalten, fein säuberlich, Kante an Kante, begraben unter unzähligen vollgekritzelten Karteikarten. Einer der Stapel ist mit einem X markiert. Ich ziehe eine beliebige Karteikarte, lese: *Vielleicht sind wir nicht wirklich hier, sind nur Moleküle, die sich irgendwo neu zusammensetzen, vielleicht wachen wir jedes Mal in einem anderen Universum auf, am falschen Ort zur falschen Zeit.*
Auf dem Schreibtisch steht ein altes Foto von Darko und Zeno, die Konturen ihrer Gesichter sind noch weich, Kindergesichter sollten offen und neugierig in die Welt blicken, aber Darkos Ausdruck ist der, den ich an ihm kenne, verschlossen, in sich gekehrt. Seine dunklen Augen, die denen seines Vaters so ähnlich sind, scheinen eine Frage zu stellen, die ich nicht beantworten kann. Und Zeno ist Zeno, er hat seinen Arm um ihn ge-

legt, macht grinsend ein Victory-Zeichen hinter Darkos Kopf. Vielleicht ist alles, was ich in ihren Gesichtern zu erkennen glaube, die Nähe, die Verbindung zwischen ihnen, gar nicht da. Nichts weiter als meine Projektion.

Das Haus gegenüber wird durch eine exakte Diagonale aus Licht und Schatten geteilt. Der Geruch von Fett und Hühnchen zieht aus dem Hof zu mir herauf, erinnert meinen Körper daran, dass ich tatsächlich hungrig bin. Mein Spiegelbild im gekippten Fenster neigt sich mir entgegen, ich sehe mir zu, wie ich an meiner Achselhöhle schnuppere, die klebrig vor Schweiß ist. Der Geruch erinnert an Suppenwürfel, ist vertraut, beruhigend. Ich kontrolliere meine Gerüche regelmäßig, auch die Feuchtigkeit, die sich in meinem Slip sammelt. Dort, wo der Stoff doppelt ist, finde ich eine getrocknete Spur. Ich könnte mich an Alens Schreibtisch setzen, die Beine übereinanderschlagen und es machen, wie ich es immer mache. Es ist einfach, eine Anspannung der Muskeln, Druck und Reibung der Schenkel. So kann ich es überall machen, ich brauche meine Hände dazu nicht. Im Bus, in der Klasse, mitten im Unterricht, egal wo, man wird mir nichts anmerken. Allenfalls eine Röte, die über meine Wangen kriecht, ein Flattern der Augenlider, kurz bevor ich lautlos komme.
Sonnenlicht blendet mich, hat es herunter in die Höhle des Lichthofs geschafft. Die Reflexion in einer Balkontür, die sich gegenüber öffnet, eine Frau tritt ins Freie hinaus, zündet sich eine Zigarette an. Vorhin, in ihrer Küche, hinter ihrer blankpolierten Glastür, hat sie einem Supermarkt-Hühnchen den kleinen Beutel Innereien aus dem Leib gezogen. Herz, Nieren, Magen, Gurgel liegen jetzt in der Spüle, über der sie sich die Fingernägel sauber geschrubbt hat. Ich glaube, die Frau sieht direkt zu mir herüber, während ich mit der Fingerkuppe das X nachzeichne und beschließe, den Stapel mit dem X mitzuneh-

men. Als ich alle Karteikarten fein säuberlich zurück an ihren Platz gelegt und den Stapel Papier in meiner Tasche verstaut habe, steht Alen im Türrahmen und katapultiert uns mit einem knappen Satz in die Szene einer Vorabendserie, die Wiederholung von letzter Woche, in eine lange Stille kurz vor dem Schnitt.

«Vielleicht sollten wir uns nicht mehr sehen.»

«Vielleicht», höre ich mich antworten, während ich zurückspule, auf Anfang, und Alen erneut im Türrahmen steht. Wir sollten darüber lachen, wie wir einander peinlich berührt gegenüberstehen, nichts zu sagen wissen, als wären wir Fremde, die sich in der U-Bahn, im Vorbeigehen, auf einem öffentlichen Platz unabsichtlich berührt haben. Alen kann es nicht aussprechen. Er sieht mich lange an, aus dem Hof kommt das Klirren von Glas, ein Scherbenregen, der nicht aufhören will, und ich will nicht hören, dass er sagt, ich soll das Manuskript an seinen Platz auf dem Schreibtisch zurücklegen. Ein andermal wird er es mir zu lesen geben, er verspricht es, und ich weiß, dass dieses andere Mal nicht kommen wird. Aber ich bin ein gutes Mädchen und ziehe den Packen Papier wieder aus meiner Tasche. Da ist ein Lächeln auf meinem Gesicht, als ich die Flügel des Fensters öffne und Seite für Seite hinunter in den Hof segeln lasse.

Als ich Alens Wohnung verlasse, weiß ich schon, dass da einer ist, der mir folgt. Einer, der mir seit Tagen und Wochen folgt und dabei überzeugt ist, dass er unauffällig vorgeht, geschickt, aber er ist zu dicht an mir, zu verbissen, zu ungeduldig. Einer mehr, der nicht aus seiner Haut kann. Zeno ist eben Zeno. Ich beschließe, mich in ein Café unweit von Alens Wohnung zu setzen, bevor ich Zeno spazierenführe, meinen Streifzug durch die Stadt beginne. Der hintere Bereich des Cafés ist mit einer Kordel abgesperrt, ich muss an einem der Tische direkt hinter der

Scheibe Platz nehmen. Mein Blick streift den überfüllten Garten, ich bin der einzige Gast, der drinnen Platz genommen hat, es ist ein sonniger Tag. Das Licht, das von draußen hereinfällt, schmerzt in meinen Augen, ich nehme meine Sonnenbrille nicht ab. Das Mobiliar ist staubig, ein Ventilator kämpft ratternd gegen die Hitze, der Kellner schwitzt hinter der Theke, arrangiert volle Gläser und Tassen auf einem Tablett. Draußen lacht eine Frau laut auf, ihr Lachen ist schrill, flattert hoch wie eine Taube, der man am liebsten den Hals umdrehen würde. Zeno hat Recht, der Sommer ist ein Arschloch. Zenos Wut ist mir vertraut, an der Straßenecke, die ich von meinem Platz aus nicht einsehen kann, tigert er auf und ab, hantiert nervös mit seinem Telefon. Keine eingehenden Anrufe, keine Nachrichten, die ihn erlösen. Ich weiß, er wird warten, und ich lasse mir Zeit.

Alen ist nicht wütend geworden, er hat gelacht, als ich die Manuskriptseiten in den Hof geworfen habe. Er hat gefragt, ob er mir helfen soll, und ich wollte ihm dieses Lachen aus dem Gesicht schütteln, als ich auf das Foto gedeutet und den Namen ausgesprochen habe, den er mir gegenüber nie genannt hat.
«Darko war ein hübsches Kind.» Ich habe Alen angesehen, ohne eine Miene zu verziehen, habe zugehört, wie er seine Fragen wiederholt hat, erst langsamer, dann lauter. *Vielleicht sind wir nicht wirklich hier, sind nur Moleküle, die sich irgendwo neu zusammensetzen*.
Der Kellner, der vorhin zusammen mit meiner Bestellung die Rechnung gebracht hat, ist mit der Kaffeemaschine beschäftigt. Statt eines Geldscheins klemme ich Kitsune, den sitzenden Fuchs, auf dem kleinen Silbertablett unter der Rechnung fest und verlasse das Café, ohne mich noch einmal umzusehen.

Fang am Anfang an. Wenn es eine Antwort, eine Ordnung der Dinge gibt, kann sie überall beginnen, wo ich mein X setze, an einem beliebigen Punkt dieser Stadt, wie das X auf der ersten Seite von Alens Manuskript, dessen Blätter immer noch zwischen den Blumenbeeten, auf dem schmalen Streifen Grün, den Mülltonnen, über den gesamten Hof verstreut liegen müssen.

Meine Streifzüge durch die Stadt habe ich immer schon gemacht. Lange bevor Alen mich auf seinen Runden mitgenommen und Zeno es sich zur Angewohnheit gemacht hat, mir zu folgen, habe ich die Zeichen gezählt und gesammelt, jeden Tag neue Worte und Schriftzüge. Manche überdauern eine Weile, andere sind am nächsten Tag verschwunden. Sie sind überall, manche versteckt, andere offensichtlich, an den Hausmauern, auf dem Asphalt, an den Straßenecken, ungeachtet der vorhandenen Leitsysteme und Regeln. Mit der Kamera meines Vaters halte ich sie fest. Letzten Sommer habe ich die Kamera zusammen mit den Notizen meines Vaters auf dem Dachboden gefunden, der einzige Ort in unserem Haus, wo ich Ruhe habe. Vaters Notizen begleiten mich wie ein Talisman oder eine Karte, die ich nicht lesen kann.

Die fixe Vorstellung will mir nicht aus dem Sinn, dass die Aufzeichnungen meines Vaters eine Summe, einen Sinn ergeben, mir Antworten geben könnten, obwohl es nur eine Sammlung von losen, undatierten Blättern ist. Alen hätte ich die Notizen gegeben, vielleicht im Tausch gegen seine. Aber Alen weiß, der Trick ist, nicht zu fragen, nur zu reagieren.

Alle Dinge, die ich festhalten will, geraten durcheinander, in meinem Kopf wie hier draußen, in der Realität sind es immer die Details, die mich ablenken. Wie dieses Paar ausgetretener Ballerinas an der Straßenecke, die aussehen, als hätte sie jemand einen Augenblick zuvor abgestreift, um gleich wieder hineinzuschlüpfen, oder als hätten sie sich allein auf den Weg gemacht. Und immer wieder fange ich am Anfang an, folge den Zeichen, als wollte ich die Stadt neu buchstabieren, wie die Notizen meines Vaters meine Geschichte neu buchstabieren könnten. Vielleicht haben mich die Notizen meines Vater zu Alen geführt.

Ich muss mich nicht umdrehen, ich weiß, Zeno ist ein braver Junge, ich bin mir sicher, dass er mir folgt. Mein Spiegelbild in einer Eingangstür lässt mich halt machen. Wieviel Zeit ist vergangen, seit ich das Café verlassen habe? Die Tür gibt einen Spaltbreit den Blick in einen rot-schwarz gekachelten Raum voller Spielautomaten frei. Knapp neben der Tür stehen drei Stühle an die Mauer gelehnt. Ich stelle mir vor, dass sie jeden Morgen in einer anderen Formation zusammenstehen, Füße nach oben oder mit der Lehne gegen die Mauer gekippt, dann wieder nur in Reih und Glied, wie Gäste, die zu spät oder zu früh gekommen sind, und sich von den Strapazen der letzten Nacht an der frischen Luft erholen. Alen würde sagen, mit diesem beinahe unschuldigen Ausdruck, den nur Gegenstände haben können.
Im Spalt hinter der Tür blinken Neonlichter, überschlägt sich das nervöse Klickern und Klingeln der Automaten, da sind die Spieler, die auf das erlösende Geprassel von Münzen warten. Die Tür schwingt auf, einer verlässt die Halle. Auf den Screens, die an der Decke angebracht sind, erscheinen und verschwinden Wettergebnisse. Bis auf einen einzigen Monitor, auf dem ein gelber Anglerfisch in einem Korallenriff fast regungslos auf Beute lauert, dabei nur ab und zu träge seine Flossen bewegt. Ich beobachte den Fisch auf dem Monitor, warte darauf, dass etwas passiert. Ein Mann steht mit dem Rücken zu mir, er schlägt wütend mit der Faust gegen das Glas eines Automaten, ich stelle mir vor, wie auf dem Monitor vor ihm ein Planet explodiert. Ein anderer streift beim Betreten der Spielhalle meine Schulter, durchbricht die unsichtbare Grenze zwischen den Körpern, die Gesetzmäßigkeit des Abstands. Die Tür fällt hinter

ihm zu, das Licht, die Geräusche, die rotierenden Symbole, Planeten und Verlierer entziehen sich wieder meinem Blick.
Ich zögere einen Moment, dann nehme ich meine Sonnenbrille ab und betrete die Halle. Als ich den Raum durchquere, wird es stiller, folgen mir Blicke, verstummen Gespräche. Oder kommt es mir nur so vor? Wie jeden Tag trage ich einen Gürtel meines Vaters und ein Paar seiner Schuhe, deren Spitzen ich betrachte, während ich meine Schritte in die Stille setze. Es ist, als würde ich mich selbst beobachten, als wären die Blicke der anderen meine eigenen. Das Gemurmel setzt wieder ein, als hätte es nie aufgehört.
Ich frage mich, was Stille bedeutet, der Lärm danach oder das Schweigen zwischen Alen und mir. Er hat gesagt, wir haben ein Abkommen mit dem Zufall. Dass ich Darkos Namen ausgesprochen habe, war kein Zufall. Dieses Kribbeln vor dem Moment, wenn du genau weißt, dass du eine Handlung setzt, die nicht umkehrbar, die unverzeihlich ist. Und einfach so, tust du es.

Niemand hat mich nach meinem Ausweis gefragt, wahrscheinlich ist es ihnen gleich. Der Kellner reicht mir die Cola, die ich bestellt habe. Die großen Scheiben der Spielhalle sind mit Klebefolie vor den Blicken der Passanten abgeschirmt. Dort draußen wartet Zeno, starrt in den schwarzen Spiegel der Folie, betrachtet sich selbst, überlegt, ob er die Verfolgung für heute abbrechen soll. Noch will ich nicht gehen, und weil ich nichts anderes zu tun weiß, stelle ich mich an einen der Automaten, sehe zu, wie die Symbole zu rotieren beginnen, spüre die Blicke in meinem Rücken. Es ist mir gleich, ob ich gewinne, ich werde nicht lange bleiben, denke ich noch, als ein Symbol nach dem anderen einrastet und die Münzen in die Ablage zu prasseln beginnen.

«Wenn du am nächsten Tag weitertrinkst, bist du unsterblich, verstehst du das, Mädchen? Unsterblich.» Der Alte an der Bar neben mir kichert, ich nehme einen Schluck von meiner Cola, sehe den Eiswürfeln beim Schmelzen zu. Am anderen Ende der Bar sitzt einer, der meine Aufmerksamkeit auf sich zieht, weil mir sein Gesicht bekannt vorkommt, aber ich kann es nicht zuordnen, wie ich auch sein Alter nicht schätzen kann. Einen Moment sieht er aus wie ein Junge, der den Anzug seines Vaters angezogen, sich verkleidet hat, ein feines Gesicht mit klaren Zügen, langen dunklen Wimpern. Im nächsten Moment wirkt er Jahre älter, sein Schädel etwas zu knochig, die Haut wächsern. Er ist schön, aber seine hellen Augen sind ohne Ausdruck. Auch wenn er nicht zu mir herübersieht, bin ich mir sicher, dass er mich schon eine ganze Weile beobachtet und zuhört, wie der Alte mir Geschichten aus seinem Leben erzählt, während der Kellner hinter der Bar mit einer Fliege beschäftigt ist, die er unter einem gestürzten Glas gefangen hat. «Unsterblich», wiederholt der Alte.

Der Junge grinst vor sich hin, schüttelt den Kopf. Unsere Blicke begegnen einander für einen Moment. Er streicht sich eine dunkelblonde Strähne aus der Stirn, wendet sich wieder der Pyramide aus Bierdeckeln zu, an der er schon eine ganze Weile zu basteln scheint, konzentriert setzt er ein Stockwerk auf das andere. Die Uhr oberhalb der Bar bewegt ihre Zeiger nicht, und ich frage mich, wie spät es ist und wann oder ob sie hier jemals schließen.

«Unsterblich, hab ich recht», sagt der Alte zum Kellner, der, statt zu antworten, Reiniger auf die Ablage sprüht und beginnt, den Tresen zu polieren. Das Kartenhaus des Jungen ist jetzt fertig, es zittert.

Als der Junge dem Alten, dem Unsterblichen, dessen Kopf endlich auf die Arme gesunken ist, der im nächsten Augenblick leise zu schnarchen begonnen hat, auf dem Weg zur Toilette die

Brieftasche aus der Jacke zieht, begegnen sich unsere Blicke ein zweites Mal. Auf dem Rückweg lässt er die Brieftasche wieder an ihren Platz zurück gleiten, ohne dass der Alte oder der Kellner etwas bemerken. Mir drückt er einen zu einem glatten Briefchen gefalteten Schein in die Hand, ein perfektes Quadrat, seine Hand fühlt sich zart an, als sie meine berührt.
Ein Dieb erkennt den anderen. Kommt er mir deswegen vertraut vor? Ich muss an den Kaufhausdetektiv denken, der sich nervös räuspert, als ich meinen Satz aufsage: «Ich bin Halbwaise.» Ein Satz reicht, und die Leute sehen dich anders an, ein Satz zeichnet alles weich, kippt die Stimmung, meist zu meinen Gunsten. Verständnisvolles Nicken begleitet mich durch alle Stunden, Tage, Jahre.

Der Junge lässt einen zweiten Schein an der Bar. Er nickt dem Kellner zu, der nicht in seine Richtung sieht, dann verlässt er federnden Schrittes das Lokal. Gleich darauf zahle ich, trete vor die Tür und ins Licht, ohne nachzudenken. Licht bedeutet Schmerz, bedeutet, dass ich meine Sonnenbrille am Tresen liegengelassen habe. Der Junge ist verschwunden.
Die Tür fällt langsam und mit einem schwerfälligen Schmatzen hinter mir ins Schloss. Ich falte den Geldschein, den er mir zugesteckt hat, auseinander, das Licht schmerzt, Linien, Muster und Zahlen verschwimmen ineinander. Links oben auf dem Schein ist ein X, das jemand mit Kugelschreiber daraufgekritzelt hat. Zeno ist nirgendwo zu sehen, aber ich bin mir sicher, er ist immer noch da. Ich mache noch einmal kehrt, um meine Sonnenbrille zu holen.

Einen Moment glaube ich, Alens Wagen zu erkennen, er fährt neben mir im Schritttempo, aber es ist ein fremdes Gesicht, das mir der Fahrer zuwendet. Die Straße vor mir ist eine scheinbar endlose Gerade. Der Platz vor dem Supermarkt ist leergefegt, ein paar Jungs spielen Fußball mit einer blauen Plastikflasche, die über den Asphalt poltert. Das Logo der Supermarktkette dreht sich hoch über dem leeren Parkplatz wie ein Ufo, ein Fremdkörper, der in den Himmel geätzt worden ist. Es gibt immer nur das eine oder das andere, Schönheit oder Hässlichkeit, nichts dazwischen. Die Stadt schwitzt aus den Rissen im Asphalt, die sich geöffnet haben wie Poren, die Hitze ist eine Bewegung, eine Welle, die Luft ein stetes Flimmern. Es fühlt sich an, als würde meine Haut trocknen, zusammenschrumpfen, der Asphalt unter meinen Füßen weich und nachgiebig werden.

Wie lange bin ich gelaufen? Die Gegend ist mir fremd, kein Mensch unterwegs, eine vierspurige Straße, Autos rasen vorbei. Ich gebe der Erschöpfung nach und mache mich genau dort, wo ich stehe, mitten auf dem Gehweg, auf dem warmen Asphalt lang, schließe die Augen, Rot, Rot, Rot.

«Mara.»

Meine Augen sind fest geschlossen. Hinter meinen Lidern ist alles gut, alles ruhig, hier im Rot bin ich sicher.

«Mara.»

Als ich die Augen wieder aufmache, erkenne ich im Schatten über mir eine vertraute Gestalt. Zeno. Wenn du etwas sagen willst, fang am Anfang an.

VII. NIKO

Seit ich krankgeschrieben bin, habe ich viel Zeit zu lesen. Heute Morgen bin ich auf einen Zeitungsartikel über *selektive Wahrnehmung* gestoßen. Jetzt weiß ich, dass wir filtern, was wir hören und sehen, was wir wollen. Wie ein neues Wort, das, eben erst gelernt, einem plötzlich überall zu begegnen scheint.
Ich musste augenblicklich an den Jungen denken, dessen Namen ich immer wieder vergesse. Der Junge, der mir folgt, der plötzlich auftaucht und wieder verschwindet.

Im Sommer ist es ruhig in der Halle, diese Stille habe ich gesucht. Die letzte Schwimmerin beendet eine Bahn, zieht sich aus dem Wasser und verlässt das Becken. Der Junge steht hinter dem bläulich getönten Glas der Halle, hinter ihm schaukeln Bäume im Wind wie gigantische Wasserpflanzen. Er hat eine Hand gegen das Glas gepresst, eine Zigarette in der anderen, von hier drinnen sieht es aus, als könne er in dieser Unterwasserwelt atmen, rauchen sogar. Ich weiß nicht, wie lange er mich schon beobachtet. Ich weiß nicht, warum ich immer wieder seinen Namen vergesse.

In den letzten Wochen ist die Hitze in der Stadt unerträglich geworden. Sascha ist mit dem Kleinen aufs Land geflüchtet, und ich habe mich tags darauf ohne ihr Wissen krankschreiben lassen. Sie sind seit einer Woche weg, wir telefonieren ab und zu, ob alles in Ordnung ist, die Wohnung fühlt sich fremd an ohne sie. Obwohl ich mich nach Stille sehne, habe ich kein Talent, allein zu sein, die Gesellschaft des Jungen lenkt mich ab, tut mir gut. Ich sehe seine zitternde Silhouette an der Wasseroberfläche, Chlor brennt in meinen Augen. Er sagt etwas, aber ich höre ihn erst, als ich auftauche. Ich weiß, er mag das Wasser auf seiner Haut nicht, also wartet er. Mit hochgekrempelten Hosenbeinen in zu großen Plastikschuhen mit dem Logo des Hallenbads steht er da, in Hemd und Anzug, die Hände in den Hosentaschen, er summt vor sich hin, wie er es immer tut. Ich frage nicht nach, wie er es geregelt hat, dass man ihn noch hereingelassen hat, es ist kurz vor Badeschluss. Alles scheint einfach für ihn, vielleicht ist es sein jungenhaftes Lachen, sein direkter Blick, dem man nicht ausweichen kann. Sein Gesicht ist glatt und makellos, man sieht ihm nicht an, was für ein Leben er geführt hat. Der Bademeister steht in seiner Glasbox, von der aus er die Becken überblickt, der Junge hebt die Hand. Der Bademeister erwidert seinen Gruß nicht, fischt einen Schlüssel von der Wand und verschwindet durch die hintere Tür seiner Kabine.

Seit Sascha weggefahren ist, verkrieche ich mich in der Wohnung, lasse alle Jalousien herunter, sperre den Tag und die Hitze aus und komme gegen Abend zum Schwimmen hierher. Die Meldungen in der Tageszeitung, die zuverlässig jeden Morgen auf der Fußmatte vor der Wohnungstür liegt, scheinen unwirklich. Jeden Tag wartet der Junge auf mich, und wir essen zusammen zu Abend.

Der Junge läuft am Beckenrand, zwischen den Pfützen, die sich auf den Fliesen gebildet haben, auf und ab, grinst sein schiefes, nervöses Lächeln, zeigt die obere Reihe seiner perfekt geraden, weißen Zähne, die alle falsch sind, alle überkront. Er hat mir von den endlosen Sitzungen bei seinem Zahnarzt erzählt, von seinen Entzügen, die er seine *Rekonstruktion* nennt. Er scheint einen unerschöpflichen Vorrat an Geschichten zu haben, in denen kein roter Faden zu finden ist, als würde man durch Nahaufnahmen eines Ganzen blättern, deren Reihenfolge vertauscht ist. Und ich bin der, der zuhört.

«Komm rein», sage ich, er schüttelt den Kopf. Er patscht mit den Plastikschuhen in eine Chlorpfütze, und ich tauche ab, lasse mich langsam zu Boden sinken, wie ich es als Kind gemacht habe, werde ein Stein. Der Junge macht einen Schritt vorwärts und sieht hinunter zu mir, auf den Boden des Beckens, wo ich mich hinsetze, ich sehe ihn durch das Wasser, Luftblasen steigen auf. Eigentlich weiß ich nichts über ihn, und ich habe nicht vor, Fragen zu stellen.
Hier, im Rückzug von den Geräuschen, den Gesprächen und offenen Fragen, dem Lärm der Stadtmaschine, ist der einzige Ort, an dem mein Kopf Ruhe gibt. Der Junge sieht immer noch hinunter zu mir, er beugt sich nach vorne und ist im nächsten Moment verschwunden. Als ich mich gerade vom Boden abstoßen will, lässt er sich ins Schwimmbecken fallen, in seinen Kleidern, die sich mit Wasser vollsaugen und aufblähen. Sein Körper sinkt langsam zu mir herab, wir berühren uns für einen Moment, dann tauche ich auf, schnappe nach Luft. Ich bin allein im Becken. Der Junge wartet immer noch am Beckenrand, steht in trockenen Kleidern an den Handlauf gelehnt.

Der Junge hätte mich fragen können, aber er fischt sich einfach ein Stück Fleisch von meinem Teller. Ehe er es aufspießen kann, rutscht es zweimal von seiner Gabel, die quietschend über das Porzellan fährt, schließlich hilft er mit den Fingern nach. Auf dem Tellerrand bleibt ein Fettfleck zurück. Ich sehe ihm schon eine Weile zu, wie er das Essen gierig hinunterschlingt.
«Da war ein Pony», sagt der Junge mit vollem Mund.
Ich nicke abwesend, er sieht mich mit leicht zusammengekniffenen Augen an, als wäre er sich sicher, dass ich ihm nicht zugehört habe.
«Heute Morgen an der Bushaltestelle. Ein Pony.»
Der Junge nickt heftig, kreuzt seine fettglänzenden Finger über seiner Brust, als könne er seiner Aussage so mehr Gewicht ver-

leihen, eine kindliche Geste. Er fixiert mich, blau oder grau, seine Augen scheinen zwischen den beiden Farben zu changieren. Um die Pupillen liegt der exakte weiße Kreis. Das dunkelblonde Haar hat er vor ein paar Tagen kurz geschoren, es lässt sein fein geschnittenes Gesicht weniger mädchenhaft, markanter, erwachsener wirken. Ich werfe einen Blick auf die Uhr, die mir sagt, dass ich nach Hause gehen sollte. Ich fange den Blick der Kellnerin auf, der ihre Hoffnung verrät, dass der Junge und ich die letzten Gäste sein könnten. Der Junge hat das Café und den Platz ausgesucht, eine rote Sitzbank direkt am Fenster. Hinter dem Glas leuchtet ein Neonschild, das A darauf flackert nervös, erlischt für Sekundenbruchteile.

Wir sitzen gegenüber der Bar, auf dem mit durchsichtiger Plastikfolie bezogenen Tischchen stehen die Teller, Kaffeetassen und Gläser zwischen uns wie Schachfiguren. Der Junge bemüht sich, meine Aufmerksamkeit, meinen Blick festzuhalten. Er gestikuliert, rutscht auf seinem Platz hin und her, als wisse er nicht, was er mit seiner Energie anfangen soll. Er hat mir erzählt, wie unglaublich intensiv alles schmeckt, riecht, sich anfühlt, seit er clean ist, alles an den Grenzen der Erträglichkeit. Ich frage mich nicht, ob er lügt, es ist mir gleich. Aber ich glaube zu sehen, dass er sich seit dem ersten Mal, als wir uns begegnet sind, verändert hat. Die Gier, mit der er das Essen in sich hineinschaufelt, der Ausdruck, mit dem er alles ansieht, als würde er es zum ersten Mal sehen.

Die Kellnerin wedelt mit einer Fernbedienung über ihrem Kopf, zielt immer wieder auf den großen Monitor an der Wand, auf dem der Stand-by-Knopf nervöse Morsezeichen blinkt. Ein Bild erscheint und verschwindet wieder, der plötzlich einsetzende, sehr laut gestellte Ton, eine tiefe Männerstimme, lässt mich zusammenzucken. Dem Jungen scheint die Lautstärke nichts auszumachen, er redet weiter.

«Exakt 5 Uhr 55. Keiner auf der Straße, nur das Pony und ich.

Das Pony war mit einem Stück Wäscheleine an das Häuschen der Haltestelle gebunden. Ein graues Pony. Hellgrau. Kleine dunkle Punkte im Fell …»

Ein Nachrichtensprecher blickt mit ernster Miene aus dem Monitor auf uns herunter, sortiert dabei beiläufig seine Unterlagen. Die eingeblendete Tagesmeldung wird durch eine neue ersetzt. «Aus einem Riss im Asphalt sind ein paar Grasbüschel gewachsen. Ich hab mir gedacht, ja verdammt, die Natur setzt sich durch …»

Das Bild wechselt abrupt auf ein Musikvideo aus den Neunzigern, Splitscreen, im Rhythmus klatschende Frauenhände. Der Tonregler leuchtet auf dem Monitor auf, ein grüner Balken fährt von rechts nach links, die Musik verebbt. Die Kellnerin lässt die Fernbedienung sinken und beginnt mit routinierten Handgriffen, Besteck in Servietten zu wickeln.

«Das Pony hat begonnen, Gras zu fressen, hat ein bisschen mit den Ohren gewackelt. Ich hab überlegt, ob das ein Zeichen ist, also, ob ich es anfassen soll …»

Hinter dem Tresen steht ein Vogelkäfig, in dem zwei Wellensittiche von rechts nach links hüpfen. Seit das Musikvideo läuft, geben sie in regelmäßigen Abständen hohe Kiekser von sich.

«Dann ist der Bus gekommen, wie immer, nur pünktlich diesmal, rechts rangefahren, Türen auf …»

Eine kleine Discokugel, die mir schon beim Betreten des Lokals wie ein X, ein Treffer in einem Zehn-Fehler-Suchbild vorgekommen ist, hängt in der Mitte des Raums über unseren Köpfen, ohne sich zu drehen.

«Der Busfahrer sitzt also hinter dem Lenkrad, ganz normal, typische Busfahrerhaltung, Oberkörper leicht zusammengesackt, gelangweilt, den Blick starr geradeaus …»

Das Glas vor mir ist leer. Ich habe Durst, aber die Kellnerin beachtet uns nicht mehr. Sie stapelt das Besteck im Serviettenschlafrock zu einer Pyramide, konzentriert, tief atmend.

«Die Türen gehen also auf. Eine einzige Frau sitzt im Bus. Sieht ein bisschen fertig aus. Verschwollene Augen. Ist ja auch früh. Starrt mich und das Pony an. Ich könnte einfach einsteigen. Aber ich kann das Pony nicht alleinlassen.»
Die Kellnerin hält mit der Hand ganz oben auf der Besteckpyramide inne, den kleinen Finger abgespreizt. Ihr Blick ist nach oben, auf den Monitor gerichtet. Wann hat sie den Sender gewechselt? Das Fernsehbild zeigt den Golfplatz, die Position des unbekannten Heckenschützen. Seine Treffer sind in der Infografik über dem Bild mit einem roten X markiert. Während eine Psychologin über das Täterprofil spricht, stelle ich mir vor, wie das Pony den Kopf hebt und den Jungen ansieht. Das rechte Auge des Ponys tränt ein bisschen, im Augenwinkel hat sich eine zähe gelbliche Flüssigkeit gesammelt. Gras hängt ihm aus dem Maul. Das Glöckchen im Vogelkäfig schrillt, der Junge gestikuliert ins Leere, die Gabel in seiner Rechten beschreibt einen kleinen Kreis. Er schließt seine Augen für ein paar Sekunden, als würde er träumen.
Ich weiß nicht, wer von uns zuletzt gesprochen hat, der Junge oder ich. Im nächsten Moment nickt er zustimmend, als hätte ich etwas gesagt.

Ich habe mich aus allem ausgeklinkt, weder an meine Arbeit gedacht noch an Alen. Wir haben einander versprochen, uns wieder häufiger zu sehen, zumindest regelmäßig zu telefonieren, aber seit unserem letzten Treffen habe ich weder von ihm gehört noch versucht, ihn zu erreichen. Und ich weiß nicht, warum ich mit diesem Jungen hier sitze, aber es ist gut wegzutauchen, nicht nachzudenken. Ich habe mein Essen kaum angerührt, dem Jungen nur zugesehen, wie er, ohne zu zögern, erst seinen und dann meinen Teller leer geschaufelt hat.

Der letzte Tag, bevor ich mich habe krankschreiben lassen, war kein besonderer Tag. Die Routine auf der Wache, kurz vor Dienstschluss der Anruf einer Frau. Ich erinnere mich an ihre nervöse, kratzige Stimme am Telefon, wir würden vorbeikommen. Die Frau, die uns ihre Wohnungstür öffnete, war bemüht freundlich. Der skeptische Blick, mit dem sie uns musterte, verriet, dass sie zweifelte, ob es eine gute Idee gewesen war, uns zu rufen.

Während sie sprach, kaute sie abwesend an ihrem Daumennagel, von dessen Rand schon ein bisschen roter Nagellack abgeblättert war. Als sie meinen Blick bemerkte, fuhr sie sich mit einer verlegenen Geste über den Nacken, versteckte die Hand dann für einen Moment hinter ihrem Rücken.

«Jeden Tag ist er da, wenn ich von der Arbeit komme, wenn ich das Haus verlasse, wenn ich koche, wenn ich telefoniere, ich ziehe die Vorhänge zu, wenn ich sie wieder öffne, ist er da.»

Am Fenster gegenüber, auf der anderen Straßenseite, ein Stück nach hinten, in den Schutz des Zimmers versetzt, konnte man tatsächlich den Mann erkennen, von dem sie gesprochen hatte. Ihr verzweifelter Blick gab mir das Gefühl, augenblicklich etwas tun zu müssen, und ich kritzelte etwas in meinen Block, das nichts mit ihrer Aussage zu tun hatte, das keinen Sinn ergab, das Wort *Mitwirkende*. Ich unterstrich es zwei Mal.

«Jeden Tag seit einer Woche.»

Ich hob aus einem Impuls heraus den Arm, um dem Unbekannten gegenüber zu winken. Die Frau zog mit einem Ruck die Vorhänge zu, sie waren sehr dünn, in hellem Blau. Wenn man genau hinsah, war die Silhouette des Mannes auf der anderen Seite immer noch zu sehen.

Die Klingel gab nicht mehr als ein leises Ächzen von sich, wir klopften erst, dann trommelten wir gegen die Tür. Ein Kollege, der bei der Frau auf der anderen Seite gewartet hatte, bestätigte, dass der Mann immer noch am Fenster stehe. Ich erinnere mich an das Geräusch der Eingangstür, die mit einem sanften Klick nachgab. Die Wohnung war schlicht eingerichtet, Variationen von Braun- und Beigetönen. Alle Fenster waren weit geöffnet. Der Mann hatte im Wohnzimmer auf uns gewartet. Die Deckenlampe schaukelte leicht unter seinem Gewicht, seine Füße schwebten nur eine Handbreit über dem Boden, als wäre er dabei, eine Übung in Schwerelosigkeit zu absolvieren. Die Wäscheleine, die sein Gewicht trug, teilte sich den Haken mit der Deckenlampe. Mein Blick fiel auf ein Bild an der Wand, gegenüber dem offenen Fenster. Hobbymalerei, ein Aquarell, eine verlassene Strandszenerie in gedeckten Farben, die den Strand in eine unwirkliche Mondlandschaft verwandelten. Ich machte einen Schritt auf das Bild zu, das sich als ein zusammengeklebtes Puzzle entpuppte. Zwischen manchen Teilen quoll cremeweißer Kleber hervor. Ich habe die offenen Fenster geschlossen.

Der Junge scheint immer noch hungrig zu sein. Er hat davon gesprochen, wie unfassbar hungrig er sei, dass er immer weiteressen könne, dass ihn nur das Essen beruhigen würde. Er zieht eine runde dunkellila Frucht aus der Innentasche seines Sakkos, dabei berührt er flüchtig eine kleine schwarze Herrenbrieftasche. Eine Brieftasche aus teurem, weichem Leder. Er hat mir mehr als einmal erzählt, dass er sie dort aufbewahrt, um sich daran zu erinnern, dass er sie gestohlen hat, und dass er andere, schlimmere Dinge getan hat, die er nicht mehr tun wird. Er bewahrt die Brieftasche auf, um sich zu erinnern, dass er nicht mehr stehlen wird. Er wirft die Frucht schnell in die Höhe, fängt sie mit der anderen Hand hinter seinem Rücken. Abgehackte Fernsehgeräusche dringen von der Bar zu uns herüber. Die Kellnerin hat ihren Kampf mit der Fernbedienung wiederaufgenommen und zappt mit einem Ausdruck zwischen

Langeweile und Verzweiflung durch die Kanäle. Das Bild auf dem Monitor wechselt alle paar Sekunden. Die Wellensittiche springen jetzt so verzückt hin und her, dass das Wasser über den Rand der kleinen Plastikwanne schwappt, die an den Gitterstäben des Käfigs befestigt ist.
Der Junge schneidet die Frucht in zwei Hälften, reicht mir eine davon über den Tisch. Saft tropft von der Hälfte und bildet einen hellroten Film auf meinem Teller. Ich habe das Ende seiner Geschichte verpasst, aber ich frage nicht nach. Stattdessen stelle ich mir vor, wie das Pony mit klackernden Hufen eine Straße hinuntertrabt. Es wirft seinen struppigen Schweif hin und her, die Mähne flattert im Wind. Der Junge grinst mich an, als würde er das gleiche Bild sehen. Alex, der Name des Jungen ist Alex.

«Ich wars», sagt Zeno und knallt einen Seesack zwischen den Jungen und mich, mitten auf den Tisch. Das Klappern von Besteck, Metall und Porzellan. Ein Wasserglas kippt um und fällt, aber es zerspringt nicht, rollt einfach über den Boden. Die Kellnerin dreht den Fernseher leiser, starrt, hin- und hergerissen zwischen Neugier und Angst, zu unserem Tisch herüber.
Zenos Auftauchen reißt mich aus meiner Lethargie. Ich will nicht reagieren, will zurück zum Anfang der Woche, hinter meine Jalousien, in die Dunkelheit der Wohnung, unter Wasser.
«Ich wars.» Zeno fixiert mich, den Jungen scheint er gar nicht wahrzunehmen.
«Hörst du, ich wars, Niko», sagt er, «du kannst mich sofort mitnehmen. Jetzt.»
Er zieht ein Gewehr aus dem Seesack.

VIII. MARA

Einen Stock tiefer ist es wieder still geworden, ich lausche, während es langsam auf den Boden der Flasche zu plätschern beginnt, höre dann wieder die Schritte von Mutter, wie sie auf und ab tigert. Die Wände in diesem Haus sind aus Papier, dieses Schere-Stein-Papier-Haus, in dem ich aufgewachsen bin. Ich höre ein Rumpeln, dann wieder Stille. Papier schlägt Stein, denke ich, schüttle die letzten Tropfen aus mir heraus, richte mich auf, ziehe meinen Slip zusammen mit der Hose wieder hoch, mache den Zippverschluss zu und hebe die warme Plastikflasche auf, die ich zur Hälfte gefüllt habe. Unlogisch ist das, Papier schlägt Stein, total unlogisch, ich schraube die Flasche zu, trete hinaus auf den Balkon, der in die Dachschräge geschnitten ist. Der Himmel sieht in der Dämmerung träge aus. Aus einem der vertrockneten Blumentöpfe zwinkert mir ein verblichener Gartenzwerg zu, die Sonne hat sein rechtes Auge aus der Höhle gesogen, nur ein weißer Fleck ist davon übrig. Insekten flattern hektisch um die Lampen auf dem Geländer, kleine schwarze Punkte im Gegenlicht. Ein großer Falter klatscht immer wieder gegen eine der gläsernen Kugeln. Am Ende des Sommers kommen sie zum Sterben ins Haus, auch die Heuschrecken. Als Kind habe ich die filigranen Insektenkörper in Einmachgläsern aufbewahrt und studiert, Körper, die Wochen später bei der kleinsten Berührung zu Staub zerfallen sind.

Langsam heranrollendes Donnern kündigt eines der Flugzeuge an, die im Sommer im Minutentakt starten, das Geräusch kommt näher, geht in ein Dröhnen über. Das Flugzeug zieht eine gerade Linie quer über die Dächer der Häuser, die bald verschwunden sein wird, als würden die Flieger immer neue Grenzen setzen und sie wieder korrigieren.

Macht dieser Lärm dich nicht wahnsinnig?
Als ob ich ihn noch hören würde.
Das Flugzeug ist weiß mit roten Linien an den Flanken. Ich strecke meine Hand nach oben, mache die Finger lang und stelle mir vor, dass ich es berühren und die Landelichter ausknipsen könnte, ich kneife die Augen zusammen, lasse den Flieger in eine Unschärfe rutschen, bis er aus meinem Blickfeld verschwindet.
Meine Fingernägel sind schwarz. Vorhin habe ich das Geld, das ich in der Spielhalle gewonnen habe, in einem der Blumentöpfe vergraben, unter einer Schicht trockener Erde, ich hatte wieder die Geräusche der Spielhalle und das Gesicht des Jungen vor mir. Die Berührung unserer Hände, als er mir den zu einem glatten Briefchen gefalteten Schein zugesteckt hat, das Kugelschreiber-X darauf tief ins Papier gedrückt. Zwischenfälle und Verabredungen mit dem Zufall. Alen. Darko. Man begegnet einander, und wozu ist es gut?

Vielleicht stimmt es doch, Papier schlägt Stein.
Zeno hat eine Weile gebraucht, um zu reagieren, als würden sich seine Moleküle in dem Moment, in dem ich die Augen aufgemacht und ihm geantwortet habe, neu zusammensetzen, am falschen Ort zur falschen Zeit. Wir sind eine Weile nebeneinander hergelaufen, ohne Ziel, schweigend. Der Trick ist, nicht zu fragen, der Trick ist, den anderen am richtigen Punkt anzutippen, die nötige Geduld und den Instinkt dafür zu haben. Es ist wie mit diesem Punkt an einer Glasscheibe. Ein kleiner Stein an der richtigen Stelle, die richtige Intensität des Aufpralls, und die Scheibe zerreißt.
Zeno konnte mich nicht so einfach abschütteln, er sollte zu Ende bringen, was er angefangen hat. Geduldig habe ich zugesehen, wie sich der Schweiß auf seiner Stirn gesammelt, sich über den dichten Brauen gestaut hat, während die Straßenlam-

pen angegangen sind, eine nach der anderen. Zeno hat abrupt haltgemacht, seine Kapuze ist ihm vom Kopf gerutscht, ich konnte die Wunde an seiner Schläfe sehen, die unter einem Stück Mull und Klebestreifen vor sich hin nässte.
Zeno, kennst du das Gefühl, wenn du weißt, dass du kurz davor bist, etwas zu tun, das nicht umkehrbar, das unverzeihlich ist. Kennst du die Schönheit der Stille vor dem Moment, in dem die Ordnung auseinanderbricht, und die Stille danach?

Der nächste Flieger kündigt sich an, jetzt halte ich die Flasche vor mein Gesicht, gegen das Panorama, lasse das Flugzeug in der gelben Flüssigkeit ertrinken. Auf der Straße unter mir ist es ruhig, abends ist hier nichts los, tagsüber nicht viel mehr. Die einzige Attraktion ist die langgezogene Kurve vor unserem Haus, die so schmal ist, dass die Autos nur im Schritttempo aneinander vorbeifahren können oder mit quietschenden Bremsen stoppen müssen. Ich blicke die Häuserreihe entlang, die Vorstadt im Abendlicht, und stelle mir vor, wie das Licht, statt langsam zu verlöschen, erst nur einen Tick heller gedreht wird und dann immer weiter, über die Schmerzgrenze hinweg in ein flirrendes Weiß, das alles überstrahlt.

Zeno, der nicht weiß, wohin, der nicht will, dass ich neben ihm herlaufe, aber auch nicht sagt, dass ich weggehen soll. Zeno, mit seinem Seesack über der Schulter, der bei jedem Schritt gegen seinen Rücken schlägt. Zeno, der sein Spielzeuggewehr herumträgt wie ein zu groß geratenes Kind, das ausgezogen ist, die Welt zu verändern. Zeno, der noch nie mit mir gesprochen hat, steht vor mir und beginnt zu reden, als würde er nicht zu mir, sondern zu sich selbst sprechen. Zeno, der einen Wortschwall ausspuckt.
Dass er alles aufgeschrieben hat, aber dass die Ordnung seiner Listen, Ort, Datum, Uhrzeit, ihm jetzt nicht mehr weiterhilft,

weil jede Liste mit eins beginnt, der verdammt einsamsten Zahl der Welt. Einer, das sei er. Einer, der die Fäden zusammenhalten wollte, aber jetzt wartet da nur noch der Koffer in seinem Zimmer, dass seine Alten diesen Koffer endgültig packen und ihn zurückschicken werden, an einen Ort, der ihn vergessen hat.
Zeno, der mich an den Schultern packt und sagt, dass er alles weiß, über mich, über Alen. Er weiß, dass wir ficken, weil wir Angst haben. Angst davor, sterblich zu sein.

Ein Schatten löst sich aus der Dunkelheit, von der unser Garten langsam verschluckt wird, huscht über die Straße, geschmeidig, lautlos. Es ist der Fuchs, der schon seit Wochen hier umherstreift. Das Tier hält in der Mitte der Fahrbahn inne, lauscht, dann wendet es sich in meine Richtung, als hätte es Witterung aufgenommen. So verharrt es einen Augenblick, es ist, als würde es mich ansehen. Mein Telefon vibriert in meiner Hosentasche, ich zucke zusammen. Als ich wieder hochblicke, sehe ich nur noch den Schatten des Tiers am Ende der Straße verschwinden.

Freundschaft ist kein Zufall. Aber Zeno ist mir nicht gefolgt, weil er Darkos Freund ist, es war Neugierde, Instinkt. Er ist mir gefolgt, weil wir einander ähnlich sind, weil wir unseren eigenen Regeln folgen, weil wir beide wissen, dass Dinge geschehen, ohne einen Sinn oder eine Lösung zu ergeben, dass es kein Abkommen mit dem Zufall gibt, dass sich Türen schließen, ohne dass sich andere öffnen. Wir beide, jeder für sich, versuchen, die Summe der einzelnen Teile zu verstehen, weil die vorhandene Ordnung keinen Sinn ergibt.
Auf der Straße unter mir gehen die Laternen an, eine nach der anderen. Ich höre Mutter das Fenster direkt unter mir öffnen und weiche ein paar Schritte ins Zimmer zurück. Der Dachboden ist ein Labyrinth aus Kisten und Gerümpel, ich taste

nach dem Schalter an der Wand, die Glühbirne an der Decke geht an. Neben der Balkontür lehnt ein halbblinder Spiegel, ich betrachte mich einen Moment, nehme mit beiden Händen meine Haare am Hinterkopf zusammen. Drehe mein Gesicht ins Profil, grinse, blecke die Zähne, versuche, mit der Zunge meine Nasenspitze zu berühren. Ich weiß nie, ob mir gefällt, was ich sehe.

Mein Blick bleibt an einem der Kartons hängen, die sich hinter mir stapeln, jemand hat eine Jahreszahl und einen Buchstaben darauf gekritzelt, ein nach rechts gekipptes B. Ich versuche, den Karton unter den anderen herauszuziehen, ohne alles aus dem Gleichgewicht zu bringen. Er ist schwer, ich ziehe mit aller Kraft, bis er sich endlich bewegt. Ein Karton von weiter oben fällt rumpelnd zu Boden, ich schmecke Staub. Eine gelbe Plastikschnur ist fest um den Deckel gespannt, sie schneidet in meine Haut, aber ich lasse nicht los, bis das Band nachgibt. In meiner rechten Handfläche wird ein roter Striemen davon bleiben.

Ich öffne den Deckel, wühle ungeduldig mit beiden Händen, finde ein paar Schachteln voller Fotografien und Filmnegativrollen. Dann etwas Kühles, Metall. Ein gerahmtes Foto, ich wische mit dem Ärmel Staub vom Glas. Eine Schwarz-weiß-Aufnahme, ich kenne das Bild und weiß nicht, woher.

Meine Mutter liegt in der Badewanne eines Hotelzimmers, die Tür zum Badezimmer ist einen Spalt breit geöffnet, links davon hängt ein Spiegel an der Wand. Das Gesicht meiner Mutter im schmalen Viereck hinter der Tür, eine lange dunkle Haarsträhne hat sich aus dem Knoten in ihrem Nacken gelöst, fällt auf ihre nackte Schulter. Sie blickt direkt in die Kamera. Vater findet man erst auf den zweiten Blick, im Spiegel neben der Badezimmertür. Ungefähr dort, wo er steht, muss das Stativ platziert sein. Der Blick meiner Mutter ist auf den Betrachter, auf mich, gerichtet, aber die Blicke meiner Eltern müssen einander begegnet sein.

Mein Vater, ich weiß nicht genau, wie er es gemacht hat. Ich stelle mir vor, wie er sich das Gewehr zwischen seine Oberschenkel klemmt, den Lauf erst gegen die Stirn drückt, auf der sich ein kreisrunder Abdruck bildet, den Lauf dann in den Mund schiebt, beide Hände am Abzug. Ob es auch davon eine Aufnahme gibt? All seine Notizen, ich habe sie studiert, tagelang und immer wieder, Zeile für Zeile, aber sie bleiben eine Sammlung von Geheimnissen, die nur er allein entschlüsseln könnte. Ein Polyptychon aus Mutter, Vater, Kind, Gewehr, das sich unendlich auffächert. Es ist unmöglich, das ganze Bild zu begreifen.

Mein Finger wandert auf dem Glas über das Gesicht meiner Mutter. Wie aus dem Gesicht geschnitten. Alle, die meine Mutter kennen, sagen das. Was das bedeuten soll, außerdem, es ist nicht wahr. Wenn man genau hinsieht, wenn mal einer genau hinsehen würde, würden sie sehen, dass ich die Züge meines Vaters habe.

Das Gewehr muss hier auf dem Dachboden sein. Heute werde ich nicht aufgeben, heute werde ich so lange suchen, bis ich es finde. Ich lasse das Bild aus meiner Hand zurück in den Karton fallen.

Mutter hämmert mit der Faust gegen die Tür. Sie rüttelt am Knauf. «Mara, mit wem sprichst du, wer ist bei dir?»

Ich presse mir die Hand auf den Mund, unterdrücke ein Lachen. «Ist jemand bei dir, Mara, hörst du? Antworte mir sofort, antworte, antworte, du kleine Schlampe ...»

Sie bricht ab, als hätte sie sich an dem Wort verschluckt, macht eine lange Pause. Ich höre sie schwer atmen, ich warte, ich weiß schon, was jetzt kommt: Ihre Stimme kippt von Wut in Weinerlichkeit. «Bitte, Mara, es tut mir leid, ich brauche dich, mein Kind ...» Die ganze Trickkiste, unser altes Spiel. Mutter wird müde werden, die Treppen zu ihrem Schlafzimmer, zu ihrem Fernseher hinunterpoltern, sich noch eine Flasche Wein aufmachen und dabei etwas davon in der Küche verschütten, wie immer. Sie wird alte Platten auflegen, parallel dazu den Fernseher laufen lassen, den Shoppingkanal oder ihren Fernsehprediger, volle Lautstärke, Sound aus allen Boxen. Mutter wird mitsingen, in einer verrutschten Version unserer Muttersprache, und was bedeutet das eigentlich, *Muttersprache*? Sie wird ihre Zigaretten suchen und toben wie ein Kind dabei, und irgendwann wird sie erschöpft sein und irgendwo im Haus, vielleicht auf dem Teppich vor dem Plattenspieler oder zur Abwechslung in ihrem Bett, einschlafen.

Ihre Schritte entfernen sich, wie erwartet, die Treppe hinunter. Ich gehe hinaus auf den Balkon, atme ein paar Mal ein und aus, hocke mich erst hin und mache mich dann auf dem feuchten, kühlen Steinboden lang, fahre mit den Fingern die Risse darauf nach, die sich jeden Winter tiefer in den Stein fressen, berühre die feuchten Stellen, auf denen Moos wächst. Eine Ameise krabbelt mein rechtes Bein hoch, aber ich schüttle sie nicht ab, ich schließe die Augen. Das nächste Flugzeug donnert heran, mein Atem ist gleichmäßig, ich löse mich von dem Stein unter mir, bin jetzt über dem Balkon und höher, Blick auf das Haus, ich sehe mich dort liegen, die Arme vom Körper abgespreizt, die Fußspitzen leicht nach außen gedreht, den Kopf zur Seite, reglos. Die Aufnahme eines unbekannten Tatorts.

Von oben, weit über der Stadt tauche ich ab in die holzvertäfelten Hobbykeller unter den Einfamilienhäusern und Villen der Vorstadt. *Alles Mitwirkende*. Einen Stock unter mir kratzt eine Nadel über eine Schallplatte, Vaters Notizen verschwimmen in Alens Zeilen, rutschen aus ihren Bedeutungshüllen. *Alles Amateure*. Das Geräusch von Pfoten auf dem noch warmen Asphalt, diesmal bin ich der Fuchs, mein Schatten macht sich im Scheinwerferlicht eines vorbeifahrenden Wagens lang, aber im letzten Moment verschwinde ich, Richtung Stadt, gleite aus dem vorbeistreifenden Licht der Scheinwerfer in den Schutz der Dunkelheit. *Alles Dilettanten*. Zeno, der mir nachläuft, stundenlang. Über mir der rote Stadthimmel, Elektrosmogleuchten, knapp dahinter das All, Dunkelheit.

Ich blinzle, Landelichter ziehen über mir vorbei, blinken rot und weiß. Es ist dunkel geworden, meine Kleider sind feucht, meine Knochen schmerzen, ich richte mich langsam auf, reibe mir Arme und Beine, strecke mich.
Im Haus gegenüber ist eine einzige Fensterfront beleuchtet, die Gardinen sind offen. Eine alte Frau steht vor einer Schrankwand aus dunklem Holz, sie ist nackt, aber das scheint sie nicht zu kümmern. Der Fernseher flimmert, sie steht reglos, in ihrem müden Körper, als wäre sie hypnotisiert vom Geschehen auf dem Monitor. Ich sehe ihr zu, wie sie ihr graues Haar mit einer geschickten Handbewegung im Nacken zu einem Knoten feststeckt, ohne dabei den Blick vom Monitor abzuwenden. Ich will, dass sie zu mir hinübersieht. Irgendwann schlüpft sie in ihre Hausschuhe und verlässt das Zimmer, ohne sich umzusehen, das Fernsehbild flimmert weiter.
Mein Fuß stößt gegen die Plastikflasche, ich bücke mich danach, schraube sie auf und lasse den Inhalt langsam über das Vordach laufen. Wie sich die Flüssigkeit in schmalen Rinnsalen einen Weg zwischen den einzelnen Dachziegeln bahnt, verschiedene Pfade einschlägt, die wieder zusammenfinden, langsam auf die Kante zu, sich zögerlich sammeln, als könne sie sich nicht entscheiden, weiter und über den Rand zu fließen. Auf der Straße fährt ein Rettungswagen vorbei, dicht darauf ein Polizeiwagen. Sie verlangsamen vor der Kurve, nehmen gleich wieder Tempo auf, blaues und rotes Licht wirft Kreise auf den Asphalt und die umliegenden Gebäude, verliert sich wieder.

Zeno hat gesagt, ich soll ihn nicht anfassen, aber gewehrt hat er sich nur einen Moment, dann hat er zugelassen, dass ich meine Arme um ihn lege, und einen Moment lang war ich mir nicht sicher, ob mein Gewicht gegen seinen Körper drückte, sein Kopf an meiner Schulter lag oder umgekehrt. Die Feuchtigkeit von Tränen und Rotz, meinem oder seinem? Ein Moment Schutzlosigkeit. Wenn mich einer fragen würde, warum ich das gemacht habe, würde ich sagen, vielleicht ein Reflex. Der Geruch von Zenos Haaren, Zenos Haut. Ich habe nichts gesagt. Wenn ich etwas gesagt hätte, hätte ich geflüstert: *Da kommst du nicht so einfach raus, hier kommt keiner so einfach raus.*

Es gab keinen Grund, Zeno zu umarmen, es war nur die Antwort auf die Frage: Ich oder niemand? Also war ich es, die ihn umarmt hat.

Die meiste Zeit passiert gar nichts, verlaufen die Tage gleichförmig, belanglos. Nur deswegen erinnert man sich, an die wenigen Momente, in denen etwas passiert, vielleicht sogar etwas Außergewöhnliches. Etwas, das Konsequenzen nach sich ziehen könnte, endlich.

Das Geld, das ich in der Spielhalle gewonnen habe, ich hätte es mit Zeno geteilt, irgendwie hat er damit zu tun gehabt, seinen Anteil verdient, aber er war zu stolz, es anzunehmen. Ich habe Zeno gesagt, dass auch ich Bescheid weiß, habe ihn gefragt, ob er weiter ein Kind sein will, mit einem Spielzeuggewehr über der Schulter. Ich habe ihm gesagt, dass er hierherkommen kann, wenn er ein richtiges Gewehr haben will, dass ich ein richtiges Gewehr für ihn habe.

Ich krame mein Telefon aus der Hosentasche, die Nachricht auf meinem Display sagt: Jetzt?

TEIL DREI

Universe, you neglectful parent, here we all are, silent.
Chris Thorpe, There has possibly been an incident

I. ZENO

Ganze Tage kann ich hier warten, ich hab Zeit, alle Tage, die ich will, also warte ich. Darauf, dass die ihre Motoren anwerfen, ihre Maschinen und Bagger, warte ich, hier, im Hotel, im fünften Stock. Gretchen ist weg, die haben sie vorhin abgehängt, einfach so, die waren früh dran, die Arbeiter, haben mich verdammt früh geweckt, und jetzt ist Gretchen Geschichte, die Hotelfassade nackt, nichts als kalter, abgasverseuchter Stein statt Gretchens Haut. Friere ich, schwitze ich, diese kleinen Fliegen kleben überall auf mir, meiner Haut, sind schwarze Flecken zwischen den Haaren auf meinem Arm, viel zu heiß in dieser Scheißstadt, in diesem Arschlochsommer, wo keiner keinem irgendwas, schon gar nicht einem wie mir, und ich vermisse Gretchen. Ich hätt sie verteidigen sollen, aber ich war zu langsam, wieder zu langsam, dabei schlägt mein Herz rasend schnell, hört nicht auf zu hämmern, und mit jedem Herzschlag pumpt mich mein Körper durch einen Tag, der mich nicht braucht, einen wie mich, mit jedem Herzschlag produzier ich tausend Spermien, das ist wahr, hab ich vorhin gelesen, in der Zeitung, Randspalte, die Zeitung ist nicht neu, die hab ich mir aufgehoben, denn da steht es schwarz auf weiß, auf der Titelseite. Da bin ich. *Der Einzeltäter mit der Allmachtsfantasie.*

Die wollten mich loswerden, alle wollen mich loswerden, aber ich bin zurück, und wie ich zurück bin, das werden die merken. Bald. Ein Teil der Wahrheit ist, ich hätt es besser wissen müssen, hab doch gewusst, dass Niko ein Idiot ist, aber was für einer, ist mir erst jetzt klar, der gute Nikolaus, der mich nach Hause, zu meinem Vater gefahren hat, statt aufs Revier, wo ich eigentlich hinwollte. Niko hat nicht kapiert, dass alles besser ist, als zurück in ein Dorf zu müssen, das mich vergessen hat, das nicht mein

Zuhause ist, hat sich mit meinem Vater in die Küche gesetzt, als würd das was nützen. Ich konnt die beiden sehen, durch das Glas in der Tür, Niko, der redet, und mein Alter, der verständnisvoll nickt, von wegen: verständnisvoll, sie haben mich auf mein Zimmer geschickt, wie ein Kind, wo schon der Koffer gewartet hat, immer schon auf mich gewartet hat, der Koffer war schneller gepackt, als ich denken konnte, aber denken konnt ich gar nicht mehr, vor lauter Angst, dieser Scheißangst, die mir mein Vater eingeschädelt hat. Endloses Händeschütteln zwischen Vater und Mutter und Niko, der glaubt, dass er mir was Gutes getan hat, die leere Waffenhand präsentieren und DankeDankeDanke für gar nichts. Paar Stunden später haben die mich ins Auto gepackt, auf den Rücksitz, wie ein Kind, vorne mein Vater und ein Freund von ihm, den ich noch nie leiden konnte, was nichts heißen muss, weil ich kaum einen leiden kann, weil kaum einer es wert ist. Und natürlich Jesus, am Rückspiegel hat Vaters kleiner Jesus gebaumelt, ist hin und her gependelt, ticktackticktack, deine Zeit läuft, Zeno, aber er hat mich nicht angesehn, der gute Jesus, wie immer, hat das Köpfchen hängen lassen, Blick nach rechts unten, hat vergessen, dass ich ihm seinerzeit eine Spritztour auf dem Fluss spendiert hab. Die verheulten Augen meiner Mutter beim Abschied, die ihre Standardsätze wiederholt hat, wie sich alles wiederholt, ist besser so, besser für die Familie, wir lieben dich, verstehst du, die Familie liebt dich, meine Mutter hat die Wunde an meinem Kopf genäht, fünf Stiche, das kann sie im Schlaf, die Krankenschwester aus der Hölle, aber da ist nichts zu reparieren, irreparabel, Mutter, die wiederholt, wiederkäut, ist besser für dich, besserbesserbesser. Küss deine Mutter, hat sie gesagt. Mama, du Sau, zeig mir, dass du keine Maschine bist. Hab ich nicht gesagt, hab gar nichts gesagt. Meine Mutter glaubt an Gott, ich glaub an Unsterblichkeit, das hab ich Jesus am Rückspiegel zugeflüstert. Unsterblichkeit, verstehst du, aber geantwortet hat er, wie immer, gar nichtssss.

Träume sind Arschlöcher. Ich hab geträumt, letzte Nacht, hier, auf dem Boden, wo ich geschlafen hab, die dritte Nacht hier im Hotel, fünfter Stock, hab auf dem Boden geschlafen, das Gewehr im Arm, das ich geholt habe, das Gewehr, das Mara mir versprochen hat. Dass sie ihr Versprechen hält, hätt ich nicht gedacht, aber sie hat. Im Traum hab ich alles, was passiert ist, nochmal gemacht, alle Bilder waren so klar, ich muss geheult haben, mein Gesicht war nass, als ich aufgewacht bin. Im Traum bin ich nochmal gelaufen, gerannt, den gleichen Weg, der in einer Raststätte am Ende der Welt beginnt, in der mein Vater, sein Freund und ich essen waren. Ich, zwischen meinen Wächtern am Tisch, hab keinen Bissen runtergebracht, bin zur Toilette, hab mich im Spiegel angeschaut, ich wusste, entweder jetzt oder jetzt oder jetzt, also bin ich raus, losgerannt, ein kurzes Stück die Autobahn entlang, über die gelbe Linie, über die Leitplanke, und auf die andere Seite, Lastwagen sind an mir vorbeigedonnert, einer mit einer Riesenladung Schweine hintendrauf, die ihre rosa Rüssel gegen die Gitter gedrückt haben, und ich bin weiter, weg von der Straße, durch ein Wäldchen und übers Feld, ein verdammtes unendliches Feld, bin gerannt wie ein Irrer, ohne mich umzusehen, gerannt, bis ich dachte, gleich sterbe ich, gleich kotz ich meine Seele auf dem verdammten Feld aus dem Leib, der nichts wert ist, weil kein Leib irgendwas wert ist, und die Seele, was soll das sein, mein Hirn, meine Gedanken, die vielleicht gar nicht meine sind, nur irgendwie in diesen Schädel gelangt sind, um einen Moment zu kreisen und dann sinnlos, spurlos weiterzuziehen. Die Erde war weich, mit jedem Schritt in dem Dreck wurden meine Füße schwerer, und die Bäume, die da rund ums Feld gestanden sind, haben mich ausgelacht, und die Sterne, der ganze verfluchte Himmel voll grinsender, sterbender Sterne, jedes Kind weiß, dass wir auf Sterne starren, uns über Sterne freuen, die längst tot sind, und dort auf dem Feld wars so still, als wär

die ganze Welt tot. Wozu rennen, wenn da kein Weg ist, kein Ort, kein Mensch, gar nichtsssss. Wenn das ein Traum ist, würd ich jetzt gern aufwachen. Bitte. Wenn da ein Gott ist, ein guter Gott, dann. Aber all das ist wirklich passiert. Z E N O, ich steh mitten in dem Feld und wiederhole, flüstere, schreie meinen Namen, als hätt ich Angst, ihn zu vergessen, bevor ihn alle anderen vergessen. Wer wird sich an meinen Namen erinnern, soll ich mich ruhig verhalten, unauffällig, wie alle anderen, und nichts tun, nichts hören, nichts sehen, nichts sagen.
Mara hat gesagt, fang am Anfang an, wenn du etwas sagen willst, also bin ich zurück zum Anfang, zurück in die Stadt, obwohl ich mir sicher war, Mara wird mich hängen lassen. Hat sie aber nicht.
Willst du ein richtiges Gewehr haben? Will ich?
Mara war nicht da, aber sie hat mir beschrieben, wie ich ins Haus reinkomme, wo ich das Gewehr finden kann. Maras Alte hat auf dem Sofa geschlafen, ihre Schenkel gezeigt, da war ein müdes Stück Fleisch in dem verrutschten V ihres Schlafrocks, der Fernseher ist gelaufen, eine Dauerwerbesendung, Esoterikzeug, ein Haufen Fotos auf dem Boden ausgebreitet, Fotos überall, aber ich bin weiter, auf den Dachboden, und eine Katze ist die ganze Zeit hinter mir her, eine Katze mit zwei verschiedenfarbigen Augen, grün und blau, wär fast drüber gestolpert, weil sie kleine Achten um meine Füße gezogen hat, ihren Schädel gegen meine Beine gedrückt, dummes kleines Vieh, aber Katzen sind in Ordnung, die mögen einen oder eben nicht, klare Entscheidung. Vielleicht hat Mara recht, vielleicht ist alles einfach, einfacher, als ich gedacht habe. Ich hab das Gewehr gefunden und das Geld, das ich nicht haben wollte, hat Mara auch dagelassen. Diesmal hab ich es genommen. Auf dem Weg raus hab ich dann doch einen Blick auf die Fotos geworfen, die auf dem Boden gelegen sind, in Schwarz und Weiß und Farbe, hab Maras Alte drauf erkannt, damals hat sie noch ziemlich gut

ausgesehen, und vielleicht war auch Maras Vater dabei, zwischen all den Bildern und Gesichtern auf irgendwelchen Partys und Eröffnungen, wasauchimmer, auf jeden Fall noch kein Batzen Hirn an der Schlafzimmerwand, noch kein Gesicht, in das sich Suff und Frust und Einsamkeit gefressen haben, nein, aber wer weiß schon, warum, wer weiß, wo Schuld beginnt, vielleicht beginnt der Fehler bei den 24 Stunden, die falsch sind, weil der Tag 25 Stunden hat, und die 25. Stunde, in der alles passieren kann, beginnt jetzt. Wenn einer Bescheid weiß, dann vielleicht die Katze mit ihren neun Leben, ich glaube, wenn überhaupt einer Bescheid weiß, dann die verdammte unsterbliche Katze.

Hier im Hotel, im fünften Stock, bin ich heute morgen aufgewacht, hab jeden verfluchten Knochen, jeden Muskel, jede Sehne, jedes Stück Fleisch an meinem Körper gespürt. Hier auf dem Boden hab ich geschlafen, das Gewehr im Arm, hier warte ich, ich hab Zeit, alle Tage, das bin immer noch ich, mein Spiegelbild im Fenster, das mir zuflüstert, *Nichts Böses tun*.
Das ist also die Summe meiner Listen, das ist der verdammte Mittelpunkt meiner Welt, das hab ich mir anders vorgestellt, aber man soll sich nichts vorstellen, nichts wünschen, da hat mein Vater recht behalten. Aber Darko und ich, das war kein Zufall, das war Freundschaft, Darko hat mich verstanden, der hatte keine Angst vor mir, Darko mit seiner ruhigen Stimme, mit der er mir unfassbar geduldig die fremden Wörter vorgesagt hat, bis ich sie nachsprechen konnte, bis ich verstanden hab, Darko, mit seinen Büchern, seinen klaren Gedanken, der sich trotzdem verrannt hat, wie sich alle verrennen, verlieren, weil sie vergessen, dass zwei plus zwei fünf ergibt. Darko. Erinnerst du dich an den Moment, an die Stille, bevor alles in die Luft fliegt?

Kommtschonkommtschonkommtschon. Jetzt kommt es näher, das Brummen der Bagger, der Maschinen, fleißige Menschen MenschenMenschen, die das Hotel abreißen wollen, die sich vorwärtsbewegen, fünf Stockwerke unter mir, im Dreck, im Staub, ohne auf mein Kommando zu hören.
Komm schon, Mutter, du hast gesagt, wir lieben dich, deine Familie liebt dich, es ist besser für dich, zurück nach Hause zu gehen, und ich lieb euch auch, ich lieb euch alle, ich mach es besser, versprochen, und ich frag mich, ob ich Gretchen hätte lieben können, weil das eine Sache ist, die ich vielleicht gern gewusst hätt, wie das ist, eine Frau zu lieben, so richtig, nicht bloß zu ficken. Meine Mutter sagt, dass sie Gott liebt und ihren Jesus und die heilige Mutter Gottes, aber das bedeutet leider gar nichtssssssssssssssssssssssssss, die Weltraumaffen kichern vor sich hin, und Gretchen ist zurückgekommen, dort hinten, ein paar Hauswände weiter, haben sie ein neues Gretchen hochgezogen, ihre Haut über das Grau gespannt. Gretchen zwinkert mir zu, sie weiß Bescheid.
Kommtschonkommtschonkommtschon, ich hab keine Angst mehr, ich hab Zeit, das ist die 25. Stunde, das ist die Stille vor dem Moment, in dem alles in die Luft fliegt.
Gott ist ein Astronaut. Ich lege das Gewehr an und warte.

II. DARKO

Mara lächelt und steigt ein, als hätte sie auf mich gewartet, als wäre das nicht der Wagen meines Vaters, als wäre das unser Treffpunkt. Oder lächelt sie nicht mich an, sondern an mir vorbei, ins Leere. Meine Hände zittern, als ich den Motor starte, vor Wut oder vor Angst, ich kann es nicht unterscheiden, vielleicht gehören die beiden untrennbar zusammen. Das Anschnallzeichen leuchtet rot auf der Konsole. Das rhythmische Alarmsignal setzt sofort ein, lässt mich zusammenzucken, Mara zurrt ihren Gurt über den Sitz, schließt ihn hinter ihrem Rücken. Es versetzt mir einen Stich, diese Angewohnheit meines Vaters bei ihr zu sehen. Das nervöse Stakkato des Blinkers setzt ein, will nicht aufhören, wie die Fragen, die hinter meiner Stirn kreisen, deren mögliche Antworten mich stumm machen. Mara sitzt neben mir, streift Schuhe und Socken ab, mit dieser Selbstverständlichkeit, mit der sie alles zu tun scheint, oder ist es Gleichgültigkeit. Sie stützt ihre nackten Füße gegen das Armaturenbrett, kurbelt das Seitenfenster hinunter und lässt den Wind herein. Ihre kleinen Zehen sind rot lackiert. Ich gebe dem Impuls nicht nach, die feine Ader zu berühren, die oberhalb der Ferse hervortritt, bläulich durch die Haut schimmert. Zwischen den Schlitzen im Armaturenbrett klemmt ein Stück Papier, das mir bis eben nicht aufgefallen ist. Origami, vielleicht soll das einen Hund darstellen, ich frage mich, seit wann sich mein Vater etwas aus Origami macht. Ich klicke nervös durch die Radiosender, kann mich für keinen entscheiden, drehe schließlich den Ton ganz leise, aber selbst das Murmeln des Sprechers ist unerträglich laut gegen unser Schweigen. Mara, sie muss wissen, warum ich hier bin, aber sie sagt nichts, lässt sich nichts anmerken. Sie wirkt ganz ruhig, wie sie neben mir

sitzt, ihr spröder knochiger Körper, ihre langen schmalen Finger, die sich eine Zigarette drehen.
«Irreparabel, kapier es endlich, die ist irre, irre, irre», hat Zeno gesagt, aber das ist nicht wahr, trotz allem ist das nicht wahr. Wahr ist, dass ich eine Entscheidung getroffen, endlich etwas beschlossen habe. Heute, jetzt, werde ich das alles hinter mir lassen, ich werde mich von niemandem verabschieden, auch von Mara nicht. Ich will, dass sie mit mir kommt. An diesem Tag, in dieser Stunde. Jetzt könnte ich es aussprechen, fragen: Warum mein Vater, warum Alen? Aber ich kann nicht, noch nicht.

Alen war im Badezimmer, als ich nach Hause gekommen bin, ich glaube, er hat mich nicht gehört. Da war das Rauschen des Wassers, das Prasseln gegen die Fliesen, gegen das dünne Plastik der Duschwand, seine Silhouette im Viereck hinter dem Milchglas der Tür. Aus dem Zimmer kam das monotone Rattern des Druckers, der eine Seite nach der anderen ausgespuckt hat. Vielleicht ist Alen unter die Dusche gegangen, kurz bevor ich die Wohnungstür aufgeschlossen habe. Ich war die letzte Nacht auf den Beinen, unterwegs durch die Stadt, in den Morgenstunden bin ich im Park erschöpft eingedöst. Aber ich hatte mir Dinge überlegt, den ganzen Weg bis hierher, die ich sagen könnte, die ich tun könnte, und da war ich, am Fenster vor seinem Schreibtisch, der unveränderte Blick aus dem Fenster in den Lichthof, in eine dröhnende Stille. Da war sie wieder, die Hilflosigkeit eines Kindes. Aber ich bin kein Kind. Der kleine Junge auf der Fotografie auf dem Schreibtisch meines Vaters, eine Fotografie, die dort steht, seit ich denken kann, neben mir Zeno, der seinen Arm um meine Schultern gelegt hat. Dieser kleine Junge, das bin ich nicht mehr. Er scheint mich anzusehen, und ich frage mich, was er an meiner Stelle tun, was er zu mir sagen, ob er mich verachten würde.

Meine Großmutter hat gesagt, es würde nicht leicht werden, zusammenzuleben, Alen und ich seien einander nicht gewohnt, ich könne immer zurückkommen, aber das ist nicht wahr. Ich hätte meine Großeltern gern noch einmal gesehen, aber ich hätte mich verraten, ich denke an all die Dinge, vor denen sie mich beschützen wollten, obwohl ich längst verstanden habe. Alles an mir hätte mich verraten.
Alen und ich. Mein Großvater hat recht, wir sind keine Freunde, wir sind Familie.
Vor mir auf dem Schreibtisch, zwischen den unzähligen Karteikärtchen mit Alens Notizen, lag der Autoschlüssel, ich habe meine Hand darum geschlossen, der Drucker hat das letzte Blatt ausgespuckt, ist verstummt. Ich habe überlegt, das Manuskript mitzunehmen, einen Moment habe ich überlegt. Das Papier in der Ablage war noch druckerwarm. Ich wollte etwas hinterlassen, eine Notiz, ein Wort, eine Frage.

Meine Hände umklammern das Steuer so fest, dass die Knöchel weiß hervortreten, Schmerz fährt durch meine Rechte, wo die Haut aufgeplatzt ist. Einen Moment möchte ich darüber lachen, dass ich fahre wie ein Anfänger, mich kaum konzentrieren kann. Ich denke an die langen Fahrten mit meinen Großeltern, jeden Sommer die gleiche Strecke, die gleichen Ferien als Fremder. Es ist nicht ihre Schuld, sie haben sich bemüht, sie haben ihre Hoffnungen in mich gesetzt, und ich wollte dankbar sein. Großvater war so stolz auf alles, was er erreicht hat, dass er seine Familie unterstützen konnte, aber vielleicht bin ich nicht besser als mein Vater, habe wie er kein Talent dafür, dankbar zu sein. Ich erinnere mich an die endlosen Staus, auf jeder Strecke mindestens ein verbeultes oder ausgebranntes Autowrack am Straßenrand, ich sehe die monotonen Handbewegungen der Polizisten, die uns daran vorbeilotsten. Warum habe ich mir immer vorgestellt, dass einer dieser Wagen der unsere sein könnte, das Bild, wie sich unser Wagen auf der Autobahn überschlägt, wieder und wieder und wieder.

Mara hat ihren Gurt hinter dem Rücken geschlossen. Wenn ich jetzt beschleunige, über alle roten Ampeln, und wir gegen einen anderen Wagen krachen, gegen eine Hauswand, einen Baum, uns auf der Fahrbahn drehen und überschlagen, wieder und wieder. Ich löse meine rechte Hand vom Lenkrad, strecke die Finger vorsichtig aus, betrachte die aufgeplatzte Haut an den Knöcheln. Welches Recht hatte ich, Zeno zu schlagen? Zeno lügt nicht, er hat das nicht verdient, aber er wird verstehen, bestimmt, auch wenn ich mich nicht entschuldigen kann, nicht jetzt und nicht bald, auch wenn ich mich nicht verabschieden werde, wird Zeno verstehen. Er hat nicht zurückgeschlagen, er hat gesagt, Freundschaft ist kein Zufall. Ich weiß, dass wir uns versprochen haben, zusammenzuhalten. Immer. Egal, was passiert. Aber ich hab ihn einfach so stehen lassen, allein, dort oben auf dem Gerüst, unter seinem Werk, seinem Astronauten in Weiß und Silber.

Mara sieht mich an. Würde sie fragen, wohin wir fahren, was würde ich antworten? Aber sie fragt nicht, der verwischte Fleck ihrer linken Pupille, Zeno hat sich davor geekelt, vor diesem kleinen Fehler, den ich sofort gemocht habe, wie alles an ihr. Zeno hat gesagt, dieses Auge, es hätte etwas von einem Tier, etwas Unberechenbares, dass Mara irre sei wie ihr verrückter Vater und ihre Schlampe von Mutter.

Dabei war es Zeno, vor dem alle Angst hatten, als er zu uns an die Schule gekommen ist. Vielleicht hätten wir nie ein Wort gewechselt, wenn es nicht der letzte Versuch unserer Klassenlehrerin gewesen wäre, ihre Idee, uns zusammenzuspannen, damit Zeno lernt. Zeno war anders, wenn wir zusammen waren, ruhiger, konzentriert, er ist nicht dumm, der Ernst seiner Lage war ihm bewusst. Diese Sprache, die ihm so fremd war, würde alles entscheiden. Ich erinnere mich an seine Wutaus-

brüche, die Verzweiflung über die unzähligen Regeln und an sein Lachen.
Die Ampel ist rot, ich bremse im letzten Moment, ich schäme mich für meine Nervosität, meine Unachtsamkeit. Der Wagen spiegelt sich in einem Schaufenster. Mara und ich. Mara, frag mich, wohin wir fahren, sag etwas. Hinter uns setzt ein wütendes Hupen ein, der Motor stirbt ab, als ich starten will, die Ampel springt von Grün zurück auf Rot.
Zeno hat gesagt, die Dinge, auf die es ankommt, die stehen nicht in meinen Büchern, die Bücher haben mit dem echten Leben nichts zu tun, dass es vor allem ums Ficken geht, dass das der Motor sei, der die ganze verdammte Welt antreibt. Dass ich ein halber Mensch sei, solange es mir nicht vor allem darum ginge, und Mara wäre diesbezüglich ein Lichtblick gewesen, aber ich hätte mir leider die Falsche ausgesucht.
Was weiß ich schon von Mara, die ich betrachte, die neben mir sitzt, nach der ich nur die Hand ausstrecken müsste, um sie zu berühren. Der Sommer, in dem sie bei uns im Park aufgetaucht ist. Zeno wollte, dass sie verschwindet, aber es gab etwas zwischen uns, das wir nicht aussprechen mussten. Mara hat Fotos gemacht, mit der Kamera ihres Vaters, die sie niemals aus der Hand gegeben hat. Es gibt nur Fotos von Zeno, mir und den anderen, kein einziges von ihr, von Maras Gesicht gibt es nur meine Skizzen.

Als hätten mich meine Gedanken hingelotst, fahren wir am Park vorbei. Wieviele sinnlose Runden haben wir gedreht, seit Mara eingestiegen ist? Ich sehe den langgezogenen Gebäudekomplex des Theaters, die steinerne Grenze, die den Park vom Casino trennt, ich sehe Zeno, der sich zu mir umdreht und lacht, bevor er kopfüber ins brackige Wasser des Sees taucht. Zeno, der sagt, hörst du das, hör genau hin, die Stille vor dem Moment, in dem alles in die Luft fliegt.

Jetzt sollte ich die nächste Ausfahrt nehmen, sollte tanken, Geld auftreiben, nachdenken, entscheiden. Aber in welcher Reihenfolge.

Warum Alen. Warum mein Vater? Habe ich die Worte ausgesprochen oder gedacht, ich weiß es nicht, der Wagen hält am Pannenstreifen, um uns sind Felder. Wann haben wir die Stadt verlassen? Oder liegt die Ausfahrt immer noch vor uns? Ich spüre Maras Blick, aber ich kann sie nicht ansehen. Der Motor läuft, ich starre vor mir auf die Straße, ich höre mein Herz schlagen, das Blut in meinen Ohren rauschen. Mein Blick folgt der gelben Linie, die sich am Horizont verliert. Ich höre Mara einatmen.

III. NIKO

Er findet dich, der Moment, den du nicht rückgängig machen kannst, ein Moment der Unachtsamkeit, die Klammer, die du offen gelassen hast. Die Schuld muss irgendwo liegen, und da liegt sie also, für alle Beteiligten gut sichtbar hat sie es sich wieder bei dir gemütlich gemacht.

Einer musste entscheiden, was das Richtige ist. Meine Entscheidung war, Zeno nicht aufs Revier zu bringen, sondern nach Hause zu fahren, zu seiner Familie, die das Richtige tun würde. Das Beste für Zeno. Sein Vater ist mir gegenüber am Küchentisch gesessen und hat zugehört, ohne Zwischenfragen zu stellen. Er hat mich reden lassen, hat in regelmäßigen Abständen genickt, während die Zeiger der Küchenuhr vorwärts gewandert sind. Jede Sekunde ein *Tack*, jedes *Tack* eine Spur lauter. Das Hintergrundbild auf dem Ziffernblatt zeigte eine Satellitenaufnahme der Erde, die mir bekannt vorgekommen ist, vielleicht ein Angebot im Supermarkt. Vor meinem inneren Auge sah ich unzählige Modelle dieser Uhr über ein Fließband gleiten, vorbei an Menschen in blauen Arbeitsmänteln, die mit routiniertem Handgriff die Zeiger in der Mitte der Uhr feststecken. Zenos Vater hat mit einem Feuerzeug gespielt, hat es durch seine Finger gleiten lassen, von Hand zu Hand gewechselt, von der Rechten in die Linke. Dazwischen hat er das Feuerzeug zweimal auf dem Tisch aufklopfen lassen. Aus dem Nebenzimmer kam das auf- und abschwellende Murmeln des Fernsehers, der für sich allein das Zimmer beschallt hat. Zenos Mutter stand in der Tür, sie hat ihren Blick zwischen uns hin- und herwandern lassen, als wäre da ein Konversations-Pingpong, dem sie verzweifelt zu folgen versuchte. Aber nur ich habe gespro-

chen, Zenos Vater hat geschwiegen. Auf das Ende meiner Rede folgte eine lange Pause, er hat mich angesehen und das Feuerzeug dreimal auf dem Tisch aufklopfen lassen.
Ich hätte mich von Zeno verabschieden sollen, aber seine Eltern waren eine Mauer zwischen mir und der Tür zu seinem Zimmer. Seine Mutter nahm meine Hand in ihre beiden und hielt sie fest, als wollte sie nie mehr loslassen.

Meine Nachbarin bleibt in der Eingangstür stehen und wartet auf mich, wie sie es gern tut. Das Gewicht der Tür scheint die schmale alte Frau fast zu erdrücken, und ich beeile mich, laufe den Rest des Weges. Ob ich beim Sport gewesen sei, sie deutet auf Zenos Seesack über meiner Schulter. Bevor ich dazu komme, ihr zu antworten, setzt sie nach, es sei doch bestimmt sehr erfreulich, dass mich mein Bruder besuche. Wir schieben uns in den Lift, ich lächle sie an, weil ich keine Ahnung habe, wovon sie spricht. Im Lift breitet sich ihr Körpergeruch aus. Säuerlicher Schweiß und süßliches, schweres Parfum. Ich habe Mühe, meinen Ekel zu unterdrücken. Sie finde es ja ganz in Ordnung, wenn mein Bruder sich etwas Geld für den Einkauf bei ihr borgen würde, dafür seien Nachbarn ja schließlich da, aber ich solle es bei Gelegenheit vorbeibringen, weil es doch ein größerer Einkauf gewesen sein müsse.
Ich spüre ein Flattern in meiner Brust, Hitze kriecht meinen Nacken hoch, ich taste meine Jackentaschen ab. Mir bricht der Schweiß aus. Meine Schlüssel. Ob ich also bei Gelegenheit so freundlich sein könnte, der Lift hält mit einem Ruck auf ihrem Stockwerk, einen herzlichen Gruß an meine Frau. Die Alte kriecht unglaublich langsam aus dem Lift, setzt vorsichtig einen Schritt vor den anderen, sie hat das Kinn nach vorne geschoben, die rechte Hand auf ihren Stock gestützt, während die Linke tastend in der Luft kreiselt. Ihre Schritte hallen im Flur,

die Lifttüren sind noch einen Spaltbreit offen, sie dreht sich noch einmal zu mir um.
Meine Schlüssel. Verloren, verlegt, denke ich. Oder. Ich habe das Gesicht des Jungen vor mir. «Wir sehen uns», habe ich gesagt, und er hat mich umarmt. Ein Moment der Unachtsamkeit. Er findet dich, der Moment, dabei hast du sein Angebot nicht angenommen, als er bei dir im Wohnzimmer übernachtet hat und mitten in der Nacht zu dir gekommen ist. Er hat dich geweckt, um sich zu bedanken, du hast alles richtig gemacht, hast ihn weggeschickt. Aber hast du ihn wirklich wegschicken wollen, oder warst du nur zu feige? Du bist den Rest der Nacht wach gelegen und hast auf den feinen Riss gestarrt, der quer über die Decke läuft, sich in verschiedene Richtungen verästelt. In den Morgenstunden bist du endlich eingeschlafen, und du warst froh, dass er am nächsten Tag verschwunden war. Du hast angenommen, ihr werdet euch nicht wiedersehen. Wie du auch gedacht hast, dass du einfach so abtauchen, dich aus der Verantwortung ziehen, dich hinter deinen Jalousien vor dem Tag, vor dem Lärm der Stadt verstecken kannst.
Das Rauschen. Du hast es vergessen, es ist dir nicht mehr aufgefallen, aber es war nie weg. Jetzt wird es lauter, so laut wie lange nicht. Es geht in ein Klopfen über.

Ich zähle die Stockwerke, steige aus dem Lift, bemüht, langsam zu gehen. Ruhig zu atmen. Es ist alles in Ordnung. Jeder Schritt scheint dröhnend im Flur widerzuhallen. Ich presse meine Zähne aufeinander. Die Wohnungstür ist einen Spalt offen, ich rufe, aber niemand antwortet. Ich lehne Zenos Seesack im Vorraum gegen die Wand, ziehe die Tür hinter mir zu. Alles ist so, wie ich es verlassen habe. Keine Unordnung, keine offenen Schubladen, kein Möbelstück ist von seinem Platz gerückt. Alles ist gut. Auf der Anrichte in der Küche liegt ein kleiner Zettel, eine Notiz, ähnlich denen, die Sascha mir schreibt. Sascha hat eine saubere Handschrift, ihre Buchstaben neigen sich leicht nach rechts, geschwungene Ober- und Unterlängen. Sascha ist auf dem Land. Der Zettel sagt: Tut mir leid, Niko.

Es sind die Details, Niko, du achtest nicht auf die Details. Ich fange im Schlafzimmer an, zweite Lade von unten, schiebe meine Hand vorsichtig tastend unter die Wäsche, die sortiert in ihrer Schublade liegt, nach Weichspüler duftet, oder ist das Lavendel? Hier sollte der Umschlag liegen, in dem wir immer etwas Bargeld aufbewahren. Mit einem Ruck reiße ich die Schublade heraus und kippe die Wäsche auf den Boden. Nichts. Dabei weiß ich es besser. Ich weiß, dass das ein lächerliches Versteck ist, ebenso wie das Sideboard im Wohnzimmer. In der kleinen Schublade rechts liegen die Dinge auf Kante, aber unter den Notizblöcken, wo wir unsere Kreditkarten und Pässe aufbewahren, ist nichts. Es hat keinen Sinn. Ich will nicht weitersuchen, lasse mich aufs Sofa fallen, lege den Kopf in den Nacken und schließe die Augen. Ich denke daran, wie Sascha und ich mit dem Makler durch die leeren Räume gegangen sind: Hofruhelage, Wannenbad, Wohnküche, Durchreiche, Schlafzimmer, Kinderzimmer, Balkon. Alles war perfekt, wie im Inserat. Bald würden im Bad Gästehandtücher hängen, Pflanzen auf dem Balkon stehen, Milch im Kühlschrank.
Das Rauschen verdichtet sich zu einem sehr hohen, feinen Geräusch. Direkt hinter meiner Stirn hat es auf mich gelauert. Mein Nacken schmerzt, ich öffne meine Augen wieder und sehe die lange Linie über mir, ein Bogen aus getrocknetem Blut spannt sich quer über die Decke. Da sind ein paar Spritzer auf dem Wohnzimmertisch, sprenkeln das lächelnde Gesicht auf dem Cover eines Magazins. Rotbraune Flecken auf der Zeitung von gestern, dem Rücken der Bücher, die niemand liest. Ich fahre mit den Fingern über die Prägung der Buchstaben auf dem Cover: *Gesegnete Wirklichkeit*.

Mein Telefon läutet, Saschas Nummer leuchtet auf meinem Display. Das Bild, das über ihrer Nummer erscheint, zeigt einen Schnappschuss, auf dem sie lacht. Sie hat ihr Gesicht halb von der Kamera weggedreht, das Köpfchen unseres Sohns ruht auf ihrer Schulter. Mir ist, als würde ich die Aufnahme zum ersten Mal sehen. Habe ich dieses Foto gemacht?
Ich könnte das Gespräch annehmen und sagen, dass ich eben nach Hause gekommen bin, dass in der Arbeit nichts Besonderes vorgefallen ist, dass ich mir gleich Abendessen machen werde, dass ich mich auf sie freue, dass sie den Kleinen von mir küssen soll. Ich könnte sagen: Ich liebe dich. Das Telefon läutet, und ich krame in meinen Taschen, und das Telefon läutet weiter. Einmal, zweimal, dreimal. Ich fische die Zigaretten aus meiner Jackentasche, aber meine Finger ertasten noch etwas anderes. Das Medaillon. Warum habe ich es dort hineingetan? Und wann? Ich stelle mir die Plastiktüte mit den Habseligkeiten des Opfers vor, das Geräusch, mit dem der Verschluss zugeklickt wird. Die Angehörigen müssen sie längst abgeholt haben. Das Medaillon liegt schwer in meiner Hand. Ich klappe es vorsichtig auf, das Gesicht eines kleinen Mädchens sieht mich fragend an.
Ich zünde meine Zigarette an, atme Rauch gegen die Decke, an der ein einsames Ufo leuchtet. Der Feuermelder, den ich selbst angebracht habe. Wie erwartet, habe ich meine Arbeit gut gemacht, ich muss nicht lange warten, bis der Warnton einsetzt. Ein Fiepen, leise und monoton. Das Medaillon gleitet aus meiner Hand, rutscht zwischen zwei Sofakissen. Ich nehme einen Stuhl und drehe ihn um. Das Geräusch wird lauter, schwillt an, ich schlage ein Stuhlbein gegen den Feuermelder. Putz rieselt von der Wand, auf mich hinunter. Die Zigarette rollt auf den Boden, und ich schlage wieder zu, so lange, bis der Feuermelder sich endlich von der Decke löst und an einem Gewirr aus Kabeln baumelt. Ich schlage zu, bis er fällt, über den Fliesen-

boden schlittert. Ein warmes Grau. Sascha hat die Fliesen ausgesucht. Der kleine rote Punkt auf dem Feuermelder gibt nicht auf, leuchtet noch immer. Das Fiepen ist jetzt ganz leise. Ich öffne die Balkontür und trage den Feuermelder behutsam hinaus ins Freie, als wäre er ein verletztes Tier. Es hat zu nieseln begonnen. Mit Schwung werfe ich den Feuermelder über das Geländer, sehe zu, wie er in den nächsten Hof, in die Tiefe kreiselt. Lausche. Warte darauf, dass er aufschlägt.

Ins milchige Wasser der Badewanne tauchen, den Atem anhalten und anfangen zu zählen. Ich betrachte meine angewinkelten Beine über Wasser, meine Knie, die Wanne ist zu kurz für mich. Obwohl ich wieder ein Kind bin. Jetzt tauche ich unter, fange an zu zählen. Meine Mutter ruft nach mir, meine schöne Mutter, immer perfekt frisiert und bis ins Detail vorbereitet auf alles, was da kommen mag. Ich soll endlich aus der Wanne und zu Tisch kommen, aber ich mag das Gefühl, wenn mich das Wasser aufweicht, ich durchlässig werde, mich aufzulösen scheine. Die Haut als erste Grenze. Ich soll mich beeilen, weil alle auf mich warten, mein Vater ist von seinem Dienst zurück und will seine Geschichten erzählen, was auf dem Revier und im Ort passiert ist, und wir werden zuhören.
Der Alltag meines Vaters war in meiner Vorstellung der eines meiner Comichelden. Ich war ebenso stolz auf ihn, wie ich eifersüchtig war auf die Liebe zwischen meinen Eltern. Sie hatten einander als Teenager kennengelernt und gleich nach dem Schulabschluss geheiratet, waren perfekt aufeinander eingespielt. Ich schien die einzige Unruhe in ihrer Insel der Ordnung zu sein, ein Träumer, der sich am liebsten im Wald hinter dem Haus vor der Welt versteckt hat. «Intelligenz ist die Fähigkeit zu lernen, die Fähigkeit zur Entwicklung», hat mein Vater zu mir gesagt. Ich zähle, mit dem Kopf unter Wasser und den Knien über der Oberfläche, Luftblasen steigen auf. Wenn Sascha

mich so sehen könnte, würde sie lachen, vielleicht sollten wir alle lachen. Das Wasser ist kalt geworden, ich ziehe mich mit einem Ruck aus der Wanne. Ein Schwall Wasser schwappt über den Rand und auf den Boden, Pfützen bilden sich um meine Füße, der Vorleger saugt sich langsam voll. Der runde Spiegel über dem Waschbecken ist beschlagen. Einen Moment sehe ich darin die hellen Augen des Jungen, den exakten weißen Kreis um seine Pupille, höre ihn eine Melodie summen, wie er es immer getan hat. Ich könnte wütend sein, wenn ich wüsste, auf wen. Aber da ist gar nichts, und ich weiß, es wird einfach sein, einfacher, als ich denke, alles in Ordnung zu bringen. Saschas Stimme am Telefon zu hören und zu sagen, alles sei gut.

IV. MARA

Frag nicht nach Dingen, die du nicht wissen willst, Darko. Fang nicht am Anfang an, sondern jetzt, am Ende.

Darkos Gesicht hinter dem schmutzigen Seitenfenster, ich mag dieses Gesicht. Ich hatte erwartet, ihm heute an unserem Treffpunkt, an Alens Stelle zu begegnen. Wenn ich wollte, könnte ich Darko aufhalten. Wenn ich wollte, könnte ich alles auf Anfang spulen.

Aber er sieht mich nicht an, blickt weiter starr nach vorne. Ich werfe die Autotür zu und Darko startet augenblicklich den Wagen, blinkt und reiht sich wieder in den Verkehr ein. Der Wagen nimmt Fahrt auf, wird ein Punkt am Horizont, die Scheinwerfer der Vorbeifahrenden streifen mich, während das Rot der Rücklichter zu kleinen Farbflecken verschwimmt, die sich am Horizont verlieren.

Das Land hier ist flach, die Luft ist warm und riecht süßlich, nach Erde und Benzin. Es ist ein gutes Stück Weg zurück in die Stadt, macht ja nichts, es war mein Wunsch, hier auszusteigen, ich wollte nicht, dass Darko mich zurück- oder irgendwohin fährt. Wenn ich gehe, soll mich keiner mitnehmen, wenn ich gehe, werde ich allein gehen, zur richtigen Zeit. Es ist ein schöner Abend für einen Spaziergang.

Vorhin, im Wagen, habe ich auf die Uhr gesehen und die Zeit im nächsten Augenblick wieder vergessen. Vorhin hat es geregnet. Meine Fingerspitzen sind den Regentropfen gefolgt, die ihre Spuren am Seitenfenster gezogen haben. Perfekte Diagonalen, die Darko nicht gesehen hat, er war bemüht ruhig zu bleiben, sich nichts anmerken zu lassen, vor allem nicht die Angst

davor, was ich auf seine Fragen antworten könnte. Seine Hände sind die Hände seines Vaters. An der Rechten war die Haut an den Knöcheln aufgeplatzt, ich habe dem Impuls nicht nachgegeben, die offenen Stellen zu berühren.
Manchmal vergesse ich, wo meine Geschichten aufhören und die Wahrheit anfängt. Ich hätte sagen können, dass es mir leidtut. Es wäre eine Lüge gewesen, auch wenn nicht alles, was nicht der Wahrheit entspricht, eine Lüge ist.

Der Asphalt ist immer noch warm unter meinen Füßen, hatte den ganzen langen Tag Zeit, sich aufzuheizen, das bisschen Regen hat kaum Abkühlung gebracht. Ich werde meine Schuhe nicht anziehen, die Erde auf den Feldern muss weich sein, ich könnte quer übers Feld laufen, die Erde unter meinen Füßen spüren. Die Felder begrenzt eine Reihe Windräder, davor stehen Bäume in einer Linie, zwischen denen sich der Schatten eines Tieres bewegt. Vielleicht ist es ein Fuchs, der auf dem Weg zurück in die Stadt ist, um Futter zu suchen, in der Stadt ist es einfacher als hier draußen, die Stadt ist sein Revier. Ist es derselbe Fuchs, der ein paar Stunden zuvor die Reste des kleinen Hundes im Garten meiner Therapeutin ausgescharrt hat? Sie hat nicht tief genug gegraben, quer über den Rasen hinter ihrem Haus liegen jetzt kleine Büschel Fell verstreut, die sie morgen früh finden wird. Ob Zeno schon das Gewehr geholt hat und in diesem Moment die Treppe hoch läuft auf den Dachboden? Die Treppe knarrt unter seinen Schritten, aber Mutter wird ihn nicht hören, sie schläft vor dem Fernseher, vor dem Endlosbild ihres Gurus, der aus dem Off verspricht: «Dieser Tag ist nicht jeder Tag, es ist dein Tag, wenn du willst, dieser Tag könnte alles ändern.»
Zeno geht hinaus auf den Balkon und betrachtet die Insekten, die hektisch um die Lampen flattern, er sieht zu, wie ein Falter unter dem Schirm der Lampe verbrennt, während die Katze

ihren Kopf an seinen Beinen reibt. Zeno nimmt sie hoch, und sie blinzelt ihn an. Ein Flieger zieht über ihnen dahin, schneidet eine gerade Linie in den Nachthimmel, die Landelichter blinken und ich könnte eine gute Tochter sein und zurück nach Hause gehen. In unser Schere-Stein-Papier-Haus, wo Mutter auf mich wartet, wo Vater am Dachboden seine Bilder entwickelt. Sein verständnisvolles Nicken begleitet mich durch alle Stunden, Tage, Jahre. Ich könnte eine gute Tochter sein und Mutter zudecken, ihr Haar küssen. Papier schlägt Stein.

Wenn ich will, kann ich alles auf Anfang spulen. Wieder in der Galerie vor dem Bild meiner Mutter stehen, das Kameraauge dreht sich zu mir, dem Wunschkind, bei dem die Wunscherfüllung ausgeblieben ist. Das Kameraauge wandert über die *Rote Serie, Mars*, die Kopfhörer drücken gegen meine Schläfen und erklären mir: *Das Problem eines Gemäldes ist, dass es stumm ist, dass es die Geschichte, die es in sich trägt, nicht aussprechen kann*. Darko kann nicht aussprechen, was er will, er wartet stumm hinter unserem Haus darauf, dass ich ihn finde. Er riecht nach Shampoo und dem Aftershave seines Vaters, Alen, der in der Tür zum Wohnzimmer steht, und ich am Fenster, unter uns liegt der Lichthof im Dunkel. Die Geräusche der Nachbarn dringen durch die Wände, leiser jetzt, es ist spät geworden. Auf der anderen Seite des Hofs sind alle Fenster dunkel, auch das Stiegenhaus, in jedem Stockwerk wartet ein rot leuchtender Schalter darauf, dass etwas passiert.
Ich fahre mit den Fingerspitzen über den Rahmen der Fotografie von Darko und Zeno, *Halten Sie den Augenblick fest*: Darkos Blick schneidet durch mich durch. Er dreht den Kopf zur Seite, sein Körper ist angespannt, als würde er sich jeden Moment aus Zenos Umarmung lösen und aus dem Bild laufen. Darko, der das Wort nicht kennt: Kitsune, und mich im Rückspiegel kleiner werden sieht. Die Stadt liegt mit jedem Atemzug ein

Stück weiter hinter ihm, aber ich weiß, dass ihm nichts passieren kann, Kitsune, der sitzende Fuchs, wacht von seinem Platz auf dem Armaturenbrett aus.

Wir werden alle Geschehnisse dieses Sommers in unserer Erinnerung vergrößern und verkleinern, Details vergessen und ausschmücken, wie ich Gou vergessen hatte, den Alten, bei dem ich als Kind die Nachmittage verbracht habe. Gou, der mir beigebracht hat, Kitsune zu falten, Kitsune, den sitzenden Fuchs, der das Symbol für ein junges Mädchen ist, so hat er es mir erzählt. Sein kleiner Laden im Keller war meine Zuflucht, aber von einem Tag auf den anderen bin ich nicht mehr hingegangen. Da ist eine Leerstelle, ich kann mich nicht erinnern, warum. Gous Laden gibt es schon lange nicht mehr, Tür und Fenster sind seit Jahren zugenagelt.

Es ist die richtige Zeit und der richtige Ort, ich knie mich auf die weiche Erde und grabe mit beiden Händen, bis das Loch tief genug scheint, dann ziehe ich die Notizen meines Vaters aus meiner Tasche und lege sie hinein.
Mein Fuchs ist immer noch da, drüben auf dem Feld, es kommt mir vor, als wäre er ein Stück näher herangekommen. Scheinwerfer streifen ihn, blenden auf und wieder ab. Einen Augenblick kann ich den Fuchs deutlich sehen, wie er innehält, seinen Kopf zu mir dreht, er wartet, und ich nicke ihm zu.

V. ALEN

Jetzt würde ich gerne wissen, wie spät es ist, aber nein, ich weiß schon wieder, die Zeit als System funktioniert nicht mehr, weil alles gleichzeitig geschieht. Alles beginnt mit diesen Ameisen. Das müssen unzählige Ameisen sein unter mir. Ameisen, die kreuz und quer laufen, diese emsigen kleinen Körper, die übereinander klettern auf meinen durchnässten Kleidern, meiner Haut und über die Erde verstreut ihre Wege ziehen. Aber immer einen Plan zu haben scheinen. Wissen, wohin.

Ich spüre das Gewicht meines Körpers auf der Erde, meine Hände sind ins Gras gekrallt und graben tiefer. Meine Finger wühlen in der Erde, die im Dunkel zu schwimmen scheint wie der ganze Park. Über mir spannt sich ein roter Stadthimmel, was kann man machen, wenn auf Problem und Verstrickung nicht nahtlos Lösung und Absolution folgen, außer warten, auf den Werbeblock, warten, dass etwas passiert. Ich will lachen und erschrecke vor dem Geräusch, das aus meiner Kehle kommt. Mein Kopf ist unglaublich schwer, viel schwerer noch als meine Arme und Beine, die sich bewegen, langsam, träge. Vor mir liegt der See, das ist die Mitte des Parks, das sind Lichter, aber da ist keine Musik, keine Silhouetten unter den Bäumen. Der Park liegt still. Nur die Ameisen sind unterwegs, haben ihre Straßen über mich gelegt, krabbeln unter mir durch. Ich darf mich nicht bewegen, sonst werde ich alles aus dem Gleichgewicht bringen. Wie bin ich hierher gekommen? War es, um Darko zu suchen? Es ist nicht meine Schuld. Alles was ich will, ist Ruhe. Es ist nicht meine Schuld, dass die Zeit in Nullen und Einsen zerfällt, dass erst jetzt die 25. Stunde beginnt, die Stunde, die fehlt, um alles gutzumachen.

Wenn heute der Tag ist, an dem ich überall hingehen kann, in die Vergangenheit, in die Zukunft, in die Gegenwart, dann könnte ich Darko einladen, ein paar Runden mit mir zu fahren. Ich könnte ihm erzählen, dass es früher Orte gab, an die ich wollte, sie müssen, sie werden mir wieder einfallen. Wenn, dann werde ich Darko mitnehmen. Versprochen. Das Radio läuft, und wenn er will, lasse ich ihn ans Steuer. Lichter flirren zwischen den dichten Baumreihen, die vorbeifliegen, orangerote Flecken zerreißen das Grün, und auf dem Beifahrersitz lächelt Mara. Die Meisterin des plötzlichen Auftauchens und Verschwindens, immer dort, wo man sie nicht vermutet hat, zwischen den Dingen, die ich Mara nicht erzähle, den Zeilen, von denen sie nicht wissen kann. «Darko.» Sie spricht den Namen aus, schmeckt jede Silbe, während sie die Kanten von Kitsune, dem sitzenden Fuchs, mit ihren Fingernägeln glattstreicht und ihn anschließend auf dem Armaturenbrett festmacht. Ihr Blick gleitet aus dem Fenster an Orte, die mich nichts angehen.

«Woran erinnerst du dich?»

«Ich hab alles vergessen.»

Das Aufwachen wird Taubheit sein, ich werde der Käfer unter dem Stein sein, unter einem gestürzten Glas tastend meine Fühler bewegen. Alles wird wahr, nichts umkehrbar sein. Ich habe Darko gehört, als er nach Hause gekommen ist, und ich wollte mich nicht verstecken, nur einen Moment überlegen, was als Nächstes zu tun sei, was das Richtige wäre. Du zögerst, und er holt dich ein, der Moment, den du nicht rückgängig machen kannst, der ungenutzt verstrichen ist.

Meine Hände tasten über den Boden, über Dinge, die um mich verstreut liegen, mein Portemonnaie, mein Telefon, dreiundzwanzig Anrufe in Abwesenheit.

Tut mir leid, dass ich euch hier nicht hören konnte, ich war unter Wasser, ein lauer Sommerabend, genau richtig, um eine

Runde zu schwimmen. Tut mir leid, dass die Geschichte hier nicht beginnen kann, weil der Cursor rückwärts läuft, zurück zu Seite eins von einhundertsechsunddreißig, zu einem anderen Tag und einer Zeit, in der ich die Tastenkombination für den Befehl *Löschen* wählen konnte, ohne nachzudenken, nachdenken zu müssen.

Es war Mara, die sich das Spiel ausgedacht hat, ich sollte sie fragen, wie es von hier aus weitergeht: Zweimal blinzeln und die Ampel springt auf Grün, Finger kreuzen und die Ampel springt auf Rot. Mara und ich, wir haben ein Abkommen mit dem Zufall. Sie weiß, mit Verspätungen und Umwegen ist zu rechnen.

Das Stakkato des Blinkers begleitet mich durch alle Stunden, führt mich an einer langen Reihe von Häusern vorbei, die geduckt stehen unter einem niedrigen Himmel, eines gleicht dem anderen. Vorgärten, perfekt gestutzter Rasen, dort kniet mein Vater in seiner Einfahrt im Kampf gegen das Unkraut, das wieder wachsen wird. Meine Mutter steht hinter dem Fenster wie eine Pappfigur, sieht ihm zu, gibt acht auf ihn. «Gott sei Dank», hat Mutter immer gesagt, eine Floskel, die alle Welt wiederholt, wenn sich etwas erfüllt hat oder gutgegangen ist, dabei ist sie nie in die Kirche gegangen, ihr Gott war ein Alltagsgott. Mutter sagt, ich soll ins Haus kommen, auf eine Tasse Kaffee, einen Teller Suppe, auf ein Wort. Wir sitzen unter den Obstbäumen, die Vater und ich zusammen gepflanzt haben. Vater sagt, er geht nicht zurück, er setzt keinen Fuß mehr in das Krankenhaus, und ich höre mich fragen: «Wann bin ich nur so verflucht alt geworden?»

Morgen früh, ich werde bis morgen früh warten, hier im Park, bei den Eichhörnchen, bis der Herbst kommt, der Winter, bis die Bäume ihre Gerippe in den Himmel über mir strecken. Ich werde warten, bis der erste Schnee fällt und jeden falschen Gedanken schluckt, auf das erste Licht des Tages, auf die Joggerin, die ihre Runden ziehen wird, in einem exakten Laufrhythmus um den See, der ein Meer aus weißen Seiten sein wird. Mara hat sie ausgestreut, und wir haben darüber gelacht, einhundertsechsunddreißig Seiten in unzähligen Varianten. Machen wir ein Zeichen aus, um den Anfang, einen möglichen Ausgangspunkt zu markieren, sagen wir, an dieser Stelle könnte die Geschichte beginnen, an diesem Ort sollten wir uns wiedersehen, vielleicht schon morgen oder in einem Jahr. Darko, Mara und ich.

«Was würdest du an seiner Stelle tun?»

Die Eingangstür des *Hán Nôm* fällt klingelnd ins Schloss, ich werde Niko alles erklären, die Gesetzmäßigkeiten von Zufall, Gewohnheit und Trägheit. Aber der Raum ist leer, kein Niko, keine emsigen Köche, der Schriftzug über dem Eingang flackert. Schhhhhh, flüstere ich Darko zu, der vor dem Imbiss am Steuer meines Wagens auf mich wartet und so ernst aussieht, so erwachsen. Ich habe ihm das Fahren früh beigebracht, es ist das Einzige, was ich ihm beigebracht habe.

Darko, es tut mir leid, dass ich eine schlechte Version von mir bin, aber eine bessere ist derzeit nicht verfügbar, der Verfall ist schleichend, aber nicht zu übersehen, doch wenn du nicht genau hinsiehst, ist alles in Ordnung. Früher habe ich mich für die Welt interessiert, es gab Orte, an die ich gehen wollte, die Dinge sind mir so leicht gefallen wie dir, aber ich habe das Interesse verloren, letztlich alles aufgegeben, was mir leichtgefallen ist. Der einzige Sinn meiner Handlungen ist, auf der Lauer zu liegen, mich ganz ruhig zu verhalten und zu hoffen, dass nichts passiert. Alles, was ich brauche, ist Ruhe, ich bin müde, es sind immer die gleichen Sätze, die auftauchen, und ich weiß nie, wo sie hergekommen sind. Vielleicht habe ich versucht, Zeit einzuholen, die nie vorhanden war. Ich hatte nie den Wunsch nach einem Sohn, ich habe es nie geschafft zu akzeptieren, dass du trotzdem existierst. Auch wenn es nicht so aussieht, ich habe es versucht. Ich habe es wirklich versucht.

Da ist ein Licht, das durch den Park auf mich zukreiselt, das Licht einer Taschenlampe, jemand, der meinen Namen ruft. Aber ich werde nicht antworten, weil ich hier noch nicht fertig bin. Ich darf mich nicht bewegen, schon wegen der Ameisen, sie dürfen nicht spüren, dass ich ein Hohlkörper bin. Nach dem Ficken, dem Schreiben, bleibt nur diese Leerstelle zwischen *trotz* und *allem*, die ich zu löschen vergessen habe, meine Erinnerung wird einfach so zwischen diese beiden Worte gesaugt. Die Leere schluckt mich, um mich gleich darauf wieder auszuspucken, in dieses Viereck aus Hausmauern, das den Blick auf ein Viereck graublauen Himmels freigibt. Es sind immer Wände, zwischen denen ich mich wiederfinde, diese vier Wände. Dabei war ich sicher, dass mir hier drinnen nichts passieren kann. Der vertraute Geruch von Zucker, Teig und Äpfeln, meine Großmutter döst in ihrem Sessel, der Cursor pulsiert in ihrem Atemrhythmus. Aber ich kann ihre Geschichte nicht festhalten, auch wenn sie stundenlang so verharrt, reglos, die Hände über dem Bauch verschränkt, während Kitsune, der sitzende Fuchs, in kreisenden Bewegungen in den Hof hinuntersegelt.

Vor mir liegt der See, das ist die Mitte des Parks, das ist Nikos Stimme hinter dem Lichtkegel der Taschenlampe. Geh nach Hause, Niko. Es tut mir leid, dass du dir die Mühe gemacht hast, aber dass wir einander Freunde nennen, liegt nur an Zufall und Trägheit, an der Schwerkraft, und ich habe beschlossen, mich an meinen Platz in der Reihe zu stellen, während die Frau im Supermarkt ihren Arbeitskittel glattstreicht. Sie freut sich, mich zu sehen, weil sie den ganzen Tag im Türchen hinter diesem Werbeaufsteller, in ihrem Pappkartonhaus, nur darauf gewartet hat, mich zu fragen, ob ich eine Kostprobe haben will. Jemand fasst mich an der Schulter, es ist Darko, der mich gesucht, der den Wagen zurückgebracht hat. Ich wusste, dass er hierherkommen würde, Darko, der früh gelernt hat, aber nicht von mir.

Da ist niemand, nur die Stille des Parks, die mich einhüllt, nur die Bäume, die sich auf dem Wasser spiegeln. Jetzt aufstehen. Langsam. Vorsichtig. Zeit für eine Absolution, die du nicht erteilen kannst. Du bist kein Vater, kein Sohn, kein Freund.
Wasser tropft von meinen Kleidern, meinen Haaren. Du nasser Lappen, der morgen früh aufstehen wird, um seinen ersten Gedanken zu fassen, einen Satz zu finden. Aufstehen und ein erstes Wort finden, einen neuen Satz, und darauf freue ich mich, darauf freue ich mich wirklich.

VI. ALEX

Ein Schokoriegel. Ein Energydrink. Etwas Salziges. Eins von den in Plastik eingeschweißten Sandwiches. Oder zwei oder drei. Ich bin das Kind im Süßwarenladen. Mein Hunger ist ein Impuls. Ein Reflex. Ich muss Vorräte anlegen. Der Hunger wird wiederkommen. Bald. Niko hat darüber gescherzt, wie gierig ich esse. Niko, der sich meinen Namen nicht merken konnte. Dabei ist es ganz einfach. Alex. Mein Name ist Alex.

Das Licht in der Tankstelle taucht alles in kaltes Blau, als wären wir unter Wasser. Ich bin eine blasse Spiegelung im Plexiglas der Kühlvitrine. Posiere. Streiche meinen Hemdkragen glatt. Das Summen der Klimaanlage, das Murmeln der Tagesmeldungen aus dem Radio, das der Mann hinter der Theke leise gestellt hat. Die Geräusche sind deutlicher, klarer. Beinahe schmerzhaft. Niko, der auf dem Boden des Schwimmbeckens sitzt. Luftblasen steigen auf. Er sieht zu mir hoch. Ich glaube zumindest, dass er zu mir hochsieht.

Der Mann hinter der Theke hat sich hinter seiner Zeitung versteckt. Aber ich weiß, dass er mich verstohlen beobachtet, es stachelt mich an, weiterzumachen. Ich türme immer mehr Lebensmittel auf meinen Armen. Der Mann rührt in seinem Kaffee. Das monotone Geräusch des Löffels, der gegen die Wände der Tasse schlägt. Wieder und wieder. Ich hasse Löffel. Nach jedem Entzug habe ich ausnahmslos alle Metalllöffel aus der Besteckschublade direkt in den Müll gekippt. Gegen diese zart gemusterten Porzellanlöffel aus dem Asia-Shop ersetzt. Zum Entsetzen meiner Mutter. Wann war das letzte Mal? Der Mann rührt immer noch in seiner Tasse. Das Geräusch erinnert mich ein Spiel. Das Kartenspiel, das Dr.

Soundso meiner Gruppe vorgeschlagen hat. Beschäftigungstherapie.
Erstens. Einem Paket Spielkarten einen Vierersatz pro Spieler entnehmen. *Zweitens.* Karten mischen und an die Spieler verteilen. *Drittens.* Kleine Gegenstände wie beispielsweise *Löffel* kreisförmig in die Mitte der Spieler legen. Ein Löffel weniger, als Spieler teilnehmen. *Viertens.* Auf Kommando legt jeder Spieler eine Karte auf den Tisch, schiebt sie dem rechten Spieler zu und nimmt eine Karte von links entgegen. Jeder versucht einen vollständigen Vierersatz zu bilden. *Fünftens.* Wer vier gleiche Karten hat, legt diese offen und schnappt sich einen Löffel. Alle anderen Spieler versuchen jetzt, ebenfalls einen Löffel zu erwischen. *Sechstens.* Wer keinen Löffel erwischt, scheidet aus.
Es ging um Aktion und Reaktion. Ein Auge für die Tagesverfassung, die Struktur der anderen. Ich war gut darin. Der Schnellste. Jetzt fange ich den Blick des Mannes hinter der Theke auf, zeige eine Reihe schneeweißer Zähne.
Draußen vor dem Tankstellenshop hält ein Taxi. Das Schild leuchtet nicht. Auf die rechte Seite des Wagens hat jemand eine geschwungene Linie gesprayt. Einen Punkt dahinter. Ein gekipptes Fragezeichen. Ein Junge steigt aus. Er ist schlaksig, dunkle kurze Haare, markante Züge, er kramt lange in seinen Taschen, hantiert umständlich an der Zapfsäule. Sein Blick, der suchend über den verlassenen Platz kreist. Es sind immer die Nuancen, die kleinen Dinge, die einen Blick auf die Struktur zulassen. Eine Bewegung, nur im Augenwinkel wahrnehmbar. Der richtige Moment entscheidet. Den festhalten, die Zeit anhalten.
Meine Reise könnte hier beginnen. Ist es meine Entscheidung, Dr. Soundso? Bin ich ein freier Mensch? Die Tür schwingt auf, die Hitze strömt von draußen herein. Wird augenblicklich von der Kälte geschluckt. Der Junge taucht ein in das blaue Licht, er will seine Tankrechnung begleichen. Aber er weiß nicht, dass

wir unter Wasser sind. Ohne die Luft anhalten zu müssen. Der Mann hinter der Theke, der jetzt aus seiner Eidechsenstarre erwacht, der Junge und ich. Ich breite die Arme aus, große Geste, lasse meinen Vorrat vor den Augen des Mannes auf die Theke fallen. Eine Rolle Kekse rollt auf den Boden, unter ein Regal. «Tut mir leid», sage ich, eine Tüte Chips zwischen den Zähnen. Der Blick des Jungen streift mich flüchtig.

Wenige Minuten später lehne ich an seinem Wagen. Ich frage, ob ihm aufgefallen ist, wie unglaublich der Himmel aussieht, dass man in so einer Nacht eine Idee davon bekommt, wieviele Sterne es tatsächlich geben muss. Dass wir gar nicht wissen, was für ein Glück wir haben, einfach nur da zu sein, hier draußen. Das sei ein guter Tausch, all die Sterne gegen das Elektrosmogleuchten über der Stadt.
Ich weiß, dass ich gut aussehe. Sympathisch. Frisch geduscht. In einem neuen Anzug, über den bis vor kurzem eine Schutzhülle gestülpt war. Das Preisschild hing noch am rechten Ärmel. Ich erinnere mich, wie es auf den Boden in Nikos Schlafzimmer segelt. Vielleicht steht Niko jetzt davor, in der Stille hinter den Schallschutzfenstern seiner Dachgeschosswohnung. Alle Böden verfliest. Hofruhelage, Südseite, Pflanzen auf dem Balkon, Wannenbad, Gästehandtücher, Milch im Kühlschrank. Auch das frische Hemd, das ich trage, ist von Niko, dem guten Nikolaus, um den es mir ein bisschen leidtut.
Aber es ist ein guter Tag. Auch wenn ich spüre, wie meine Wunden unter dem Verband und langsam durch den Stoff meines Hemdes nässen, ist es immer noch ein guter Tag.
Ich kenne den Wagen des fremden Jungen. Hinter der Windschutzscheibe, auf dem Armaturenbrett, klemmt eine Figur aus Papier. Origami. Ich erinnere mich an den Fahrer, der mir erklärt hat, das sei Kitsune, der sitzende Fuchs. War das gestern? Vor ein paar Tagen?

Der Junge sieht mich fragend an. Ich weiß sofort, wenn ich mit jemandem klicke. Es sind die Nuancen, die kleinen Gesten und Dinge. Ein Moment Schutzlosigkeit. Ich strecke dem Jungen meine Hand entgegen, nenne meinen Namen, er den seinen.
Darko hat ebenmäßige Züge. Eine gedämpfte, ruhige Stimme. Seine Augen sind dunkel, man kann die Ränder der Pupille kaum erkennen. Ihr Ausdruck lässt ihn älter wirken.
Ich spüre das Auge der Überwachungskamera, die auf den Platz gerichtet ist. Auf die Zapfsäulen, auf mich und Darko. Ich weiß schon.
Darko wird mich mitnehmen. Das Autoradio wird laufen, der Wagen Fahrt aufnehmen, ich werde den Kopf gegen das Seitenfenster lehnen und die Augen schließen. Summen. Werde den Text kennen, welcher idiotische Song auch immer laufen mag. Kitsune, der sitzende Fuchs wird uns von seinem Platz auf dem Armaturenbrett aus beobachten.

VII. DARKO

«Dein Großvater stirbt.» Dieser Satz hat mich zurückgerufen. Maras Nachricht, drei Worte auf meinem Display. Und jetzt bin ich hier, im Garten meiner Großeltern, meine Füße fest auf der Erde, der Garten vor mir ist ein Meer aus Laub. Dabei hatte ich mein Telefon einfach wegwerfen wollen, aber es war immer noch da, in meiner Hosentasche, wie eine alte Gewohnheit, ich hatte es ausgeschaltet, und es blieb stumm bis zu dem Moment, als Alex mit dem Wagen verschwand.

Solange Alex mein Begleiter war, habe ich aufgehört nachzudenken, darüber, was hinter mir liegt oder vor mir. Dann war ich wieder allein mit meinem Telefon und dem letzten Geldschein mit einem Kugelschreiber-X darauf, den Alex mir zugesteckt hatte. Das Geld, mit dem Alex das Tanken bezahlt hat, das Essen, ich habe ihn nie gefragt, woher es kam.
Nachdem Mara entschieden hatte, nicht mit mir zu kommen, hatte ich kein Ziel mehr. Alex hat mir gesagt wohin, hat die Orte auf der Karte ausgesucht und seine *Termine* erledigt, und es war mir recht. Als wäre ich sein Fahrer, habe ich keine Fragen gestellt, habe zugehört, wenn er seine Geschichten erzählt hat, froh, nicht allein zu sein.
Ich denke an Mara, wie sie die Wagentür zuschlägt und im Rückspiegel immer kleiner wird. Der Gedanke gibt mir einen Stich und zugleich ein warmes Gefühl, das sich ausbreitet wie ihre Worte in meinem Kopf, sie werden zu Zenos Worten, überlagern die meines Vaters, meines Großvaters. Gedanken ziehen ohnehin nur von einem Kopf in den anderen, um einen Moment zu verweilen und dann weiterzuziehen. Alex hat das gesagt, ich erinnere mich, wie ich mich an all seine Geschichten

erinnere, auch jene über die *Lektion des Mitgefühls*, das Ritual der *Babemba*, die jene aus ihrer Gemeinschaft, die sich schuldig gemacht haben, nicht bestrafen, sondern in ihre Mitte nehmen.
«Fang am Anfang an», hat Mara gesagt. Ich könnte damit anfangen aufzuhören, die Sätze und Geschichten der anderen zu wiederholen. Heute bin ich per Anhalter in die Stadt zurückgekommen. Niko war auf dem Revier, es war, als ob er auf mich gewartet hätte, er hat meine Aussage aufgenommen und mich nach Hause geschickt.

Es riecht nach Herbst, die Wiese ist übersät von bunten Blättern, die mein Großvater, entgegen seiner Gewohnheit, nicht zu ordentlichen Haufen zusammengerecht und auf den Kompost geworfen hat. Ich sehe ihn im Garten sitzen, im Schatten der Bäume, ein paar davon hat er zusammen mit Vater gepflanzt, andere waren schon vor ihm da, vor mir, vor uns.
Er sitzt mit dem Rücken zu mir in einem alten Korbsessel. Auf dem Tisch neben ihm dampft eine Tasse Tee, bestimmt Schwarztee, in jede Tasse rührt er gute drei Löffel Zucker. In der Tür zum Garten steht meine Großmutter und sieht zu, wie ich den Garten durchquere, Schritt für Schritt auf den Großvater zu. Sie hat ihr Versprechen gehalten, keine Fragen gestellt, hat mich nicht einmal länger als sonst umarmt. Vorhin auf dem Revier hätte ich Niko nach meinem Vater fragen können, ich denke an das Gespräch mit Alen, das Gespräch mit der Vergangenheit, das es nicht gegeben hat und nicht geben wird. Ich könnte Großmutter nach ihm fragen, aber nicht jetzt. Zwei Schritte noch, dann stehe ich neben Großvater, er dreht sein Gesicht nicht zu mir, ich möchte lachen, über die Sonnenbrille, die er trägt, mit dem albernen Nasenschutz aus Plastik.
Ich stelle mir vor, wie die *Babemba* ihren Kreis bilden, einander an den Schultern berühren, und frage mich, wer von uns in der Mitte stehen würde. Mara, Alen, ich. Vielleicht Zeno.

Ein warmer Abend, das Licht liegt golden über dem Garten, nur das Laub verrät, dass der Sommer vorüber ist. Es ist kein besonderer Garten und doch der schönste, den ich kenne, jede Ecke hat eine Geschichte. Das ist mein Zuhause, für jetzt.

Verwendete/adaptierte Zitate

(S. 16, S. 178) Jörg Fauser, *Der Strand der Städte / Gesegnete Wirklichkeit*, Gesammelte Journalistische Arbeiten 1959–1987, Edition VIII, Alexander Verlag Berlin, 2009
(S. 58, S. 97) Shaban & Käptn Peng, *Sein Name sei Peng*, Kreismusik, 2012
(S. 85, S. 92) Billy Wilder, *The Apartment*, 1980
(S. 87, S. 187) John Steinbeck, *Tagebuch eines Romans*, 1970, Diana Verlag, Zürich
(S. 127) Franz Kafka, *Wunsch, Indianer zu werden*, Prosaskizze aus dem Sammelband *Betrachtung*, Rowohlt, 1912

AUS DEM VERLAGSPROGRAMM

Literatur bei C.H.Beck

Walter Kirn
Blut will reden
Eine wahre Geschichte von Mord und Maskerade
Aus dem Amerikanischen von Conny Lösch
288 Seiten. München 2014

Anthony Doerr
Das Licht, das wir nicht sehen
Roman
Aus dem Englischen von Werner Löcher-Lawrence
528 Seiten. München 2014

Jean-Luc Seigle
Der Gedanke an das Glück und an das Ende
Roman
Aus dem Französischen von Andrea Spingler
224 Seiten. München 2014

David Foenkinos
Zurück auf Los
Roman
Aus dem Französischen von Christian Kolb
256 Seiten. München 2014

Literatur bei C.H.Beck

Textura bei C.H.Beck

Albert von Schirnding
Stundenbuch der Jugend
Mit einem Nachwort von Rainald Goetz
184 Seiten. München 2015

Kurt Tucholsky
Rheinsberg
Ein Bilderbuch für Verliebte
Mit einem Nachwort von Antje Ràvic Strubel
96 Seiten. München 2015

Joseph Roth
Reisen in die Ukraine und nach Russland
Herausgegeben und mit einem Nachwort von Jan Bürger
136 Seiten. München 2015

Hans Pleschinski
Der Holzvulkan
Ein deutscher Festbrief
Mit einem Nachwort von Gustav Seibt
128 Seiten. München 2014

Johann Wolfgang von Goethe
Zahme Xenien
Mit einem Nachwort von Martin Mosebach
160 Seiten. München 2014